PETER BAHAROV

DIE WAHRHEIT ÜBER BERLIN

FISCHER Taschenbuch

2. Auflage: März 2015

Erschienen bei FISCHER Taschenbuch,
Frankfurt am Main, Mai 2013

© S. Fischer Verlag GmbH, Frankfurt am Main 2013
Satz: Pinkuin Satz und Datentechnik, Berlin
Druck und Bindung: CPI books GmbH, Leck
Printed in Germany
ISBN 978-3-596-19594-7

Für Julia

INHALT

DER LANGE MARSCH NACH BERLIN

»Du bist verrückt, mein Kind, du musst nach Berlin.«
Franz von Suppé (österr. Operettenkomponist)

Recht hat er, der Franz. Mit allem. Sogar sein Name und sein Beruf beschreiben diese Stadt vortrefflich. Berlin ist nämlich wie ein riesiger Eintopf mit Suppe: Alles, was einen an der Waffel hat, zieht hierher und springt hinein. Die Basisbrühe besteht aus Spreewasser und Buletten (die Urberliner). Hinzu kommen spanische Chorizo, türkische Sucuk, arabischer Couscous und eine unendliche Vielzahl anderer exotischer Zutaten. Diese sind dann die Figuren in einem multikulturellen Gericht. Die Suppe wird allmählich zu einem sehr intensiven Eintopf, der gleichzeitig nach allen Ingredienzien schmeckt und nach keinem. Die Chorizo zum Beispiel ist in ihrer Urform noch erhalten, hat aber einen Großteil ihres Geschmacks an die Umgebung abgegeben, so dass die Bulette nach einer Weile selbst nach Chorizo schmeckt. Ob sie will oder nicht.

Das ist vergleichbar mit dem Integrieren: Der Zugezogene muss sich seinem neuen Umfeld anpassen und verändert es dabei bereits durch seine reine Existenz. Der Ureinwohner hat jetzt die Möglichkeit, durch ewiges Nörgeln über die Veränderung alle verrückt zu machen oder sich selbst der neuen Situation anzupassen. »Dann bin ick jetze ebnd ne Cross-Over-Bulette«, würde er im besten Fall sagen.

Manchmal kann es aber beim Berliner Eintopf zur Klumpenbildung kommen, die nicht immer leicht zu verdauen ist. Manche Zutaten bilden Grüppchen und vereinen sich zu einem Riesenklumpen. Die äußersten Stücke haben noch Kontakt zur Suppe, während die inneren nur unter sich bleiben, womit sie außerstande sind, die zahlreichen Geschmäcker in sich aufzunehmen. Je größer der Klumpen, desto mehr Angriffsfläche bietet er für Anfeindungen seitens der Buletten und anderer Klumpen. Das kann auf Dauer fade schmecken.

Wem jetzt der Magen knurrt, ist hier genau richtig. Berlin ist nämlich ausgesprochen lecker!

Das weiß ich bestimmt, da ich eine Menge im Laufe meines jungen Lebens probieren durfte.

Seit über zehn Jahren lebe ich nun in Berlin. Heute *bin* ich Berliner. Aber das war nicht immer so.

Geboren wurde ich 1978 in Bulgariens Hauptstadt Sofia. Meiner Familie ging es damals sehr gut, da mein Vater das Glück hatte, mit Rockmusik seinen Unterhalt verdienen zu können. Sogar die Kindergärtnerinnen schleimten sich bei mir ein, um an ein Autogramm von meinem Vater zu kommen. Ich dachte, sie machen mich an, und war stolz wie Oskar.

Ich war Bulgare, so wie alle anderen auch, und noch dazu einer mit Promi-Eltern, quasi ein Balkan-Jimmy-Blue. Das war die einzige Phase meines Lebens, in der ich mich nicht anpassen, integrieren musste.

Da ich als Kind von den politischen Verhältnissen im Ostblock keinen Schimmer hatte, wusste ich nicht, wie mir geschah, als meine Eltern beschlossen, Bulgarien zu verlassen.

Mit viel Fingerspitzengefühl hatten sie die offizielle Erlaubnis bekommen, mich auf die Schweiz-Tour meines Vaters mitnehmen zu dürfen. Eines Morgens wurde mir in meinem Schweizer Hotelzimmer eröffnet, dass wir den Zug nach München nehmen würden. Die angespannten Gesichter meiner Eltern verrieten mir, dass dies keine gewöhnliche Zugreise werden würde. Das war im Herbst 1983. Ich war gerade mal fünf Jahre alt. Der Startschuss zu meinem bis heute andauernden Integrationsmarathon.

Tickets zurück nach Bulgarien gab es also nicht. Das Land, in dem meine Großeltern lebten und das für mich bis dato die einzig mir bekannte Welt gewesen war, lag jetzt in weiter Ferne. Damals konnte man die politische Entwicklung nicht vorhersagen; deshalb bestand die Möglichkeit, dass wir unsere Verwandten nie wiedersehen würden. Dass wir geflüchtet waren, begriff ich, als meine Eltern Asyl in Deutschland beantragt hatten. Der Sprung vom Promi zum Asylanten war für uns alle schwierig. So ein Asylantenheim war auch nicht ohne.

In dem dreistöckigen Fünfziger-Jahre-Bau war das Erdgeschoss den »dunkelhäutigen« Immigranten vorbehalten (Herkunft egal), der erste Stock für die Asiaten reserviert (genaue Herkunft auch egal), und in der zweiten Etage durfte der Ostblock hausen. Die Stadt München hielt das damals für eine kluge Aufteilung. Gelegentliche Schlägereien und Messerstechereien sprachen zwar dagegen, aber was soll's. Wer in Deutschland leben wollte, musste sich halt benehmen. »So ein Heim ist doch für den Afrikaner ein Schlaraffenland« (dabei bitte an einen Bayern denken, der versucht Hochdeutsch zu sprechen). »Selber schuld, wenn der von der Blutwurst mit Zwiebeln nix essen will, wegen seinem Mohammed – oder wie der noch mal heißt!« Wir Kinder aßen ebenfalls keine Blutwurst und bildeten so unbewusst unsere erste transnationale Allianz mit den Afrikanern.

Als bei den Asiaten die Pocken ausbrachen, durfte ich nicht mehr in den ersten Stock und musste auf dem Weg nach unten immer ganz schnell laufen, um nicht – wie ich glaubte – »aus Versehen einen Erreger zu verschlucken«. Da hält man besser die Luft an, dachte ich mir, was zur Folge hatte, dass ich unten immer mit hochrotem Kopf ankam. Gott sei Dank hat mich der Herbergsvater dann nie gesehen: Die Einordnung eines »Indianers« in dieses Drei-Arten-System hätte ihm bestimmt Kopfzerbrechen bereitet.

Für mich war die Zeit im Asylantenheim einerseits verstörend, andererseits auch großartig, denn ich durfte tagsüber in einen wunderschönen Kindergarten gehen. Die Gegend drum herum war erstaunlicherweise gutbürgerlich, und die Schule mit angeschlossenem Kindergarten war brandneu und hervorragend ausgestattet. Es gab nette Kindergärtnerinnen, ausgeglichene Kinder, neue Spielsachen und buntes Eis am Nachmittag. Wäre es damals schon Mode gewesen: Wir hätten mittags Biogemüse gegessen und wären nachmittags ins Kinderyoga gegangen.

Das war der Westen! Zum ersten Mal hatte ich das Gefühl, dass wir an einen besseren Ort geflüchtet waren. Nach genehmigtem Asylantrag zogen wir jedoch leider in ein sozial schwaches Viertel im Südosten Münchens, wo der Westen doch nicht mehr ganz so cool zu sein schien, was auch meinen neuen Kindergarten betraf: Es gab deprimierte Erzieherinnen, übellaunige Kinder, alte Spielsachen und – viele bunte Asylantenkinder wie mich. Der Spielplatz bestand aus einem rostigen Klettergerüst, einigen Betonquadern (ohne Witz!) und einer speckigen Rutsche. Wenn ich damals Haare am Po gehabt hätte, wäre ich nach dem Rutschvorgang perfekt gewachst gewesen. Hatte ich aber nicht und mied daher das eklige Ding.

Die Bewohner unseres Viertels stammten hauptsächlich aus dem Arbeitermilieu, waren arbeitslos und größtenteils deutsch. Des Öfteren kam es vor, dass so ein Prolo-Besoffski mich anschrie, wenn ich unter seinem Fenster spielte. »Geh doch zurück in deine Heimat, du Kanacke!«, kam's dann aus seinem unrasierten Gesicht gekrochen. Seine fetten Arme hatte er dabei breit auf ein Kissen gebettet, während er den ganzen Tag die Einöde vor seiner Nase beobachtete.

Es gab auch Profi-Assis, die sich einen Parabolspiegel an die Fassade vor ihrem Fenster montiert hatten. Dann konnten sie vom fleischfarbenen Sofa aus gleichzeitig nach den Ausländerkindern Ausschau halten und

13

den Musikantenstadl im Fernsehen anschauen. Für diese Hirnleistung gab's von mir Respektpunkte, da ich schon damals Kreativität in allen Formen zu schätzen wusste.

Im Kindergarten hatten die Dümmsten unter uns die Macht übernommen und sich ein tolles Spiel ausgedacht: Man nehme den kleinen Finger, stecke ihn sich in den ... und dann in die ... Na ja, die Details erspare ich uns. Jedenfalls habe ich damals erkannt, dass ich anders war und anders leben wollte. Nachdem ich mir die Nase mit Seife ausgewaschen hatte, beschloss ich zu fliehen. Es sollte während des Mittagsschlafs passieren.

Ich beobachtete den Abstand zwischen den Kontrollgängen der Kindergärtnerinnen und schlich mich zwischen zweien aus dem Gefängnis, hinaus ins Freie. Draußen angekommen sah ich, dass mein Plan so seine Tücken hatte: Was jetzt, wohin sollte ich gehen? Mein Kinderhirn schlug mir vor: nach Hause! Ist am klügsten, fügte es hinzu. Den Anschiss, den ich von meiner bereits auf mich wartenden Mutter bekam, kann man sich ja vorstellen. Der Kindergarten hatte meine Flucht entdeckt und sofort Meldung gemacht. Brav, dachte ich, alles Denunzianten. So wirklich böse war mir meine Mutter zu meinem Erstaunen aber nicht wirklich. Ihr Blick verriet mir, dass sie mich verstand und sich selbst in dieser Umgebung nicht wohl fühlte.

Die Grundschule war ähnlich deprimierend. Es gab weiterhin Hosenpinkler, Verhaltensgestörte, Schläger und Lernschnecken. Salvatore hatte in der dritten Klasse gerade mal das halbe Alphabet kapiert, und das nervte tierisch, weil das Lerntempo dem schwächsten Glied angepasst wurde. Heute würde ich sagen, man muss ihn fördern und integrieren, damit er eine *Chance* hat, *glücklich* zu werden. Damals gab's von mir für jeden fehlenden Buchstaben in der Pause eins aufs Maul. Übel, ich weiß, aber ich platzte damals vor Ungeduld und Unterforderung.

Als sich dann 1988 meine Eltern trennten, war ich fast am Limit. Dieser Westen hatte ja echt was gebracht! Wenigstens hatte ich einigermaßen gute Noten und wurde aus dem Schul-Irrenhaus mit einer Gymnasiumsempfehlung entlassen. Mir wurde gesagt, die Kinder im Gymnasium wären mir etwas ähnlicher. »Ich will's hoffen«, seufzte ich. Doch was jetzt auf mich zukam, war absolut nicht zu erwarten gewesen: Meine Mutter heiratete ihren Freund, und wir zogen nach Singapur, einem Land, von dem ich noch nie zuvor gehört hatte.

Dort ging ich in die »Deutsche Schule Singapur«, eine Privatschule, die hauptsächlich von Kindern aus wohlhabenden Familien besucht wurde. Die Lehrer waren nett, geduldig und äußerst kompetent. Ein geistiges Schlaraffenland sozusagen. Die Möhren, bei denen ich bis dato Unterricht gehabt hatte, konnte man dagegen in der Pfeife rauchen. Man nahm sich Zeit für mich, verbesserte in Nachhilfekursen mein Englisch und brachte mich an meine Leistungsgrenzen, was ich dank Salvatore bis zu diesem Zeitpunkt noch nicht erlebt hatte.

Die Schule lag mitten im Dschungel, sogar Affen kamen uns regelmäßig besuchen, um uns die Fußbälle zu klauen. Doch wir kannten ihre Achillesferse: Bananen und Cola. In Kombination bringt das die Verdauung eines Affen völlig durcheinander.

Eines Tages kauften wir Unmengen dieser teuflischen Zutaten und platzierten sie mitten auf den Sportplatz. Schon bald war die Urwaldtruppe um den Köder versammelt und machte sich über die Leckereien her. Der Gegenwert unseres Pausengeldes verschwand augenblicklich in sämtlichen Affenmägen und begann dort seine Wirkung zu entfalten. Sie torkelten wie Betrunkene herum, bis sich einer von ihnen am Fußballtor festhielt und mit Hochdruck auf den Boden kotzte. Nach und nach taten es ihm auch die anderen nach, tänzelten herum und verteilten ihren Mageninhalt auf den Sportplatz und die Affenkumpel.

Ein herrliches Ballett, wie es sich ein verrückter Performancekünstler nicht besser hätte ausdenken können!

Tatsächlich habe ich viele schöne Erinnerungen an diese Zeit, da ich Asien in diesem Land mit all seinen Vorzügen kennenlernen durfte: das wundervolle Essen, die unglaublich schöne Natur und den intensiven Kulturmix der internationalen Bevölkerung. Innerhalb dieser Gesellschaft hatten wir allerdings einen speziellen Status. Wir waren die reichen Weißen, die ein Leben in Sportklubs und Privatschulen führten, unerreichbar für die allermeisten Menschen dort. Das war vermutlich auch der Grund, warum ich mich trotz der Vorzüge mehr denn je als Außenseiter gefühlt habe. Nach drei Jahren hatte ich mich tatsächlich eingelebt und begonnen, mich endlich wohl zu fühlen. Deshalb fiel mir auch der Abschied von meinen Freunden und dieser schönen Insel dann doch schwer, als mein Stiefvater ankündigte, dass wir wieder nach Deutschland zurückkehren würden.

Zurück in der Hauptstadt Bayerns endete auch schon mein Dasein als Sportklub-Schnösel. War 'ne tolle Zeit, den Eistee nach dem Tennis mit meinem guten Namen bezahlen zu können. Ich hatte mir extra eine fesche Unterschrift zugelegt, damit die Kellner mich cool fänden. Doch nun waren wir wieder ganz normale Leute, und mein Gekritzel interessierte niemanden.

Mein Stiefvater hatte ein Reihenhaus in einem ländlichen Vorort von München gekauft, in dem sich wohlhabende Städter ein spießiges Speckgürtel-Utopia geschaffen hatten.

Schnell musste ich dort feststellen, dass der Hase anders lief als in der singapurianischen Püppchen-Schule. Wenn ich wissbegierig dem Unterricht folgte und mich eifrig meldete, was in der Privatschule völlig normal gewesen war, wurde ich von meinen Sitznachbarn freundlich gebeten, dies zu unterlassen. Man würde das nicht machen, wenn man nicht als Streber gelten wollte. Immerhin warnten sie mich rechtzeitig, bevor ich womöglich noch sozialen Selbstmord begangen hätte. Die meisten Lehrer hatten hier dieselbe Einstellung wie meine Grundschul-Möhren, aber wenigstens gab es auch einige Engagierte, die sich bemühten, gestörten Teenagern etwas beizubringen. Für meine Mitschüler war ich der große (damals mit 13 Jahren schon fast ein Meter neunzig) Bulgare, der immer nur von Singapur erzählte. Gelegentlich bekam ich für meine Ich-habe-die-Welt-gesehen-Vorträge eins auf den Hinterkopf, was mich dann wieder auf den Boden der Realität zurückholte. Nach und nach wurde ich dann endlich von meinen Mitschülern akzeptiert, je mehr ich mich ihrem Verhalten anpasste. Und schon damals wurde mir klar: *Auf eine Integration folgt immer die nächste!*

Die Zeit nach dem Abitur kam viel schneller, als ich es mir mit sechzehn vorgestellt hatte, und ich wurde ständig gefragt, was ich denn werden wollte. Ich hatte keine Ahnung. Worin war ich wirklich gut?

Diese Frage ließ sich am besten mit einem Filmzitat aus »Der Name der Rose« beantworten. Eine der Filmfiguren ist der geistig verwirrte Mönch Salvatore, der ein unverständliches Kauderwelsch spricht. Azon (Christian Slater) fragt seinen Meister (Sean Connery), welche Sprache der Mönch denn spreche. Dieser antwortet ihm: »Alle, Azon. Und keine.«

Passender hätte ich meine Talente nicht beschreiben können! Ein bisschen Salvatore scheint auch in mir zu sein.

Einer meiner Träume war, eine Karriere als professioneller Schlagzeuger zu starten.

Trotzdem entschied ich mich nach dem Abitur für ein Medizinstudium, und nach einer dreimonatigen Reise durch »Down Under«, wartete ein Brief von der Zentralen Vergabestelle der Studienplätze auf mich. Als ich meinen Zulassungsbescheid für Medizin in den Händen hielt, las ich sechs Buchstaben, die mein Leben für immer verändern sollten:

BERLIN!

Meine *erste* Wahlheimat. Denn bis dahin hatte mich noch nie jemand gefragt, wo ich leben wollte. Jetzt war damit Schluss! Ich hatte mir fest vorgenommen, Berlin zu *meiner* Heimat zu machen. Ich wollte dieses abstrakte Wort Wirklichkeit werden lassen, nach so vielen Jahren ständigen Wechsels. Kurz – ich hatte es satt, mich immer und immer wieder zu integrieren! Einmal also noch und dann nie wieder.

Denkste. Seit diesem Schritt sind mittlerweile zwölf Jahre vergangen, und ich muss mich immer noch anpassen. Denn Berlin ist chaotisch, energisch, faul, unentschlossen, zickig und herzlich zugleich – und absolut nicht zu greifen. Es macht den Anschein, als könne man nur eine subjektive Karikatur dieser Stadt zeichnen. Gibt es *ein* »wahres« Bild von Berlin oder Tausende Kollagen, die jeder individuell aus seinen Erlebnissen in der Hauptstadt zusammensetzt? Wer noch nicht genügend eigene hat, kann sich jetzt ausführlich inspirieren lassen.

Es folgt: Die Wahrheit über Berlin!

Berlin, Berlin! Alle reden über Berlin! Die pulsierende Metropole, die feurige Hauptstadt, der Nukleus der Welt.

Berliner glauben das tatsächlich ... und ich auch. Wir verhalten uns in diesem Punkt ähnlich wie die Münchner, (zu denen ich früher auch gehört habe), nur dass wir bei der Hauptstadt die besseren Argumente haben. Berlin hat zwar miese Biergärten und schlechte Brezeln, die durchschnittliche Oberweite liegt weit unterhalb der der Bayernmiezen, Hertha ist dem FC Bayern meistens unterlegen, und unser Oktoberfest-Plagiat am roten Rathaus gleicht eher einem Schrebergarten-Grillabend. Aber:

Fuck you! Wir sind die Hauptstadt!

Basta.

Okay, wenn ein Ausländer an Deutschland denkt, hat er die Bayern vor Augen. Aber spätestens, wenn er das stalinistische Betonparadies am Alexanderplatz durch seine Nikon betrachtet und währenddessen seinen Geldbeutel geklaut bekommt, weiß er, dass Berlin nichts mit Bayern zu tun hat. Wir sind groß, wir sind international, wir sind dreckig! Wir pinkeln auf unsere Sehenswürdigkeiten. Aus Liebe. »Vastehste?« Und wenn der warme Strahl der Vaterlandsliebe getrocknet ist, sind wir wieder ein Herz und eine Seele. Dann nennen wir sie »Goldelse« (die Goldstatue Viktoria auf der Siegessäule), »Schwangere Auster« (das Haus der Kulturen der Welt) oder »Lippenstift und Puderdose« (die Neubauten bei der Gedächtniskirche). Nicht mehr und nicht weniger. Denn die Berliner wissen zwar um ihre Attraktionen, beachten sie im Alltag aber kaum. Man fährt nur hin, wenn man auch etwas in ihrer Nähe zu erledigen hat. Meistens sind sie sogar von ihnen genervt, da sie Unmengen von Touristen anziehen, die den Verkehr blockieren und dafür sorgen, dass sich unzählige Souvenirläden und schlechte Restaurants in ihrer Nähe ansiedeln. Vor einigen Jahren konnte man noch mit dem Auto direkt durchs Brandenburger Tor fahren, was in meinen Augen die Wiedervereinigung hervorragend versinnbildlicht hat. Jetzt ist dieser Bereich eine Fußgängerzone und wird für unzählige öffentliche Veranstaltungen genutzt. In diesem Fall sperrt die Polizei alle Zu- und Abfahrtstraßen und macht die Durchfahrt in den Westen wieder dicht. Eine Schande ist das.

Die wahren Schmuckstücke Berlins sind aber erst auf den zweiten Blick zu erkennen. Sie liegen zwischen den Häuserschluchten verborgen und können nur indirekt über ihre »Vibes« als etwas Besonderes identifiziert werden. Man nehme zum Beispiel die zahllosen Kiezkneipen, in denen man inmitten dichten Zigarettenqualms und Bierdunstes seinen Alltag vergessen kann. Oder unsere wunderschönen Parks. Sie riechen ebenfalls wie Kneipen, befinden sich aber unter freiem Himmel. Eine ganz besondere Open-Air-Kneipe ist der Görlitzer Park. Er befindet sich in Kreuzberg und ist im Sommer für viele Berliner »das wahre Zentrum der Welt«. Wie wörtlich das zu verstehen ist, erfuhr ich durch folgende Geschichte.

Als ich einmal ziellos durch den »Görli« (Spitzname für »Görlitzer Park«) spazierte, quatschte mich ein Betrunkener an und begann mir von einer verborgenen Tür zu erzählen, die sich angeblich mitten im Park befinden sollte. Aus ihr soll vor Jahrmillionen »der erste Mensch« in die Welt getreten sein. Klingt verrückt, ich weiß. Aber am folgenden Tag sollte ich ihm tatsächlich begegnen. Ja, ich habe ihn selbst gesehen. Er hat mir im Jobcenter Neukölln seine Wartenummer für 5 Euro verkauft. Dabei hat er mir tief in die Augen geblickt und langsam genickt. Der erste Mensch also! *Er* hatte sofort erkannt, dass *ich* ihn erkannt hatte. Ein magischer Moment. Diese klaren Augen, die schon alles gesehen hatten. Dieser würzige Geruch, als wäre er mit allen Wassern gewaschen – oder mit keinem. Der Duft der Evolution. Finger, die jeden Zentimeter dieses wunderbaren Planeten berührt haben mussten, so schwarz waren sie. Und ein Lächeln … Ein Lächeln, so voller Anmut, wie ich es zuvor nur in einem Fachbuch für Kieferorthopäden gesehen hatte – »The Book of British Smiles« – ich hatte mir eines der letzten Exemplare gesichert, bevor es auf den Index kam.

Er setzte sich neben mich und stellte sich vor.

»Adam Koletzki.« Mein Gott, er ist es wirklich, dachte ich und wollte gleich alles von ihm wissen.

»Wie war das«, fragte ich ihn, »als du das erste Mal durch diese Tür kamst und die Welt erblicktest?«

Er antwortete, der Görli sei damals nicht annähernd so

groß gewesen wie heute. Außerdem wäre man unter seinesgleichen geblieben, und es wäre viel ruhiger zugegangen. Keine Flaschensammler, keine spanischen Erasmusbetrüger, das Bier für nur zwei Westmuscheln. »Schhhhöne Zeit«, pfiff er durch seine Zahnlücke. Ich wurde stutzig.

»Wie kann es sein«, unterbrach ich ihn, »dass der Görli damals schon existierte? Und die Dinosaurier? Liefen die mit euch im Park rum? Was war mit der Evolution? Du kannst doch nicht ernsthaft behaupten, dass …«

»RUHE!«, schrie er mit gewaltiger Stimme. Die Menschen im Wartezimmer drehten sich zu uns um.

Stille.

»Mein junger, unerfahrener Freund«, sagte er sanft, väterlich seine Hand auf meine legend. »Es gibt keine Evolution. Sie ist eine Lüge. Diese Lüge wurde unter euch Menschen verbreitet, damit ihr in die Welt hinauszieht, forscht, euch über den ganzen Globus verteilt, den Görli verlasst.«

»Aber wieso?«, wollte ich wissen. »Welchen Sinn hat …?«

»Wann warst du das letzte Mal am Prenzlauer Berg?«, rief er plötzlich mit hysterischer Stimme. »Alles Arschlöcher. Nur Arschlöcher: Münchner, Schwaben, Yuppies, D.I.N.K.s (Double income no kids), tofukackende Yogastreber, bachspielende Robo-Bälger mit Tommy-Hillficker-Latzhosen! Deshalb!«

Im ganzen Raum wurde energisch genickt und konspirativ gezwinkert.

»Genau deshalb!«, fuhr er fort. Ich verspürte den unbändigen Drang, auch zu nicken, widerstand aber.

»Berlin, mein naiver Junge, wurde in nur sechs Tagen

erschaffen. Eine Meisterleistung! Im Görli befand sich die heilige Pforte, der Übergang in diese Welt. Wie konnte ER am siebten Tage so unaufmerksam sein? Einen Tag lang passt man mal nicht auf, und die ganze Welt kommt hierher und macht sich breit!« Jetzt reichte es. Ich sprang trotzig auf und fuchtelte theatralisch mit den Armen.

»Und dann hat ER den Menschen die Wissenschaften in den Kopf gesetzt, quasi als genialen Blöff, damit alle wieder abhauen und du mit den anderen Pennern wieder relaxed im Görli entspannen kannst? Hab ich das richtig verstanden?«

»Jepp«, nickte er mit geschlossenen Augen.

»Und glaubst du nicht, dass du einfach nur ein Spinner bist, der im Jobcenter Wartemarken vertickt?«

»Wartemarken verkaufen ... mir abgelaufene Warte-marken abkaufen ...« Er imitierte mit seinen Händen eine Waage. »Und? Wer ist jetzt der Spinner? Ich weiß es nicht. Sag du es mir.«

Er hatte wirklich eine riesige Nase.

Ich kramte meine Wartemarke heraus und studierte sie gründlich. Tatsache! Von gestern.

»Du mieser, kleiner ...« Ich drehte mich um, fest ent-schlossen, mir diesen Betrüger vorzuknöpfen, aber dann: Weg! Verschwunden. Der Platz neben mir war leer!

Ich stand auf, ging durchs Wartezimmer, schaute den Gang entlang, fragte meine Sitznachbarn. Nichts. Keiner will diesen Mann gesehen haben. Verwirrt verließ ich das Jobcenter.

Als ich einige Wochen später wieder durch den Görlitzer Park spazierte, machte ich eine interessante Entdeckung: Ich kam zu einer großen Mulde in der Mitte des Parks, deren konkave Form an einen mit Gras bewachsenen Meteoritenkrater erinnerte. Am Rand der Schräge befand sich tatsächlich eine schwere Stahltür, umrahmt von massivem Beton. Das Ganze hatte die Gestalt eines Bunkereingangs. Auf der Tür stand mit großen Lettern »Hortus Dei« geschrieben: Der Garten Gottes.

Unfassbar! Rechts neben der Tür hing ein brauner Kasten mit einem roten Knopf in der Mitte. Ich drückte darauf ...

LEBST DU GERN,
ODER FÄHRST DU SCHON U-BAHN?

Du hast super Laune? Du findest das Leben geil? Deine Eltern haben dir einfach so 100 Euro zum Shoppen geschenkt? Nichts kann dir diesen Tag noch vermiesen? Falsch gedacht!

Du befindest dich nämlich am Kurfürstendamm und gehst die Stufen zur U-Bahn hinunter.

Damit hast du es dir selbst vermiest, denn was du nicht weißt: Die Hölle ist real und heißt im Fachjargon »Berliner Verkehrsbetriebe«.

In deiner Rechten trägst du eine Vero-Moda-Tüte, die dich »total happy« macht, weil das super Top und die Übergangsjacke, die sich darin befinden, »voll süß« sind. Du hast jetzt zwar nur noch 20 Euro für den Rest des Monats, aber das ist dir schnuppe, weil du gerade so sparsam warst. Bei deinen Freunden wirst du stolz ein »die waren voll reduziert« raushauen, und alle werden dich für deinen effizienten Einkauf bewundern.

Du bist jetzt im Untergeschoss und bewegst dich am Fahrkartenautomaten vorbei in Richtung Gleis. Du hast natürlich ein Semester-Ticket und ignorierst den »Alle-Minderheiten-in-sich-vereinenden-Gebrauchtticketverkäufer«. Er ruft dir noch ein »Fuck off« mit seiner Zwergen-Fistelstimme hinterher. Das irritiert dich ein bisschen, weil du hast ihm »doch gar nix getan«. Aber egal, der wird dir nicht die Laune verderben. Berlin halt! War doch ein super Tag bisher!

Jetzt stehst du am Gleis und schaust auf die Anzeigetafel – noch vier Minuten. Gar nicht so schlecht. Auf einer Infotafel liest du dann, dass die »U 1 wegen Bauarbeiten zwischen Gleisdreieck und Warschauer Straße nicht verkehrt«. Der lustige Zeichentrick-Maulwurf darauf sagt dir aber, dass das egal sei, weil dir die BVG einen Ersatzbus anbietet. Da sich deine von der Stadt Berlin geförderte Studi-WG im »Friedl' Hain« befindet, bist du voll von dieser »kleinen Störung« betroffen.

»Fuck, Alta! Da bin ich ja erst in 'ner Stunde zu Hause!«, murmelst du vor dich hin, und der Typ neben dir unterstützt dich mit einem eloquenten »Voll, oda?«. Er müsse zum »Kotti« (Kottbusser Tor). Er ist jetzt dein Reisebegleiter. Ob du willst oder nicht.

Zu Hause war man mit dem Fahrrad in fünf Minuten überall! Das hier nervt total! Aber egal. That's Berlin!

Der bildungsferne Typ mit Migrationshintergrund neben dir heißt »J-Love« und will zu seinem Cousin. Überhaupt erfährst du seine komplette, für dich zurechtgebogene Biographie. Scheiße, jetzt hab ich den an der Backe, denkst du noch und tust so, als ob dir jemand gesimst hätte. Du hast ein altes Foto von dir als Desktophintergrund auf deinem Smartphone.

»Man war ich schlank damals«, murmelst du vor dich hin. Das Top in deiner Tüte stimmt dir zu.

»Man wird deine fetten Lenden sehen. *Jeder* wird sie sehen!«

»Halt's Maul!«, schreist du in die Tüte. »Du Billig-Lohn-Produkt!«

J-Love bezieht das auf sich, ist jetzt beleidigt.

Endlich kommt die U-Bahn und du steigst ein. Da kannst du dir bis zum Gleisdreieck Werbung reinziehen und dann auf dem Weg zum Bus in der Masse verschwinden. Dein Begleiter hat aber andere Pläne. Er will sich mit dem halbtoten Motz-Verkäufer, der sich im letzten Moment durch die sich schließenden Türen morpht, solidarisieren. J-Love wird gefragt, ob er Kleingeld habe, und er legt 20 Cent in die geöffnete Hand des Mannes.

»Man muss doch zusammenhalten in dieser Welt voller Fremdenhass!«, sagt er in seinem feinsten Hochdeutsch. Jetzt reicht's dir.

»So eine Unterstellung ist untragbar«, rufst du genervt, »und außerdem bist du gar nicht damit gemeint gewesen!«

J-Loves Kalbshirn versteht deinen Abi-Talk kein Stück und redet immer weiter. Währenddessen schließt sich der Motz-Mann eurer lustigen Gruppe an und setzt sich *ganz* nah neben dich. Du erfährst wider Willen, dass er »Uwe« heißt, und sein Atem verrät dir, was er alles seit seiner letzten Mundpflege gegessen hat.

Der Monitor über deinem Kopf zeigt dir kurz vor dem Gleisdreieck eine Werbung von Zalando. Die erbärmliche Langhans-Kopie hält *deine* Übergangsjacke in die Höhe, und die blinkende, bunte Zahl am Ende des Spots zeigt dir, dass Vero Moda dich abgezogen hat.

Shit! Langsam bist du richtig sauer! Scheiß Rainer, scheiß J-Love und scheiß Motz-Penner.

»Such dir 'nen Job, du Arsch!«

Gleisdreieck. Du schießt aus der U-Bahn und rennst einen halben Kilometer zur Ersatzhaltestelle des Busses. Dort erwarten dich fünfzig andere Berliner, die genau die gleiche Laune haben wie du. Dann, eine Stunde nach deiner Abfahrt am Ku'damm, kommst du in deine saukalte Studi-WG. Dein Kommilitone Torben ist Veganer und hat Eiweiß-Ersatz mit Reis gekocht. Und er hat nicht geheizt, weil er keinen Bock hatte, Kohlen zu kaufen.

»Außerdem bist du dran gewesen«, sagt er, »aber du bist ja nur damit beschäftigt, deiner Kommerzgeilheit wie ein Roboter zu folgen!«

Du Opfa!, denkst du mit J-Loves Hirn und schmeißt ihm deine Einkaufstüte um die Ohren. Du bist fett und pleite. Und du wirst nie wieder U-Bahn fahren – ich schwör!

So, aufgepasst! Dieses Kapitel ist speziell für alle Nicht-Berliner. Fühlt euch jetzt nicht bloßgestellt oder »ungelernt« an die Tafel geholt. Was ihr hier erfahrt, werdet ihr brauchen, solltet ihr nicht mit einer Krankheiten-Wundertüte euren Hunger befriedigen wollen. Denn während Millionen von Spaniern, Amis und Japanern unsere Hostels in der ganzen Stadt bevölkern, machen sich's unsere Freunde namens BSE, EHEC und H1N1 in nur einem einzigen Hotel richtig gemütlich: im Döner!

Markus aus Heidelberg zieht nach Berlin. Er hat gerade ein WG-Zimmer in Neukölln besichtigt und wurde abgewiesen. Schade, aber er sieht ein, warum: Aus Heidelberg sein ist »echt Yuppie-Schwul-Guttenberg-Liebhaber-Arsch-Style«, und die WG wollte ohnehin ein Mädchen. Die ganze Chose hat ihn aber 'ne Menge Energie gekostet. Er hat jetzt HUNGER! Zu Hause würde er sich jetzt ein schönes Krustenbaguette kaufen, belegt mit einer Lage Meisteraufschnitt vom Metzger Meyer. Mmhhh.

Zack! Ein Passant klatscht ihm im Vorbeigehen mit der flachen Hand auf den Hinterkopf.

»Häää? Was soll das?«, ruft er dem jungen Mann hinterher, der aussieht wie der fleischgewordene, feuchte Traum Thilo Sarrazins.

»Pass auf, was du denkst, Alta. Zum Döner geht's da lang!«

Verdammt Mann, denkt sich Markus. In Berlin herrscht echt ein derber Integrationsdruck!

Döner also. Warum nicht? Aber welche der zehn Buden soll man wählen? In Neukölln werden Wohnhäuser auf Dönerbuden gebaut ...

Hier also ein bisschen »Döner-Mathe«:

Schritt 1: Auswahl der Döneria

Man nehme die Anzahl der Kunden (Kn), die sich in der Döneria befinden (Türken werden doppelt gezählt) und addiere den Qualitätsbonus (Fqu) der Fleischsorte (Kalb in Scheiben: 5, Chicken in Scheiben: 3, Kalb in Scheiben, gemischt mit Fleischbrät: 2, nur Fleischbrät: 1). Abschließend multipliziert man die Summe der beiden Posten mit dem Dönerpreis (Dp) und dividiere sie durch den Durchmesser des Dönerspießes (Dsp) in Metern. Daraus wird folgende Formel abgeleitet:

$$\text{Dö} = \frac{(\text{Kn} + \text{Fqu}) \times \text{Dp}}{\text{Dsp}}$$

Das Ergebnis wird in der Einheit €m (Eurometer) angegeben. Je mehr €m die Döneria hat, desto besser der Döner. Bei einem Ergebnis unter 20 Eurometern folgt mit hoher Wahrscheinlichkeit eine akute Dönorrhoe ...

Markus hat es dank westdeutscher Bildung geschafft, sich anhand dieser Formel die beste Döneria auszusuchen, und kommt nun auch gleich dran. Ist gerade noch genug Zeit, um ihn mit dem strengen Kommunikationsknigge vertraut zu machen. Der Döner-Fach-Angestellte

(DFA) verlangt nämlich präzise Antworten auf scheinbar einfache Fragen. Das Dönerhandwerk strotzt nur so vor Fachbegriffen. Es folgt jetzt das »Comme il faut« einer Döner-Transaktion:

Schritt 2: Der Bestellung dem Döners

Erste Frage: »Biettschön?«

Mögliche Antwort: »Einen Döner, bitte!«

Bessere Antwort: »Ein Dürüm« (im Teigfladen eingerolltes Dönerfleisch).

Falsche Antwort: »Eine Dönertasche«, »ein Gyros« oder »Döner mit Feta«.

Sofortige Kastration ist die Folge! Ehrlich! Frauen werden da etwas nachsichtiger behandelt: Sie dürfen nach der dritten Ohrfeige gehen.

Zweite Frage: »Sallat komplet ... mit ales?«

Mögliche Antwort: »Salat komplett« oder »Döner oS, bitte!« (ohne Swiebel).

Beim Döner oS wird der Döner-Fach-Angestellte folgenden Satz sagen: »Farabredung, oda?« (Zwinker, zwinker).

Beste Antwort: »Ja« (Zwinker, zwinker). Völlig unabhängig davon, was man wirklich vorhat, sollte man genau dies antworten. Das ist sehr wichtig, denn der DFA testet einen jetzt. Wenn er einem vertraut, wird er in Zukunft ein Kiezkumpel sein und viele köstliche Döner zaubern.

Falsche Antwort: »In Heidelberg gibt es zur Dönertasche immer Pflücksalat und etwas Minze.«

Dem DFA ist Heidelberg scheißegal! Kapiert?

Dritte Frage: »Döna mit Ssosse?«

Mögliche Antwort: »Knoblauch, Kräuter, Scharf.«
Nicht »scharfe Soße«, nur »Scharf!«

»Scharf« ist hier ein Nomen.

Falsche Antwort: »Nur frischen Joghurt, bitte ...«

Vierte Frage: »Gleisch esse oda mitnemme?«

Man denkt, der DFA brüllt einen an, aber er ist einfach
nur temperamentvoll. Seine Zunft verlangt Schneid und
Stolz!

Man entscheidet sich für eine der Varianten, bezahlt
und gibt ihm, wenn möglich, ein bisschen Trinkgeld. Will
man öfters kommen, beeindruckt man den DFA mit türki-
schen Floskeln wie: »tesekkür ederim« (»Danke schön!«)
oder »iyi aksamlar!« (»Guten Abend!«).

Markus hat's nun endlich geschafft und wartet mit seinem
köstlich duftenden Döner in der Hand auf seinen Bus.
Plötzlich spürt er einen Schlag und ihm wird schwarz vor
Augen ...

Als er wieder zu sich kommt, sieht er, wie ihm der
Deutschtürke von vorhin von der anderen Straßenseite
aus zuwinkt und frech grinst. In seinen Händen: Markus'
Döner. Der junge Mann ruft: »Willkommen in Berlin, du
Opfa!«

Na dann: Bon Appetit!

»Berlin ist deutschlandweit für seine freundlichen Tresen-
kräfte und zuvorkommenden Kellner bekannt. Jeder, der
hier ein paar Tage verbracht hat, erzählt von ihrer Kom-
petenz und Professionalität.«

Nicht? Ich dachte schon. Wie soll ich's denn beschreiben?

»Berlin ist eine freundliche Stadt, in der die Kellner und
Barkeeper kontaktfreudig sind und einem gern weiterhel-
fen. Wenn man sie nach einer Auskunft fragt, wissen sie
stets Bescheid.«

Wieder nicht? Mann, ich brauch doch 'ne Einleitung.

Also: »Berlin ist eine außergewöhnliche Stadt, die außergewöhnliche Menschen beherbergt. Viele davon sind
durch das anstrengende Leben hier manchmal vielleicht
etwas gereizt. Dennoch kann man sagen, dass die meisten
ihr Herz auf dem richtigen Fleck haben. Hat man etwas
Geduld und ist bescheiden, kann man auf eine durchschnittliche Bedienung hoffen.«

Immer noch nicht?

Okay!

»Der Service in Berlin ist scheiße. Die Kellner sind inkom-
petent und unfreundlich. Man wird ständig angeschnauzt

und bekommt bestenfalls mittelmäßige Produkte hin-
geschmissen. Wenn man Extrawünsche hat, gibt's was
aufs Maul.«

Zufrieden?

Ach, jetzt ist's plötzlich zu viel.

Dann gibt's halt keine Einleitung! Stattdessen folgen
drei kurze Gastro-Geschichten.

Zehn Spießer – kein Österreicher

Nach einem Vernissage-Besuch entschieden wir uns, gemeinsam bei einem Österreicher in Kreuzberg zu Abend
zu essen. Wir waren zu zehnt und hatten vor dem Losfahren noch schnell reserviert. Die Servicekraft versicherte
uns, dass auch eine so große Gruppe kein Problem darstellen würde. Platz sei genug da.

Dort angekommen wurden wir in einen schlauchförmi-
gen Raum geführt, dessen Breite höchstens einen Meter
maß. Aufgestellt waren vier kleine, runde Marmortische,
wie man sie aus dem Café kennt. Die Stühle mussten
versetzt platziert werden, damit alle reinpassten. Nicht
nur, dass die Location ziemlich beengt war, dieser Raum
stellte uns auch vor logistische Probleme: Wer wollte
neben wem sitzen, und in welcher Reihenfolge mussten
wir uns setzen, damit die Planung aufging? Man musste sich vorstellen, dass wir wie eine bunte Perle waren,
die auf eine Schnur aufgefädelt werden sollte. Wollte man
ein bestimmtes Farbmuster erzielen, musste man voraus-
denkend »einfädeln« und mit der letzten Perle zuerst anfangen. Dazu musste man einmal um alle Tische herum-
laufen, da ein Heizungsrohr den Eingang links vom ersten

Tisch blockierte. Nach ungefähr zehn Minuten waren wir dann endlich so weit: alle saßen.

Der Kellner begrüßte uns freundlich auf Englisch mit spanischem Akzent und reichte uns *drei* Speisekarten. Er habe nicht mehr, sagte er vollkommen entspannt. Wir waren etwas perplex, aber dennoch gut gelaunt. Hat ja auch einen »Erlebnisbonus«, so was.

Rasch waren Schnitzel, Gulasch oder Kaiserschmarrn ausgesucht, und wir warteten auf den Kellner. Dieser kam nach etwa fünfzehn Minuten völlig gestresst zu uns, hielt den Stift in der Hand und starrte auf seinen Block.

»What e you eat e?«, fragte er nun ungeduldig. Die Männer bestellten schön brav nacheinander ihre Alpenschweinereien, die Mädels Salate mit Extrawünschen.

»Bitte ohne dies …« –, »das zusätzlich …« – »Gibt es das auch mit Pute?« und so weiter. Pute gab es natürlich nicht. Der Stift unseres Erasmus-Kellners erstarrte sowieso jedes Mal, wenn ein Gericht mit Extrawünschen bestellt wurde. Als wir fertig waren, verschwand er wortlos in die Küche.

Komischer Kauz.

Plötzlich wurde eine Freundin von mir knallrot und fing an zu kichern.

»Wisst ihr, was voll cool ist? Ich muss mal.«

Sie war die erste Perle, die sich eingefädelt hatte, was bedeutete, dass entweder alle aufstanden oder sie unter den Tisch hindurchkrabbeln musste. Die Runde brach in lautes Gelächter aus, machte aber keine Anstalten aufzustehen, worauf sie sich für Plan B entschied.

Es dauerte wider Erwarten nicht lange, und unsere Schnitzel kamen. Sie sahen phantastisch aus, waren mehr als tellergroß und saftig. Problematisch war es nur, sieben dieser Fleischmatten auf den kleinen Cafétischen zu platzieren, ganz zu schweigen von all den Gläsern und dem Dekor. Ein zweiter Kellner brachte die Beilagensalate und die anderen das weitere Essen. Wieder ein logistisches Desaster. Den Kellner jedoch juckte das überhaupt nicht. Er drückte uns die Salate einfach in die Hand. Sollten wir uns doch selbst überlegen, wie wir das hinkriegten. Schwups, und schon war er wieder verschwunden. Wir koordinierten: »Wenn du deinen Salat gleich aufisst und ich mein halbes Schnitzel runterschlinge, kann ich meinen Teller in deinen stellen und dann …«, und so weiter.

Nach dem stressigen Essen gesellte sich auch noch der spanische Möchtegern-Ösi ungefragt zu uns, lehnte sich an die Wand und begann zu erzählen: Wo er herkam, was er bisher in Berlin alles gearbeitet hatte, dass er deutsches Essen armselig fand. Den Tellerfriedhof in unserer Mitte ignorierte er dabei komplett. Als ich ihn dann bat abzuräumen, entgegnete er nur: »Jaja. Clean, clean. But first I smoke.« Ich hatte meinen Tabak auf dem Schoß und rollte mir gerade eine, als er ungefragt danach griff.

»No problem, eh?« Seelenruhig bediente er sich und verschwand anschließend wieder.

So was habe ich bisher nur in Berlin erlebt …

Die Rechnung betrug übrigens über 300 Euro.

Schlawinchen

Das Schlawinchen ist eine urige Altberliner Kneipe in Kreuzberg. Obwohl sie in den letzten Jahren auch bei Studenten an Beliebtheit gewonnen hat, besteht ihr Klientel hauptsächlich aus kauzigen Stammgästen. Wer den Film »Voll Normal« mit Tom Gerhardt gesehen hat, kann sich ein ziemlich gutes Bild von ihnen machen.

Vor einigen Jahren war ich mit meinem Kumpel Max unterwegs in Kreuzberg und war tierisch enttäuscht darüber, dass um vier Uhr morgens unter der Woche schon die ersten Kneipen dichtmachten.

»Das ist nicht das Berlin, das ich kenne. Da hätte ich auch in München bleiben können. Ich brauch jetzt dringendst einen Absacker. Und ich hab Hunger!« Torkelnd liefen wir Arm in Arm den Kottbusser Damm entlang und klagten uns gegenseitig unser Leid.

»Es ist wirklich traurig, so traurig. Soooo traurig.« Schielend blickten wir uns an, die Gesichter so nah aneinander, dass sich unsere Nasen berührten. Noch ein paar Schnäpse mehr und wir hätten uns vor lauter Männerfreundschaft geküsst.

»Ich hab's!«, schrie Max, mein Saufbruder. »Ich hab's!« Er fuchtelte wild mit den Armen und versuchte krampfhaft, seine Idee in Worte zu fassen. Wie ein Stotterer, der unbedingt was Wichtiges sagen will, presste er stoßartig einzelne Silben aus seinem sedierten Sprachorgan.

»Sch... Schl... Schlaw...win...winchen. Schlaaawiiiinchennn!«

Aha, Schlawinchen. Ich kapierte gar nichts.

Unbeholfen klopfte ich ihm auf die Schulter und erwiderte, er sei auch ein altes Schlitzohr. Männer-Slang eben, dachte ich. Es passiert mir tatsächlich oft, dass ich Begriffe oder Sprichwörter missverstehe. Als mir zum Beispiel das erste Mal jemand »Hals- und Beinbruch« wünschte, war ich beleidigt. Als mir mein Kfz-Mechaniker sagte, er müsste mein Auto »auf Herz und Nieren prüfen«, hielt ich ihn für verrückt und wechselte die Werkstatt. Armer Kerl. Dem verwirrten Blick meines Kumpels entnahm ich, dass ich schon wieder »auf der Leitung« stand.

»›Schlawinchen‹, du Trottel, is 'ne Kneipe. Die nimmt uns auf. Twentyfour hours, Alta!«, lallte er mich an. Als wir um die Ecke bogen, verstand ich.

Die Front war mit furchtbaren, bunten Bildern bemalt, davor standen rote Plastikgarnituren. Auf dem Boden lag ein knallblauer Kunstrasenteppich, vor der Markise hingen Wimpel mit den Landesfarben der beliebtesten europäischen Länder. Bulgarien war natürlich nicht dabei. Hätte mich auch gewundert (In meiner alten Heimat Urlaub machen, Schafskäse fressen und Frauen angaffen, das geht, aber dann die griechische Fahne aufhängen ... tststs ...).

Max nahm mich an die Hand und zerrte mich hinein. Um diese Uhrzeit waren nur noch die Alteingesessenen anwesend. Ungefähr fünfzehn Augenpaare fixierten uns. Ohne Schnauzer, Dauerwelle und Jogginganzug aus Ballonseide waren wir deutlich als Fremdkörper zu identifizieren. Es schien fast so, als würde die Musik leiser gedreht, als würden alle Gespräche verstummen.

Wir setzten uns an einen freien Tisch und inspizierten

die Getränkekarte. Nach einem kurzen Moment hatten uns die Saufnasen vergessen und widmeten sich wieder ihren philosophischen Diskussionen. Das Übliche, vom Alkohol emotionsgeschwängertes Blabla. »Warum liebt sie mich nicht? Ich bring das Schwein um!« und so weiter.

Wir bestellten uns zwei große Flens, zwei Korn und zweimal Ölsardinen mit Zwiebeln und Brot. Geil, oder? Warum nicht jede Kneipe Ölsardinen auf ihrer Speisekarte hat, ist mir schleierhaft. Morgens, halb fünf in Deutschland ist Sardinenzeit! Da kann »Knoppers« mich mal kreuzweise.

Nach fünf Minuten war es dann auch so weit: Unser Festmahl wurde aufgetischt. Die Kellnerin war mir auf Anhieb sympathisch, denn sie erinnerte mich an meinen 17 Jahre alten Peugeot: Blau, mit reichlich Gebrauchsspuren, trotzdem charmant und äußerst zuverlässig. Mit einem »So, die Herren« stellte sie alles auf den Tisch und zwinkerte uns zum Abschied noch zu. So musste es sein. Wir waren im Männerparadies.

Gierig inhalierten wir unser Essen, spülten den zwiebligen Fischbrei mit Bier und Schnaps hinunter und waren glücklich. Richtiggehend euphorisiert und voller Menschenliebe hatte ich plötzlich das Bedürfnis, alle in der Kneipe kennenzulernen. Mein Blick wanderte umher und blieb am Nachbartisch hängen. Ein sehr ungleiches Paar saß sich gegenüber und machte sich gerade fürs Armdrücken bereit. Der eine war fast zwei Meter groß und muskelbepackt, der andere klein, dünn und sehr betrunken. Hihi, das musste ich mir ansehen.

Mit aller Kraft zog ich mich hoch und machte mich auf

den Weg. Max hielt das für eine schlechte Idee und versuchte mich aufzuhalten. Mit einem »Lass mich!« riss ich mich los und stellte mich direkt vor den Tisch der beiden. Sie sahen mich an, als wär ich ET im Alfkostüm.

»Haaaallllo. Was macht ihr da?«, gab ich treudoof zum Besten. »Macht ihr Armdrücken? Asterix gegen Obelix? Hihi. Habt ihr schon mal den Film »Over the Top« gesehen? Da spielt der Rocky mit und macht auch Armdrücken. Kennste?«

Der Muskeltyp trug eine bunte, weite Bodybuilder-Hose aus einem hauchdünnen Stoff und hatte den für seine Art typischen Dauerwellen-Vokuhila. Er schien von meiner plötzlichen Einmischung überhaupt nicht begeistert, ließ das dünne Händchen seines Kumpels fallen und starrte mich emotionslos an. Ich war aber nicht mehr zu bremsen.

»Und dann haben sie Kerzen rechts und links aufgestellt, damit's noch spannender wird. Und Skorpione. Soll ich mal fragen, ob die hier Skorpione haben? Na, Asterix, was meinste? Haben die hier welche? Ja? Nein?«

Max war vor lauter Fremdschämen rot angelaufen. Bestimmt stellte er sich mögliche Szenarien vor, in denen ich durch die Kneipe geflogen wäre wie ein verprügelter Ostblock-Carlson vom Dach. Der Prolo-Hulk erhob sich ganz langsam und baute sich vor mir auf. Mit seinen stahlblauen Augen fixierte er mich dabei die ganze Zeit. Mit meinen zwei Metern war ich es nicht gewohnt, dass mir jemand auf gleicher Höhe in die Augen schaute, und trotz meines Philanthropie-Anfalls wurde mir jetzt komisch zumute. Er packte mich mit beiden Händen am Kragen und spannte seine gewaltigen Muskeln an. Bevor ich mich versah, schwebte ich schon zehn Zentimeter über dem Boden. Alles ging so schnell, dass ich immer noch nicht aufgehört hatte, so blöd zu grinsen. Scheinbar mühelos hielt er mich in der Luft und zog mich zu sich heran, bis sich unsere Nasen berührten. Und es hatte nichts von der rührseligen Männerromantik, wie ich sie vor einer Stunde mit Max erlebt hatte. Er roch nach Kölnisch Wasser, und als er seinen Mund öffnete, sah ich die Reflektion meiner erbärmlichen Gestalt in seinen makellosen Schneidezähnen aus Gold. Er schrie: »DU – VERSTEHST – GAR – NICHTS!« Seine Worte hallten durch den Raum.

Danach: Stille.

Ich hatte inzwischen die Farbe meines geliebten Schafkäses angenommen und sah vor Schiss alles doppelt. Im Augenwinkel nahm ich wahr, dass Max schon aufgestanden und bereit zum Eingreifen war. Eigentlich sah ich zwei Mäxe, aber das konnte nicht sein. Um uns allen viel Stress zu ersparen, drückte ich ein leises, dünnes »Entschuldigung« heraus und versuchte dabei, die Mimik eines unschuldigen Lammes anzunehmen. Einige Sekunden hing ich noch in der Luft, bevor ich runtergelassen wurde. Als wäre nichts geschehen, drehte sich mein neues Herrchen um, setzte sich wieder zu Asterix und packte dessen zartes Händchen.

»So, weiter gehts!«

Max war inzwischen schon zum Tresen gegangen, um zu bezahlen. Anschließend warf er mir einen ernsten Blick zu und signalisierte mir, dass wir besser abhauen sollten.

Von draußen konnte ich noch einen letzten Blick auf die armdrückenden Jungs erhaschen. Der Wettkampf schien bereits vorbei zu sein, denn der Kleine hielt sich mit schmerzverzerrtem Gesicht den wahrscheinlich gebrochenen Arm. Mit dem gesunden machte er der Kellnerin ein Zeichen, worauf sie auch gleich mit Schnaps und Bier erschien. Der Bodybuilder war währenddessen wieder in Ausgangsstellung. Wir lasen von seinen Lippen nur zwei Worte: »Noch mal!«

Kumpelnest 3000

Allein dieser Name verdient schon Applaus. Man stelle sich mal vor: Man eröffnet nach harter Arbeit, viel Stress und finanziellen Belastungen eine Kneipe. Man hat seine ganze Energie in dieses Projekt gesteckt und ist unglaublich stolz darauf. Und jetzt braucht man dem Baby nur noch einen tollen Namen zu geben, der die Kunden anspricht und schön klingt. Aus Millionen von Möglichkeiten wählt man dann den aus, der einem am meisten zusagt. Wie hoch, könnte man glauben, ist die Wahrscheinlichkeit, dass die Kneipe »Kumpelnest 3000« heißen würde? Geht gegen Null? Minus drei?

Ganz genau!

Aber gerade deswegen ist dieser Laden eben auch so cool. Was einen Werbetexter die Hände über dem Kopf zusammenschlagen ließe, ist in diesem Fall ein Meisterstück der Namensgebung. So etwas nennt sich im Businesstalk »Alleinstellungsmerkmal«.

Mein erstes Mal im *Kumpelnest* werde ich jedenfalls nie vergessen.

Ich wohnte gerade mal zwei Tage in Berlin, als wir nachts planlos durch Schöneberg wanderten. Wir waren vier Jungs und hatten uns vorgenommen, richtig einen draufzumachen, als wir aber in einem komischen Viertel in unmittelbarer Nähe des Potsdamer Platzes landeten. Dort war richtig tote Hose, abgesehen von miefigen Spelunken mit zwielichtigem Publikum. Fast wären wir wieder in den Bus nach Hause gestiegen, als wir das »Kumpelnest 3000« entdeckten. Versteckt in einer dunklen Seitenstraße zog uns seine kitschig dekorierte Fensterfront an. Als wir näher kamen, sahen wir, dass der Laden brechend voll war und Leute darin tanzten. Das war genau die richtige Location für eine Truppe verpeilter Wahl-Berliner. Ich wurde zum Tresen geschickt, um Bier zu holen; beim Warten schaute ich mich um. Die Wände waren mit einem rosa Fellstoff überzogen, die Bar erstrahlte durch tausend bunte Lampen, nur das Publikum war schwer einzuordnen. Ein bunter Mix aus Lesben, Schwulen, Transen, Normalos, Alkis und Kleinkriminellen bewegte sich zu den treibenden Grooves von »Parliament«. Für einen Münchner wie mich, der es gewohnt war, in Schubladen zu denken, passte nix zusammen.

Meine Jungs kamen hinzu, denn die pfauenhafte Gestalt, die bis dahin mit ihrem riesigen Kostüm den halben Tresen blockiert hatte, war nach draußen getorkelt und kotzte ein vor dem Laden abgestelltes Fahrrad voll. Durch diese anarchistische Geste animiert bestellten wir Whisky. Nach ungefähr einer Stunde hatten wir auch sein (oder ihr?) Niveau erreicht und waren mächtig stolz, in einer so kultigen Kneipe mitfeiern zu dürfen. Total euphorisiert setzte sich einer von uns zu einer Frau mit beeindruckender Oberweite. Sie saß alleine am Ende der Bar, hatte langes, schwarzes Haar und trug ein hautenges, rotes Paillettenkleid. Der Rest begann sofort darüber zu diskutieren, ob »ihre Dinger echt« waren oder nicht. Wir waren nicht einer Meinung und mussten erst noch einen Wodka trinken, um uns darauf zu einigen: falsche Möpse! Das Urteil war gesprochen und musste unserem Casanova mitgeteilt werden. Doch dieser war plötzlich verschwunden.

Sicherlich geht jetzt die Post ab bei den beiden, dachte ich noch und freute mich für den sonst ziemlich introvertiert wirkenden Gesellen. Nach einer gefühlten Ewigkeit kamen die beiden Hand in Hand aus der Toilette und gaben sich ein Küsschen, bevor sie sich zu anderen Gästen stellte und er wieder zu uns an den Tresen kam. Jetzt waren alle Augen auf den armen Kerl gerichtet.

»Und? Und? Was geht? Erzähl!«, gackerten wir alle durcheinander.

»Na ja, die Alte geht mächtig ran«, antwortete er stolz.

»Ich hab sie gefragt, ob sie mich zu sich mitnimmt, und sie hat gleich genickt.« Anerkennender Applaus schallte durch den Raum.

»Wie heißt sie und was macht sie und wie alt ist sie?«, wollte ich sofort wissen. Er nippte nur an seinem Whisky und meinte, dass sie nicht besonders gesprächig gewesen sei.

»Eher der ruhige Typ. Hatte aber auch die ganze Zeit den Mund voll.«

Pause. Sprachlose Männer mit Kinnladen am Boden. »Weil wir geknutscht haben«, schob er hinterher und erlöste uns von den unerträglichen Phantasien. Es gibt Dinge, die testosterongesteuerte Twens einfach nicht fassen können. In solchen Momenten ist die Gefahr eines Herzstillstands unendlich groß.

Aus dem Augenwinkel konnte ich sehen, dass sich die mysteriöse Lady von ihren Freunden verabschiedet hatte und gerade ihre Jacke anzog. Sie ging langsam an uns vorbei und signalisierte unserem Kumpel mit einer Handbewegung, dass er mitkommen sollte. Wie ein Flummi sprang er auf und ging sofort mit ihr nach draußen, ohne sich von uns zu verabschieden. Nur einen Augenblick später kam sie noch einmal rein, schaute mir in die Augen und sagte: »Keine Angst! Ich bring ihn euch heil wieder, nachdem ich ihn vernascht habe.«

Ihre Stimme war so tief, dass sie den Whisky in meinem Glas in Schwingung versetzte; mit ihrer kräftigen, großen Hand gab sie mir dann noch einen Klaps auf die Wange.

DIE BERLINER WAND

Für eine Geschichte lang behaupte ich, Berlin wäre wieder geteilt. Eine unsichtbare Wand rund um West-Berlin versperrt Nicht-West-Berlinern und anderen genetischen Aberrationen den Zugang. Sobald ein Hussein, ein Ronni oder eine Jelena in ihre Nähe kämen, würde sie hart wie Stahl und zäh wie ... na ja, undurchdringlich eben. Käme hingegen der Dieter aus Charlottenburg, würde sie sich in Luft auflösen und ihn willkommen heißen.

Man muss sich das nur mal vorstellen! Alle schönen Jobs würden dann von West-Berlinern erledigt: Busfahrer, Bauarbeiter, Müllmänner, Müllfrauen, Müllkinder, Müll... und auch alle Nicht-Müll-Tätigkeiten. Natürlich müsste man Türken, Kroaten, Russen, Ossis und andere Exoten durch West-Berliner Äquivalente ersetzen, sonst würden Kreuzberg, Charlottenburg, der Wedding und Neukölln einer menschenleeren Wüste gleichen.

Beginnen wir also das Experiment. Wie sieht das Leben dann also konkret in diesen Stadtvierteln aus?

In *Kreuzberg* sehen alle aus wie Herr Lehmann und steuern nachts planlos durch Kneipen, in denen keiner redet. Sie sind ohne Ausbildung, haben ständig wechselnde Gelegenheitsjobs, bei denen sie sofort wieder rausfliegen, da sie immer zu spät kommen. Spitznamen wären für jeden Pflicht und würden wie folgt lauten:

Todes-Michi,
Steffi-in-den-Arsch-Koletzki,
Korn-Horst,
Zwee-Schnitzel-Jürgen,
Hartz-IV-Gabi,
und so weiter.

»Der Kneiper« ist in Kreuzberg die höchste Evolutionsstufe und eine absolute Respektsperson. Durch gezielte
Vergabe der Gelegenheitsjobs steuert er das soziale Ge-
füge und sorgt so für die »Balance of Power« in seinem
Kiez. Wie viel Molle (Bier) und vor allem wie viel Korn er
dem Todes-Michi ausschenkt, hängt von vielen Faktoren
ab:
    a. Todes-Michis Platz auf der Skat-Rangliste
    b. Wie oft wurde er in der letzten Woche entlassen?
    c. Hat er Steffi Koletzki schon mal ...?
Ein optimales Ergebnis für Michi wäre:
a. Nr. 1; b. siebenmal; c. »Logens, Alta!«.

In diesem Fall würde der Kneiper »Flätt-Räit!« brüllen,
Michi einen Gelegenheitsjob anbieten und ihn bis zur
Besinnungslosigkeit abfüllen. Am nächsten Tag müsste
dieser dann mit Zwee-Schnitzel-Jürgen für umsonst die
Toiletten putzen, da er natürlich verschläft. Geil!
    Ein Kiez wie ein Uhrwerk.
    Tagsüber würden alle, die gerade kein Engagement
haben, ihrer eigentlichen Bestimmung nachgehen: Skulp-
turenbauen, Singen, Ausdruckstanz, Tarotkartenlegen ...
Und wenn sie gaaaaanz viel Glück haben und gaaaaanz

fleißig waren, kann es passieren, dass ein Charlottenburger Schnösel vorbeikommt und ihnen eine Ausstellung oder ein Konzert am Savigny-Platz anbietet.

Da kommt dann keiner hin.

Schon in *Charlottenburg* angekommen, können wir uns ja mal umsehen. Da die Wand ja nur West-Berliner durchlässt, sorgt das auch in Charlottenburg für gravierende Veränderungen. Vielen ist nämlich nicht bewusst, dass es hier *vor* dem Mauerb… äh, Wandbau von Russen und Chinesen nur so wimmelte. Die einzigen Hinterlassenschaften dieser Volksgruppen sind riesige Mengen an Kaviar und Sojasoße. In Kombination schmeckt das irgendwie nicht, vor allem nicht zu Pommes und Curry, deshalb verbrennen die neuen Bewohner alles auf einem großen Haufen. Was früher der »Ernst-Reuter-Platz« war, heißt jetzt »Platz-der-Kaviar-Verbrennung«. Zum Jahrestag dieses Ereignisses würden die Berliner Glückskekse backen und sie alle zusammen zum Takt des Radetzky-Marschs zertreten. Mazel Tov!

Was in Kreuzberg der Kneiper, ist in Charlottenburg der Schnösel. Er fährt einen weißen SUV und parkt immer in zweiter Reihe. Wenn die Straßen leer sind, stellt er sich vor eine Einfahrt oder auf einen Behindertenparkplatz. Aus Prinzip. Er hat nämlich Kohle und scheißt auf alles. Die Welt soll dafür bezahlen, dass er als Jugendlicher beim Polospiel einen Hoden verloren hat und deswegen von Donata Oetker (Enkelin des berühmten Apothekers) ausgelacht wurde. Er steigt einfach aus, geht in eines der vielen Cafés und bestellt sich dort einen Chardonnay. Den ersten lässt er aus Prinzip immer zurückgehen. Und da hinter einem reichen Schnösel immer eine dummgeile Frau steht, sieht man diese Porno-Zombies-auf-Stelzen an jeder Straßenecke. Meistens damit beschäftigt, wieder auf die Beine zu kommen, nachdem sie über ihren Chiwawa gestolpert oder gegen einen SUV gerannt sind. Es gibt hier nur zwei Kasten: »Schnösel mit Schlampe« und »Service-Gesindel«. Letzteres arbeitet in Boutiquen, Feinkostgeschäften, Botox-Bars, Cafés und Restaurants. Nach getaner Arbeit müssen sie dann raus aus Charlottenburg. Zuerst werden sie auf dem Kurfürstendamm zusammengetrieben und dann zur Melodie von Harald Juhnkes »Was nützt das schlechte Leben?« feierlich aus dem Kiez gefegt. Der Schnösel sitzt währenddessen auf dem Balkon des berühmten, wiedereröffneten »Café Kranzler« und summt fröhlich den Refrain mit, während er an seiner Havanna nuckelt. Neben ihm Donata, die voller blauer Flecken an ihrem Rosé-Sekt nippt. Ach nein – es ist Champagner. Sie hat sich nur mit ihren roten Krallen am Auge verletzt und blutet jetzt ein wenig. La Dolce Vita!

Der Gewaltmarsch des Service-Gesindels endet im *Wedding*, wo es in seine ärmlichen Behausungen zurückkriecht. Da ja *alle* in Charlottenburg schaffen, ist im Wedding tagsüber tote Hose. Alte, Kranke und Kinder ziehen durch die leeren Straßen und machen Tauschgeschäfte. Kaputte Tasse gegen Topf mit Loch, ein Ohrring gegen etwas Hasch, Benjamin-Blümchen-Kassette

gegen halbe Wiener, et cetera. Diejenigen, die aus irgendeinem Grund nicht auf der Gesindel-Schule waren, sind
jetzt arbeitslos und hängen den ganzen Tag im Job-
Center rum. Da es sowieso keine Jobs gibt, es sei denn
jemand wird auf dem Nachhausemarsch aus Charlottenburg zertrampelt, gleicht das Arbeitsamt einem Frei-
zeitheim. Es wird Tischtennis, Skat und Stehschach gespielt und dazu fleißig geraucht. Im Keller gibt's ein
Vereinsheim, das »Wild Wedding«, aus dem ständig das
Beste der Siebziger, Achtziger und das Beste von heute
dröhnt. Es gibt wenige Weddinger, die den Sprung aus
dieser Ausweglosigkeit schaffen, denn die einzige Möglichkeit besteht darin, sich in Neukölln selbständig zu
machen. In den anderen Stadtteilen ist nichts zu holen:
Kreuzberg ist dicht (die Kneiper lassen keinen mehr
rein), und Schöneberg fährt eine strikte »Gay-Only-Po-
licy«. In dieser Vorstellung von einem utopischen Neo-
West-Berlin hat es Klausi jedoch geschafft. Er ist stolzer
Besitzer eines Imbisses in bester Neuköllner Lage, direkt
am Rathausplatz. Das Geschäft läuft gut, was für ihn anfangs überhaupt nicht abzusehen war. Als er damals im
»Wild Wedding« mit seinen Freunden Dart spielte und
so besoffen war, dass er statt der Dartscheibe Tresen-
Monis Hintern traf, bekam er Hausverbot und durfte
das Job-Center nicht mehr betreten. Eine Form von so-
zialer Ächtung, die einem im Wedding das Genick bre-
chen kann. Verzweifelt stolpert Klausi Koletzki an diesem Abend nach Hause und überlegt sich, was sich aus
seinem kaputten Leben noch machen lässt. Er hat keine
Lust, mit den Alten und Kranken durch den Kiez zu steu-

ern, und so wird alles, was zum Tauschen geeignet ist, in einen Jutebeutel gepackt. Klausi macht sich auf den Weg nach Neukölln!

Er hat in der Kneipe schon von den vielen leerstehenden Läden gehört, die es in *Neukölln* gibt. Keiner weiß genau, warum sich niemand an diese Immobilien herangetraut hat. Es wird gemunkelt, sie wären mit unheimlichen Geräten bestückt, deren Nutzen jedem vollkommen schleierhaft sei. Von »sich drehenden Spießen« wurde erzählt. »Ein SENKRECHTER Grill.« So was Bescheuertes!

Doch Klausi hatte keine Angst.

In Neukölln angekommen tauschte er zwei halbe Wiener, zehn Kronkorken, einen Aufkleber von der Diddel-Maus und dreieinhalb Paar Socken gegen seinen jetzigen Laden ein. Selbst für den seltsamen Grill fand er Verwendung.

Er nahm ein Eisbein, spießte es auf den Drehspieß, dann drei Bratwürste, dann etwas Schweinemett, Spiegelei und oben drauf wieder Eisbein. Das Ganze wiederholte er so lange, bis der Spieß voll war. Nun ließ er ihn rotieren und wartete, bis die Oberfläche knusprig wurde. Mit einem langen Messer schnitt er die äußerste Kruste der Länge nach runter und hatte so in der Fettpfanne knusprige Fleischfetzen. Jetzt brauchte er nur eine Schrippe (Brötchen) aufzuschneiden und die Stücke hineinzustopfen. Fertig war die Laube! Er benannte die Kreation nach seiner Mutter »Stefanies Sändwitsch«. (Sie hatte die Familie verlassen, als Klausi Koletzki noch ein Baby war.) Und sein Businessplan geht jetzt voll auf.

Die Neuköllner Bevölkerung, hauptsächlich aus Arbeitern und Beamten bestehend, hat lange, gewerkschaftlich klar definierte Mittagspausen und stopft sich nun in diesen mit Klausis Fastfood den Wanst voll. Die Warteschlange vor seinem Imbiss reicht manchmal sogar bis zu »kik«, dem Textil-Diskont – das schlagende Herz Neuköllns. Dort findet das soziale Leben statt: Die Jungmuttis mit Rastazöpfen demonstrieren vor dem Bekleidungsgeschäft gegen die Ausbeutung der Dritten Welt, die Omis schleichen sich durch den Seiteneingang rein und kaufen Babyklamotten für ihre Enkelchen. Wieder zu Hause sticken sie auf die Etiketten einfach »Fehr Treed« und schenken die chemisch gefärbten Miniaturkleidungsstücke ihren vom ewigen Dagegensein total übermüdeten Ökotöchtern.

Ihre kleinen Thorbens und Britts wachsen unter übertriebener Elternfürsorge auf, besuchen Capoeira-Kurse, essen vegan und sprechen fließend Esperanto. Die Neuköllner Ökomuttis binden ihre Kinder sehr stark an sich und verlangen absolute Loyalität. Sie sind ja auch alles, was sie haben. Die Papis halten es in den meisten Fällen nur wenige Monate zu Hause aus. Außerdem bestehen die Muttis darauf, die beste Freundin ihrer Kinder zu sein, und wollen *alles* über sie wissen (»Masturbierst du eigentlich schon, Schatz?«). Herauskommen dabei völlig verkorkste, treudoofe Liebesäffchen, die im Erwachsenenalter nicht mehr klarkommen. Doch in unserem Experiment haben sie damit perfiderweise die besten Chancen auf ein schönes und aufregendes Leben. In Schö…

Ups! Bevor wir uns jetzt mit Spekulationen auf politisch unkorrektes Glatteis begeben, beenden wir lieber den Albtraum von einer erneut eingemauerten Hauptstadt.

Berlin ist Gott sei Dank seit über 20 Jahren barrierefrei und für alle Nationalitäten zugänglich. Menschen aus der ganzen Welt kommen in die Metropole und versuchen, eine Nische zu finden, in der sie sich entfalten können. Und meistens finden sie auch eine, denn dieser Flickenteppich multikultureller Vielfalt ist in Deutschland einzigartig und muss dringend erhalten und geschützt werden.

Also, an alle »Früha war alles bessa«-Typen und nostalgischen Kneipenphilosophen:

Ihr wollt die Mauer zurück? Das könnt ihr vergessen! Aber pronto!

SONNTAGS IM DISCOUNTER

Jeder kennt doch Tetris. Das Computerspiel, bei dem man in einem rechteckigen Feld sich nach unten bewegende, verschiedenförmige Spielsteine so drehen und in Position bringen muss, dass sie eine geschlossene horizontale Reihe bilden. Wenn man das schafft, löst sie sich auf und macht Platz für die nächsten Steine. Je mehr Reihen verschwinden, desto schneller bewegen sich die Klötze nach unten. Wenn man mit dem Drehen und Schieben nicht mehr hinterherkommt, füllt sich das Feld bis oben hin, bis kein Stein mehr hineinpasst: Game over!

Es gibt in Berlin eine Handvoll Supermärkte, die auch sonntags geöffnet sind. Hat man die verrückte Idee, dort einkaufen zu gehen, erlebt man das Spielprinzip von Tetris am eigenen Leib. Als ich es doch einmal wagte, um mir laktosefreie Milch zu kaufen, überwältigten mich die chaotischen Zustände im völlig überfüllten Markt. Ich fing an zu phantasieren: Die Welt um mich herum verschwamm und wurde tatsächlich zum Tetris-Spielfeld, die Menschen zu Spielsteinen. Plötzlich wurde ich angesprochen: »Du, Kanack, groß und dünn«, sagt der Security, der scheinbar als Spielleiter fungiert. Die Rolle macht ihm sichtlich Spaß, und er schiebt mich zu den anderen bärtigen, großen Männern. Mit einem breiten Grinsen erklärt er uns: »Ihr seid braune Stab. Ihr hab's kein Ecke

und könnt's nur in Einer- oder Viererlücke rein. Tamam?«
(Türkisch für ›Okay‹)

Aha, ein kleiner dicker Türke, denke ich. Zeit für einen Scherz. »Und du bist wahrscheinlich ein fettes, braunes Viereck, oder? Passt nur in riesige Lücken.« Das Grinsen verschwindet plötzlich aus seinem Gesicht, und die tiefschwarzen Haarbüschel über seinen Augen verengen sich zu einem furchterregenden Balken.

»Aufpassen, braune Stab. Fettes Viereck sitzt gern auf braune Stab.« Ich huschte wieder zu den anderen Stäben und beschloss, in Zukunft ein braver Junge zu sein. Der Gedanke an einen fetten Security-Arsch in meinem Gesicht machte mich gefügig.

Vor dem Discounter standen schon viele andere Steine bei ihren Teammitgliedern und warteten, dass es losgehen würde: Blonde Menschen mit Kinderwagen (gelbe L-förmige Steine), kleine afrikanischstämmige (schwarze Z-förmige), Betrunkene, Punks und Junkies (blaue Rechtecke), Beleibte (Vierecke diverser Farben).

Durch das Ladenfenster konnte man sehen, wie sich das Personal auf die zehn Kassen verteilte und ein letztes Gebet sprach. Die Wechselgeldkassetten rasteten mit einem satten »Klack« ein, und alle schauten ängstlich in die Richtung des Spielleiters.

Dieser erhob die Stimme und erklärte der bunten, verunsicherten Spielstein-Meute die Regeln.

»Liebe Steine, der Spiel ist gleich beginnt.

Tut's eure Einkäufe machen und passt's auf.

Bleib's immer in Bewegung und macht nix blockieren.

Laden sofort voll und dann *Gem Owa.*

Dann muss alle gehen, ohne Essen. Tamam?

Wenn Wagen voll, dann sofort zu Kasse und Reihe machen.

Nur wenn an jede Kasse gleischzeitig ankommt und bessahlt, dann Reihe sisch auflösen und verschwinden: Platz für nächste Steine. Bereit?

Auf der Plätze, fertig, los!«

Die Ladentür öffnet sich, die Grüppchen lösen sich auf, und alle eilen gleichzeitig zu den Einkaufswagen. Ein blaues Viereck (also besoffen und dick) stolpert und reißt einen meiner Stabkollegen zu Boden. Dieser schlägt mit der Nase zuerst auf den Betonboden auf und fängt sogleich an zu bluten. Ich versuche, ihm wieder auf die Beine zu helfen, werde aber von dem Kinderwagen einer gelben L-Stein-Brunhilde umgestoßen und überrollt. Gott sei Dank ist gleich der Spielleiter zur Stelle, um mich hochzuziehen.

»Stab hat hohen Schwerpunkt«, sagte er, »fällt leicht um!«

Verschämt bedankte ich mich und hielt Ausschau nach meinem gestürzten Kollegen, der bereits von der hysterischen Menschenmenge begraben wurde. Da war kein Rankommen. Ich musste ihn aufgeben. Da ich für meine laktosefreie Milch sowieso keinen Einkaufswagen brauchte, rannte ich in den Laden.

»Da bin ich null Komma nix wieder draußen«, rief ich dem Spielleiter zu, der darauf nur ein »Inschallah« (»So Gott will«) erwiderte. Allah wollte anscheinend überhaupt nichts, da sich bereits am Eingang ein Stau bildete. Ein schwarzes Z hatte sich mit seinen dünnen Armen im Drehkreuz verheddert.

»Was nicht passt, wird passend gemacht«, rief ein extrem prolliges, gelbes Vokuhila-Viereck und brachte das Drehkreuz mit einem heftigen Ruck wieder zum Laufen. Leider ging das schwarze Z dabei kaputt, aber wenigstens lief es wieder. Endlich im Laden musste ich eigentlich nur nach rechts, wo sich die Milch befindet und dann geradeaus durch, zu den Kassen. Denkste …

Der Menschenstrom riss mich den Gang entlang, weg von meiner Milch in Richtung Gemüse. Vor mir lag jetzt der berüchtigste Engpass des Spielfelds, auch »Bloody Mary« genannt: Tomaten und Spirituosen befinden sich genau einander gegenüber und sind beide äußerst begehrt. Blaue Spielsteine rannten panisch zum Schnaps, braune und gelbe zu den Tomaten. Einer stolperte, riss ein paar Wodkaflaschen mit und fiel der Länge nach in die Scherben. Ein brauner Stab aus meiner Gruppe wusste das mit dem hohen Schwerpunkt noch nicht, verlor das Gleichgewicht und zerlegte beim Hinfallen gleich die ganze Tomatentheke. Einen Gang weiter standen picklige Lidl-Azubis bereit und bewarfen den durchnässten Haufen mit Tabasco, Worcestersauce, Salz und Pfeffer. Zu meiner Rechten befanden sich der Staudensellerie, und ich war kurz versucht, dem Spektakel noch die Krone aufzusetzen, entschied mich aber dazu, eine Abkürzung zu nehmen. Mit einem Sprung über die Möhrenkisten schaffte ich es, im nächsten Gang zu landen, und befand mich dann zwischen Kartoffeln und Non-Food-Artikeln. Die Azubis waren inzwischen weggelaufen und machten verschiedenförmigen, weiblichen Spielsteinen Platz. Der bunte Haufen stürzte sich auf die Wühlkisten, die mit hässlichen Klamotten, billigem Werkzeug und sonstigem Nippes gefüllt waren. Da ich schmal bin, schaffte ich es, mich an den Damen vorbeizudrängeln. Am Ende meines Ganges sah ich schon die aufgetürmte Milch, kam aber nicht weiter, weil sich ein Rollstuhl und zwei Kinderwagen ineinander verkeilt hatten und den Durchgang blockierten. Ich musste also umkehren, wieder an den Wühlkisten vorbei und einen Umweg über die Fleischkühlschränke in Kauf nehmen.

An dieser Stelle muss ich allerdings die Pausetaste drücken, um kurz auf eines der bedeutendsten Symbole internationaler Völkerverständigung hinzuweisen: Dem HUHN! Dieses wundervolle, leckere Tier ist in fast jeder Küche weltweit vertreten: Der Araber kocht sein Hühnchen gern in Joghurt, die Söhne Israels mögen es mit Sesampaste und Knoblauch, der Nazi mag's knusprig mit Pommes und der Afrikaner macht ein würziges Ragout daraus. Wenn das nicht mal der Schlüssel zum Weltfrieden ist! Die weiße Taube ist doch Schnee von gestern ...

Im Spiel wurde ich leider eines Besseren belehrt. Da scheinbar alle im Laden sehr begierig auf den Weltfrieden waren, wollten sie sich natürlich möglichst große Mengen an Hühnerfleisch sichern. So musste ich also mit ansehen, wie eine kleine, dürre Punkerin mit einem älteren Herrn aus Indien um die letzte Packung Hühnerbrust rang. Er versuchte, sie mit seiner freien Hand zu ohrfeigen, während sie ihm unablässig mit ihren Springerstiefeln in den Schritt trat. Schließlich musste er sich geschlagen geben und sank auf die Knie, während die Punkerin mit der Hühnerbrust in Richtung Kasse sprintete.

Inzwischen war die Spielfläche vollkommen überfüllt, und ich fragte mich, warum der Spielleiter nicht schon längst das ›Game over‹ verkündet hatte. Mit Tetris hatte das hier schon lange nichts mehr zu tun; eher mit einem Gladiatorenkampf um Leben und Tod. Irgendwas musste am Eingang passiert sein. Wahrscheinlich hatte der Spielleiter die Kontrolle verloren, und die Spielsteine machten, was sie wollten. Ich bekam es jedenfalls mit der Angst zu tun und folgte nun der Punkerin, die sich wie ein Eisbrecher durch die Menschenmenge drückte. Kurz vor den Kassen machte sie aber plötzlich bei den Eiern halt, und ich rannte ungebremst gegen ihren tätowierten Rücken, der sich unter ihrem Netzhemd abzeichnete. Das hatte zur Folge, dass sich die kleinen unbefruchteten Eizellen unseres Friedenshuhns gleichmäßig über die gepiercten Geschichtskrater der Anarchistin verteilten. Zeit zu verschwinden, dachte ich und rannte zum Milchregal. So, zwei Stück reichen, jetzt schnell anstellen! Kasse vier, Tüte brauch ich nicht, hop hop, nur schnell raus hier.

Das Personal ackert immer in einem Wahnsinns-Tempo, und das Piep-Geräusch, das beim Scannen der Lebensmittel ertönt, ist ohrenbetäubend laut. Discounterkassen sind in der Regel so konstruiert, dass der Kunde seine Waren, die eben noch auf dem Band lagen, sofort wieder in den Einkaufswagen legen muss, da es hinter dem Scanner keine Fläche zum Zwischenlagern gibt. Schafft er das nicht rechtzeitig, landet alles auf dem Boden, was die immer größer werdenden Haufen hinter den Kassen erklärt.

Aus der Eierecke vernahm ich einen lauten Schrei, gefolgt von Flüchen und Hasstiraden.

»Oh, Gott! Punkerin im Anmarsch«, rief ich und bettelte meinen Warteschlangenachbarn an, mich vorzulassen. »Nur zwei Milch! Komm schon!«

So wie der aussah und roch, musste er ein blauer Spielstein sein.

»Du gibst mir zehn Euro, dann lass ich dich vor«, erwiderte er knapp und hauchte mir seine Schnapsfahne ins Gesicht. In Anbetracht der Tatsachen erschien mir der Deal durchaus fair, und ich drückte ihm einen Schein in die Hand.

»Biddeschön, der Herr von und zu«, blaffte er mich daraufhin an und machte mit einer Verbeugung Platz. Ich rückte schnell nach vorne und warf der Kassiererin meine Milchtüten aufs Band. Hinter mir wurde das Geschrei immer lauter.

»Piep. Piep.«

»Alles?«, fragte sie mich.

»Ja«, antwortete ich und zückte zitternd meine EC-Karte.

»Das macht dann 82 Euro, bitte schön!«

»Wie bitte, für zwei Milchtüten? Sie spinnen wohl!«, schoss es aus mir heraus. Die Punkerin war inzwischen aufs Rollband gestiegen und kroch jetzt auf allen vieren auf mich zu, eierverschmiert und äußerst wütend. Die Kassiererin hingegen blieb völlig gelassen und erklärte mir, dass sie auf ihrem Monitor »Hundert Liter Milch« stehen habe. Und der Computer irrte sich niemals und ich müsste jetzt bezahlen.

Das Punkmonster hatte schon ein Haarbüschel von mir in der Hand und zog kräftig daran. Unter heftigen

Schmerzen gab ich meine PIN ein und bezahlte tatsächlich 82 Euro für zwei Liter Milch. Meine Feindin riss mir eine Menge Haare aus und lachte manisch. Schmerzerfüllt und schreiend rannte ich aus dem Laden.

Die Fläche vorm Discounter glich einem Schlachtfeld. Überall lagen verletzte Einkäufer in ihren Lebensmitteln. Kinder weinten, Frauen schrien. Der Spielleiter krabbelte auf allen vieren zwischen den Opfern herum und stammelte wirres Zeug.

»Gelbe L ist superschnell, braune Stab ist Schischkebap. Oje, Oje.«

Mir wurde schwindelig, und ich machte mich schleunigst auf den Heimweg. Wie ein Adler krallte ich meine Finger in die Milchtüten. Ich lief weiter und erschrak bei jedem Passanten, der mir entgegenkam. Endlich zu Hause angekommen, sperrte ich die Wohnungstür gefühlte zwanzigmal zu, setzte mich völlig erschöpft in die Küche. Hatte ich das alles tatsächlich erlebt?

Die Welt hatte wieder ihre gewöhnliche Gestalt angenommen.

»Jetzt einen riesigen Milchkaffee«, sang ich etwas labil vor mich hin. »Den haste dir allemal verdient!«

Den Rest des Tages verbrachte ich dann auf dem Klo. Ich hatte in der Eile normale Milch gekauft, und die vertrage ich, wie gesagt, überhaupt nicht. Wer hätte gedacht, dass ich unbeschadet aus der Hölle zurückkehre und dann fast an einem Grundnahrungsmittel zugrunde gehe.

Der Darwinismus kennt eben kein Erbarmen.

Berlin bietet, wie viele andere Städte auch, eine Vielzahl an Events und Festen, die Musterbeispiele für tolerantes Verhalten und Integration sind. Beim »Karneval der Kulturen« zum Beispiel findet ein riesiger Umzug statt, bei dem jede in Berlin lebende Volksgruppe durch einen eigenen Wagen repräsentiert wird. Es wird getanzt, gesoffen, musiziert und ordentlich gemampft. Privatleute betreiben Essensstände und beglücken das für diesen speziellen Tag plötzlich kosmopolite Volk mit seltsamen exotischen Speisen.

Oder nehmen wir den 1. Mai: Alle kämpfen vereint mit Pflastersteinen gegen die Bullen. Wieso, das weiß kein Mensch, aber einzig und allein der »Spirit« zählt. Orkan, Klaus und Alexej kratzen sich beim Herausreißen des Bodenbelags gemeinsam die Finger blutig. Ist das nicht eine schöne Form der Völkerverständigung!?

Ein anderes stadttypisches Event bleibt nach wie vor ein Berliner Insider und wird von Restdeutschland in seiner integrativen Wirkung immer noch verkannt: Das »S-Bahn-Chaos«.

In regelmäßigen Abständen entscheidet sich die Berliner S-Bahn dazu, die ganze Stadt lahmzulegen. Irgendein kleines Bauteil geht aufgrund menschlichen Versagens kaputt, und alles steht.

Nehmen wir einmal an, der sechzehnjährige Kai-Ingo, Azubi bei der Deutschen Bahn, wird von seinem Chef zum Sicherungskasten der Signalanlage geschickt. Er möchte bitte an der Backup-Konsole eine Sicherung austauschen, da am nächsten Tag ein Belastungstest stattfinden soll. Gut, sagt er sich, isi, bisi, öffnet den Koffer mit den grauen Reserve-Sicherungen und tauscht das gewünschte Stück aus. Fertig. Was er aber nicht weiß, ist, dass sich in seinem Kasten rote und grüne Sicherungen befinden, die er aufgrund seiner Rot-Grün-Schwäche als grau wahrnimmt. Was am nächsten Tag beim großen Belastungstest passiert, stürzt die Stadt ins Chaos.

Auch ich war mal wieder mit der S-Bahn unterwegs, weil ich um zwölf Uhr einen neuen Job in einer Fotogalerie am Hackeschen Markt beginnen sollte. Von Schöneberg ist die Verbindung dorthin direkt und schnell. Man muss nur in die S 1 steigen und ist in achtzehn Minuten da. Ich konnte also ganz bequem um 11:35 Uhr aus dem Haus gehen und wusste, dass ich überpünktlich zur Arbeit erscheinen würde.

Am Bahnsteig angekommen zündete ich mir verbotenerweise eine Zigarette an und starrte auf die Anzeigentafel. Noch fünf Minuten. Perfekt. Das Komische an diesem Tag aber war, dass nach jeder vergangenen Minute die Zahl auf dem Display um eine zunahm. Ich verlor also zwei Minuten pro abgelaufener Minute. Dieses Paradoxon überforderte mein Gehirn dermaßen, dass mir die Zigarette aus dem Mund fiel. Endlich meldete sich eine Stimme über die Lautsprecher (den Dialekt muss man sich dazudenken): »Sehr verehrte Reisende, aufgrund einer technischen Störung ist der Zugverkehr unregelmäßig. Danke für Ihre Aufmerksamkeit!«

Fluchen und Schimpfen ist auf dem Bahnsteig zu hören.

Für mich bedeutet diese Durchsage, dass früher oder später ein Zug kommen würde. Zur Sicherheit rief ich meinen Chef an, um ihm meine »*höchstens* zehnminütige Verspätung« mitzuteilen, was ihn Gott sei Dank nicht die Bohne interessierte.

Zwanzig Minuten später stand ich noch immer auf dem Bahnsteig und sah, dass meine S-Bahn circa 200 Meter vor dem Bahnhof zum Stehen gekommen war. Jetzt hieß es: umdisponieren. Ich rannte zum über mir gelegenen Bahnsteig und schaffte es gerade noch, mich zwischen die sich bereits schließenden Türen der Ringbahn zu quetschen. Diese macht zwar einen Umweg, hätte mich aber trotzdem schneller ans Ziel gebracht als die wahrscheinlich defekte S 1. Glücklich über meine spontane Entscheidung setzte ich mich neben ein südländisch aussehendes Mädchen, welches wie hypnotisiert auf sein Smartphone starrte. Doofe Teenies, verschwenden ihre Lebenszeit mit Mp3s und »Gesichtsbuch«, dachte ich mir. Dann kam der Zug ins Rollen, beschleunigte, verließ den Bahnhof und … bremste wieder ab, kam auf offener Strecke – zum Stehen. Naaaiiiiiin!

Was zum Henker war jetzt wieder los? Verunsichert blickten die Fahrgäste aus dem Fenster und veränderten demonstrativ genervt ihre Sitzpositionen. Alle schienen jetzt die Ohren zu spitzen und auf eine Durchsage des Zugführers zu warten. Dieser aber ließ sich Zeit, was zur Folge hatte, dass ein balkanstämmiger Fahrgast anfing, laut und aggressiv zu fluchen. Als Bulgare sind mir einige Redewendungen meiner Nachbarn aus dem ehemaligen Jugoslawien bekannt, und ich musste schmunzeln. Die Menschen aus diesem Teil Europas haben echt abgefahrene Ideen, was man alles mit den Müttern derer anstellen sollte, die sie gerade hassen. Unser Zugführer hatte bestimmt 'ne nette Ostmutti, die gerade ihre Kittelschürze anhatte und in ihrer Gartenlaube ein Piccolöchen Rotkäppchensekt genoss. Sie hatte keine Ahnung davon, was ihr ein Fremder gerade an den Hals wünschte.

Ich nutzte unseren Zwischenstopp dazu, mein Abteil zu scannen: Aha, ein Typ mit Fotokamera, bestimmt digital. So um die dreißig. Gutes Alter.

Eine furchtbar überschminkte Tussi. Azubine, wenn's hochkommt. Nicht schlecht, trotzdem.

Öko-Tante mit grüner Hanfhose, Brille Fielmann, Modell »Griff ins Klo«. Könnte vegan für Waldorfkinder kochen. Deutsch hoch zehn.

Dicker Türke, jung, mit Mappe in der Hand, nervös.

Ein italienisches Pärchen, Touris auf dem Weg zum Branden – gähn – burger Tor.

Ein Bauarbeiter, Ossi, telefoniert garantiert mit einem anderen Ossi. Bestimmt ging's um Bananen oder FKK.

Dann, so ein Typ, den ich nicht einordnen konnte. Versuchte immer Blickkontakt mit mir aufzubauen. Ich wollte aber nicht. Normalo.

Und natürlich die kleine Araberin mit Smartphone (ich

habe mittlerweile eine Schublade für sie gefunden) und der Agro-Jugo.

Endlich hörte man ein Rauschen aus den Lautsprechern über unseren Köpfen, und unser S-Bahn-Pilot beehrt uns mit einer Durchsage: »Sehr geehrte Fahrgäste, aufgrund einer technischen Störung ist der Zugverkehr bis auf weiteres unterbrochen. Wir bitten um Ihr Verständnis.«

Was soll das denn heißen? Fünf Minuten, zwei Tage?

Der Jugo sprang auf und haute vor Wut gegen die Scheibe. Die Mutter des Zugführers musste wieder einiges einstecken, die kleine Araberin erschrak fürchterlich. Da sie bis jetzt Kopfhörer aufhatte, um schlechte Musik zu hören, hatte sie nichts von der Durchsage mitbekommen. Sie schaute mich ängstlich an, und ich versuchte, sie mit einem Guter-Onkel-Nicken zu beruhigen. Das schien auch zu klappen, denn sie steckte sich die Kopfhörer wieder in ihre popverseuchten Ohren und hörte weiter »Lalala Love lalala gaga gugu«, oder so ähnlich.

Viele Fahrgäste schnappten sich jetzt ihre Handys und teilten verschiedenen Leuten ihre Verspätung mit, fast einvernehmlich einigte man sich auf zwanzig Minuten. Gute Idee, dachte ich und rief in der Galerie an. Mein Chef klang mittlerweile ein bisschen genervt, behauptete aber, dass er mit zwanzig Minuten leben könne. Der junge, dicke Türke tippelte mit den Füßen unruhig auf dem Boden herum, als müsse er dringend aufs Klo, und hielt seine Mappe so fest, als hätte er Tetanus. Er bemerkte, dass ich ihn beobachtete.

»Isch hab heut meinen ersten Tag bei der Ausbildung, Mann. Mein Chef bringt misch um«, teilte er mir mit besorgter Miene mit.

»Du kannst ja nix dafür, Alta. Die S-Bahn is doch schuld«, antwortete ich ihm in meinem besten Slang. Mir fiel auf, dass das wiederum ziemlich überheblich wirken konnte, und beschloss, meine tollpatschigen Integrationsversuche ab jetzt bleiben zu lassen.

»Ja, aber der Typ is voll der Wixa, Mann. Typisch Kartoffel halt!« Zwinker, zwinker.

Seine Antwort brachte mich zum Lachen, und ich fühlte mich geehrt, dass er mich offensichtlich zu seinesgleichen zählte. Die Berliner Türken und Araber haben nämlich die Angewohnheit, alle Deutschen als »Kartoffeln« zu bezeichnen. Nicht gerade nett, aber durchaus amüsant. Die Deutschen müssten sich im Gegenzug auch einfach eine lustige Bezeichnung ausdenken: »Pelz-Rücken«, »Zwiebel-Ali«, »Döner-Face« …

Nur als Beispiel …

Das italienische Paar schaute nur doof aus der Wäsche. Sie hatten die Ansage nicht verstanden und baten mich in gebrochenem Englisch, für sie zu übersetzen. Wer italienisches Englisch parodieren möchte, muss vor und nach jedem Wort ein stimmloses »e« einfügen. So ungefähr klang die Frage: »E could e you say e, what e da man said, e?«

Ich übersetzte und fragte, woher sie kämen und was sie in Berlin vorhätten. Der Mann lächelte schüchtern, und die Frau erzählte mir, dass sie Künstler aus Neapel und unterwegs zur Vernissage ihrer eigenen Ausstellung waren. Alle Gäste wären schon da, und die Veranstalterin habe ohne sie begonnen. Porca Miseria!

Die überschminkte Tussi hörte mit und schmunzelte. Sie wendete sich an den zappelnden Türken und sagte, sie hätte ihrem kleinen Bruder einen Ausflug versprochen, und der rufe jetzt dauernd an. »Wie nervig«, meinte sie. Dieses Nervenbündel war es anscheinend nicht gewohnt, von hübschen Mädchen einfach angesprochen zu werden, und wendete sich kommentarlos an mich: »In der Mappe is mein Ausbildungsvertrag. Kann isch ja jetzt wegschmeißen.«

Zack! Das war die Initialzündung. Ein Mikrokosmos war entstanden. Gelangweilte Fremde verwandelten sich in eine empathische Gruppe. Der Fotograf berührte sanft seine Schulter und versprach ihm, dass alles gut werde. Die Tussi versicherte ihm, dass man sich die Verspätung bescheinigen lassen könnte. Die kleine Araberin nahm endlich ihre Ohrstöpsel raus, um auch etwas mitzukriegen, woraufhin ich ihr mein Leid klagte. Die Öko-Lady versuchte, ein Gespräch mit dem Normalo anzufangen, wurde von ihm aber ignoriert, da er sich *natürlich* mehr für *meine* Geschichte interessierte. Komischer Typ. Schaute mich immer nur an und nickte. Der war nicht koscher. Der Ossi schaute sich ständig um, sagte aber nix. Dachte wahrscheinlich immer noch an Bananen und FKK, vielleicht noch an Trabbis und Fidel Castro …

Mittlerweile war es 12:45 Uhr, und unser neu entstandener Mikrokosmos hatte sich in einen lauten Hühnerstall verwandelt. Alle gackerten durcheinander und bemitleideten sich verständnisvoll. Nur der Jugo saß da wie versteinert und starrte auf sein Handy.

Plötzlich wurde es still, weil wir wieder ein Rauschen aus den Lautsprechern wahrnehmen konnten. Eine Durchsage folgte.

»Aufgrund eines Signalausfalls auf dem gesamten Streckennetz, ist der Zugverkehr auf unabsehbare Zeit unterbrochen. Bitte bleiben Sie ruhig und öffnen Sie nicht eigenmächtig die Türen!«

Das klang nicht gut.

Auftritt des Balkan-Gorillas.

Schreiend und fluchend stand er auf, stieß jeden zur Seite, der ihm im Weg stand, und hämmerte wie wild gegen die Waggontüren. Alle erstarrten. Die Mütter der Berliner Bahnmitarbeiter wurden verbal geschändet und in kleine Stücke gehackt, die Überreste mit Benzin übergossen und angezündet. Ich zwang mich, nicht hinzustarren, um ihn nicht noch mehr zu provozieren. Der Fotograf bewies jetzt äußerste Sozialkompetenz und zeigte dem wütenden Cevapcici, welcher Notfallknopf die Türen öffnen würde. Kaum gesehen schlug dieser energisch drauf und sprang durch die geöffneten Türen gekonnt aus dem Zug. Anstatt jedoch auf den Parkplatz neben den Gleisen zuzulaufen, sprintete er am Zugführer vorbei, geradewegs in die Richtung des nächsten Bahnhofs. Die Türen blieben offen, und eine angenehme Brise strömte in den Waggon. Allgemeines Aufatmen im Hühnerstall. Der böse Wolf war jetzt weg, Erleichterung machte sich breit. Der Ossi ergriff das Wort.

»Wisst ihr, wat dit Beste ist? Der läuft zum Südkreuz, und der Zugführer hat'n jesehen. Der Bundesjrenzschutz erwartet den Nappel jez mit offene Arme!«

Alle bis auf die Italiener lachten, und ich übersetzte sofort, in einem Anfall von Menschenliebe. Der Fotograf machte ein Bild nach dem anderen, und sogar unser Nervenbündel wirkte jetzt entspannt. Jetzt wurde es in unserem kleinen Gefängnis gemütlich, und alle rutschten tiefer in ihre Sitze, manche legten die Füße auf die freien Plätze. Die Handys wurden wieder aktiviert und der neue Stand der Dinge durchgefunkt.

Mr Normalo versuchte lustig zu sein und erklärte mir, dass die Signalpanne bestimmt von der Telefonindustrie verursacht wurde, um mit den vielen SMS-Versendungen Gewinn zu machen. Ich verzog mein Gesicht zu einem geheuchelten Lächeln und drehte mich weg. Echt komischer Typ. Sollte mich in Frieden lassen.

13:30 Uhr: Wir alle saßen jetzt seit anderthalb Stunden fest, hatten aber aufgegeben, uns dagegen zur Wehr zu setzen. Machte ja sowieso keinen Sinn. Man unterhielt sich entspannt, erkundigte sich nach der Beschäftigung des Gesprächspartners und alberte herum. Die Öko-Tante stand plötzlich auf, ging zur offenen Waggontür und sagte auf Wienerisch: »Wiisst's ihr wos? Wenn's die Oaschlöcha ned schoff'n den scheeß Wogn zu bewegan, kema auch rochn!« Sprach's und steckte sich 'ne Kippe an. Lautes Klatschen und Jubel. Auch ich applaudierte eifrig und wurde richtig euphorisch. S-Bahn-Rebellion! Rock 'n' Roll. Fuck the System!

Die kleine Musikfreundin neben mir war sofort dabei, holte ihre Marlboros aus der pinken Handtasche und bot mir gleich eine an. Ich nahm dankend an und stellte mich rauchend zu den anderen in den Gang. Der junge Türke war jetzt mein Kumpel, und wir fotografierten uns Arm in Arm, mit Kippe im Mund. Die jungen Mädels berieten sich in Sachen Make-up, und die Italiener versuchten sich in Smalltalk-Pantomime.

Eine echt gute Truppe! Meine fiesen Vorurteile waren wie weggeblasen, und ich schämte mich sogar dafür, dass ich in meiner vorherigen Einschätzung so radikal gewesen war. Was so ein bisschen geschenkte Zeit bewirken kann ...

14:00 Uhr. Unser Zugführer meldete sich wieder zu Wort.

»Liebe Leidensgenossen, ich habe die Anweisung bekommen, den Zug wieder zum Bahnhof Schöneberg zurückzusetzen. Dazu muss ich in den Triebwagen auf der anderen Seite des Zuges. Gleich geht's weiter.« Ungläubig schauten sich alle an, und die Raucher schielten auf ihre brennenden Zigaretten.

»Jetzt wo wias schee hobn, woins weida«, sagte die Wienerin und sprach uns aus der Seele. Ich hatte schon überhaupt keinen Bock mehr, arbeiten zu gehen, weil ich's gerade ganz spannend fand. Neue Freunde, hübsche Mädels, verbotenes Rauchen – wie im Teenie-Camp.

Einer schrie »Achtung«, und wir sahen den Zugführer die Gleise entlang in unsere Richtung kommen. Die Zigaretten wurden hinter den Rücken versteckt, der Rauch weggefächert und eine unauffällige Position eingenommen. Als er an unserem Waggon vorbeikam, grinsten wir doof und winkten unschuldig. Er war wahrscheinlich unglaublich gestresst und interessierte sich überhaupt nicht für uns, woraufhin ihm die Tussi hinterherpfiff:

»Huhu, Hübscher, wir sind hier!« Der halbe Wagen brüllte nun vor Lachen, und sogar das Künstlerpärchen hatte kapiert. Als die Stimmung ihren Höhepunkt erreicht hatte, spürten wir ein Ruckeln und der Zug nahm wieder Fahrt auf.

»OHHHH, dit war jetze lustich jewesn«, sagte der Ossi mit heiser gelachter Stimme. »Dit müss ma unbedingt wiedaholn!«

Und recht hatte er.

Wieder am Bahnhof Schöneberg angekommen, stiegen sämtliche Passagiere hastig aus und verstreuten sich in alle Himmelsrichtungen. Ich stand noch etwas verwirrt am Bahnsteig und fand es schade, dass wir uns nicht einmal voneinander verabschiedet hatten. Aber so ist das halt in Berlin: Die Menschen hasten, meistens schlecht gelaunt, aneinander vorbei und nehmen sich gegenseitig kaum wahr. Die geschenkten zwei Stunden in unserem S-Bahn-Gefängnis hatten uns dazu gezwungen, genauer hinzusehen und miteinander klarzukommen. Echt gut so was. Wir sind zu einer richtigen Kommune geworden:

»Die Kommune S1.«

14:15 Uhr. Vor genau zwei Stunden und vierzig Minuten hatte diese Odyssee begonnen und mich dem Hackeschen Markt keinen Zentimeter näher gebracht.

Ich griff noch einmal zum Handy und rief in der Galerie an. Zum Glück war die Stimmung dort gut, und ich wurde ausgelacht, als ich erzählte, dass ich jetzt wieder in Schöneberg war und mich sofort mit dem Bus auf den Weg machte. Als voraussichtliche Ankunftszeit gab ich 15:15 Uhr an, mehr als drei Stunden zu spät an meinem ersten Arbeitstag. Auf dem Bau hätte ich den Job schon längst verloren, aber die Galeristen schienen echte Hippies zu sein.

Die luftarme, stinkende Sardinendose, in die ich dann stieg, hatte die Bezeichnung »Bus« wirklich nicht verdient. Ein Tiertransport durch Afghanistan wirkte dagegen wie die Businessclass in einem neuen A 380. Fremde Menschen berührten mich überall und atmeten mir ihre Mundfäule ins Gesicht. Meine Philanthropie von davor war gewichen und machte dem guten, alten Menschenhass wieder Platz. Die haben's ja auch verdient, die blöden Lemminge!

Endlich am Hackeschen Markt angekommen merkte ich, dass ich verfolgt wurde. Der komische Normalo-Typ aus der S-Bahn lief mir in circa fünf Metern Abstand hinterher. Sein Blick war finster, in seiner Rechten hielt er etwas fest, und er kam immer näher …

IN DEM CLUB WOHNT JEMAND

In meiner Anfangszeit in Berlin habe ich in einer riesigen Vierer-WG gewohnt. Zwei meiner Mitbewohner waren Freunde aus München, der dritte kam aus Costa Rica. Wir bewohnten eine 180 Quadratmeter große Wohnung am Prenzlauer Berg, die mit ihren fast vier Meter hohen Decken und fünf großen Zimmern wie ein Palast wirkte. Wir mussten sie zwar rundum erneuern, hatten aber danach eine echt schnieke Behausung, die für den nicht abreißenden Strom von Besuchern eine willkommene Herberge war. Es war immer was los bei uns, und das Studentenleben bot viele Gelegenheiten, mal einen draufzumachen.

Eines Tages kamen unsere Nachbarn, die gegenüber von uns eine gespiegelte Version unserer Wohnung hatten und sie ebenfalls zu viert bewohnten, mit einer grandiosen Idee zu uns. Sie schlugen vor, eine große Stockwerk-Party zu veranstalten und unsere Wohnungen zu diesem Zweck zu einer 360 Quadratmeter großen »Location« zusammenzuschließen.

Wir waren sofort begeistert und einigten uns auf einen Termin. Von nun an wurde täglich herumtelefoniert und eingeladen.

»Kann ich auch 'n Freund mitbringen?«

»Na klar, hau rein! Wird tierisch!«

Am Partytag selbst hatten wir schon längst den Überblick über die Gästeliste verloren, machten uns aber keinen Kopf darum und räumten die Wohnungen partygerecht um. Die Badewanne wurde bis zum Rand mit Eis und Alkohol gefüllt, und die Stereoanlagen wurden auf ihre Funktionstüchtigkeit hin geprüft. Die Nachbarn hatten sogar einen DJ organisiert, der eine professionelle Beschallungsanlage mitbringen sollte.

Langsam begann ich mir über das Ausmaß dieser Feier bewusst zu werden. Schnell versuchte ich alle davon zu überzeugen, dass unsere Wohnung die »Chill-out-Area« werden könnte und die andere der »Dancefloor«. Man könne ja alle Couchen und Sessel in unsere WG bringen und eine gemütliche Entspannungsatmosphäre mit coolem Licht kreieren. Seit ich nämlich von dem DJ gehört hatte, schossen mir orgiastische Horrorszenarien durch den Kopf. Zu meiner Überraschung wurde mein Vorschlag mit Begeisterung aufgenommen. Jetzt konnte ich wenigstens die schwitzende Tanzmeute und die laute Soundanlage von unserem Wohnzimmer fernhalten. Alle Sitzgelegenheiten wurden zu uns gebracht, und wir erschufen mit ein paar Lampen, farbigen Folien und einem Diaprojektor ein ordentliches Lounge-Ambiente.

Drüben entstand nun eine große Tanzfläche, die wir noch ein bisschen mit Deko schmückten. Ich hatte dann noch die Idee, im Treppenhaus ein paar große Topfpflanzen aufzustellen. Die Wohnungstüren konnten so auch geöffnet bleiben, damit man gemütlich zwischen Tanzfläche und Couchen hin und her pendeln konnte. Was diese armen, grünen Geschöpfe bald erleben würden, konnte niemand ahnen. Zu diesem Zeitpunkt köpften wir alle voller Vorfreude und in Erwartung der Gäste die ersten Bierflaschen.

Gegen 20 Uhr ging's dann auch schon los. Meine damaligen Bandkollegen kamen mit ihren Gitarren, denn sie hatten vor, ein kleines Konzert im Wohnzimmer zu geben. Super!

Um 21 Uhr waren bereits 30 Partygäste um die singenden Gitarristen versammelt und genossen den Gipsy-Jazz à la Django Reinhardt. Und auf einer Couch saß auch schon ein sehr hübsches Mädchen, das aber leider auch sehr jung war.

»Mist, kannste nich bringen!«, warnte mich mein Mitbewohner. Dazu aber später mehr …

Während des Konzerts trudelten immer mehr Gäste ein, die sich dazustellten oder in bester Hippie-Manier auf den Boden setzten und mit dem Oberkörper mitwippten. Die Atmosphäre war toll! Die Band bekam zum Schlussakkord einen frenetischen Applaus. Da ich mit dem Rücken zum Publikum saß, merkte ich nur anhand des krassen Geräuschpegels, dass die Menschenmenge ziemlich angewachsen sein musste. Ich drehte mich dann kurz um und konnte meinen Augen kaum trauen: Mindestens 100 Personen sah ich vor mir, und es war gerade erst 22 Uhr. Oje, oje.

Die Meute strömte nach dem Gig aus dem Wohnzimmer und verteilte sich auf die beiden Wohnungen, was meinen Puls wieder ein bisschen senkte. »Zeit für Schnaps«, rief ich und zwang ein paar Typen zu mehreren Gläsern Wodka. Der DJ startete sein Set, und aus den großen Boxen hämmerte der Bass. Geil!

Jemand hatte unten die Haustür ausgehängt, damit man nicht immer klingeln musste. Gute Idee, Faulheit macht erfinderisch.

Pils Nummer drei gesellte sich in meinem Magen zu Schnaps Nummer zwei und ging eine berauschende Völkerfreundschaft ein. Mein Hirn segnete diese Verbindung, und wir drei beschlossen, einen Rundgang durch die beiden Wohnungen zu machen. Es kamen immer mehr neue Leute hinzu. Ich grüßte, gab den Mädels Küsschen und den Jungs einen festen Klaps auf den Rücken. Noch kannte ich die meisten. Ob ich das auch in zwei Stunden sagen konnte, war fraglich.

Zu diesem Zeitpunkt schätzte ich die Besucherzahl auf 150, was für 300 Quadratmeter perfekt gewesen wäre. Jetzt müsste das so bleiben, dachte ich und blickte sorgenvoll aus dem Fenster, wo sich schon eine kleine Menschenmenge vor unserem Eingang versammelt hatte. Das kann ja spannend werden. Die Aufforderung, auch Freunde und Bekannte zur Party mitzubringen, wurde anscheinend sehr ernst genommen. Schon bald befand sich zwischen zwei bekannten ein unbekanntes Gesicht, und das Verhältnis schien sich konstant in Richtung Unbekannt zu entwickeln. Noch genossen wir aber die Party und tranken und tanzten, was das Zeug hielt.

Der Alkohol, den wir in die Badewanne gelegt hatten, war schon längst verbraucht, aber die neuen Gäste brachten meistens ein Sixpack mit und bewahrten uns so vor einer Trockenzeit.

23 Uhr. 200 Gäste.

Die Party war in vollem Gang. Der DJ hatte gerade ein
Hip-Hop-Set begonnen, und auf der Tanzfläche sprangen
bestimmt 70 Dancewütige synchron zum Takt. Die alten,
für Berliner Häuser typischen Holzdielen bogen sich jedes
Mal bedenklich durch, sobald die Tänzer landeten. Für
mich hatte sich damit das Tanzen erledigt, aber den Rest
schien das nicht zu interessieren. Es strömten immer mehr
Menschen auf die Tanzfläche. Statik, statik, popatik.

Schnell weg! Unter dem Dancefloor befand sich ein
Lesbencafé, das nachts zum Glück leer stand, was mich
etwas beruhigte.

Aber genug der Horrorvisionen.

Weiterfeiern.

24 Uhr. 300 Gäste.

Der Lärm war echt extrem, da der gute DJ beschlossen
hatte, seine Anlage auf äußerste Belastbarkeit zu testen.
Ich wartete auf den ersten Besuch der grünen Freunde,
doch stattdessen kam nur unser Nachbar Jürgen von unten, um sich zu beschweren. Er machte den Eindruck, als
schämte er sich, Stress machen zu müssen. Seine Frau und
seine zwei Töchter wären ihm auf den Kopf gestiegen,
sagte er kleinlaut. Seine Männlichkeit wäre bestimmt in
Frage gestellt worden, wenn er es nicht schaffen würde,
dem Lärm ein Ende zu bereiten, dachte ich bei mir. Ver-
ständnisvolles Männer-Nicken um ihn herum.

Ich rannte schnell ins Bad, um ihm ein kühles Bier zu

holen, drückte es in die Hand einer süßen Frau und bat sie, sich um den Armen zu kümmern.

»Komm schon, Süßer, trink einen mit uns und entspann dich«, sagte sie aufreizend zu ihm. Ein hochroter Nachbarskopf und ein reflexartiger Griff zur Flasche bestätigten den Erfolg unseres teuflischen Plans. Sekunden später war der Gute in der Menge verschwunden.

1 Uhr. 400 Gäste (nach betrunkener Schätzung).

Jetzt war es in beiden Wohnungen rammelvoll. Der Anteil an Fremdgesichtern war ins Exponentielle gestiegen, und die Leute benahmen sich wie in der Disco. Vor den Toiletten bildeten sich ständig endlose Schlangen, und meine Mitbewohner und ich griffen schon auf leere Wasserflaschen zurück.

Es wurde eklig.

Die Tankstelle hatte ihre gesamten Alkoholvorräte an unsere Gäste verkauft, weshalb die Kneipen in der Nachbarschaft jetzt angezapft wurden. Vor unserem Haus standen bestimmt schon 100 Leute herum, rauchten Zigaretten und betranken sich. Leere Flaschen und Kippen wurden auf den Boden oder ins Gebüsch geworfen.

Totales Chaos.

Ich hatte zum Glück vor der Party angeboten, mein Zimmer als Lagerraum für persönliche Gegenstände zur Verfügung zu stellen. Die Tür blieb also zu, was mir angesichts der vielen fremden Gesichter sehr lieb war. Eine geschlossene Tür war einigen Partygästen aber suspekt, und ich hörte aus größerer Distanz bruchstückhaft, wie sie über die Funktion des Raumes spekulierten. Eine Frau nuschelte irgendwas von »Getränkelager«, ein anderer etwas von einem »Büro«. Der Dritte jedoch war wohl eher praktisch veranlagt und – öffnete die Tür. Großes Staunen war die Folge, als sie ein gewöhnliches WG-Zimmer vorfanden. Schnell zwängte ich mich an den Leuten vorbei, die zwischen ihnen und mir standen, bevor sie mein Zimmer genauer unter die Lupe nehmen konnten. Gerade als ich sie mir greifen wollte, sagte das Mädchen etwas, das mir das Blut in den Adern gefrieren ließ: »Hey, in dem *CLUB* wohnt ja jemand?«

Horror.

Chaos.

Kontrollverlust.

Ich drückte die drei zur Seite und schloss schnell die Tür wieder hinter ihnen. Aufgeregt schrie ich gegen die Musik an.

»DAS HIER IST KEIN CLUB, IHR GURKEN! DAS IST MEINE WOHNUNG!«

»Jaaa jaaaa, genau«, erwiderte die Gruppe lachend und mischte sich wieder unters Volk.

2 Uhr. 500 Gäste (nach betrunkener und verzweifelter Schätzung).

Unsere beiden Wohnungen waren jetzt bis in die letzten Ecken mit Menschen gefüllt, ich entdeckte kein bekanntes Gesicht mehr in meiner direkten Umgebung. Doch! Die wütende Frau des Nachbarn, den wir schon vor langer

Zeit zum Feiern und Saufen verführt hatten. Nach ihrem Mann schreiend bahnt sie sich den Weg durch Hunderte schwitzende Leiber.

»Jüüüüürgen! Jüüüüüürgeeeeeen!«, krächzte es heiser aus ihrem Ehefrauen-Mund. Der arme Jürgen wurde auf der Stelle kreidebleich und rollte sich zu einer Lakritzschnecke zusammen, als er seine bösere Hälfte auf sich zukommen sah. Ein Wort aus dem Mund seiner Gebieterin reichte, um ihn devot davondackeln zu sehen. Das Donnerwetter, das ihm jetzt bevorstand, war nicht auszumalen. Wieder sah man mitfühlendes Männer-Nicken.

Bei einer dermaßen exzessiven Party hat man normalerweise ständig Angst, dass jeden Moment die Polizei auftauchen könnte. Ich sehnte mir unseren Freund und Helfer inzwischen herbei. Die würden die Anlage mitnehmen und alle nach Hause schicken, stellte ich mir vor.

Doch keiner kam.

3 Uhr. Klimax: 600 Gäste (geschätzt mit Harald-Juhnke-Pegel).

Unglaublich viele Gäste! Angstmachende, nervige, fremde, sich schlecht benehmende Gäste! Ich versuchte, meine Mitbewohner zu finden: Ich wollte sie zum Räumen unserer Wohnung drängen. Jetzt sollte Schluss sein mit dem Chaos, bevor noch einer zu Schaden käme. Doch als ich sie endlich fand, war ich von den Schnäpsen, die mir unterwegs aufgezwungen worden waren, so betrunken, dass ich vergessen hatte, warum ich überhaupt losgegangen war. Außerdem war die eine oder andere hübsche Frau unter den Partygästen, und ich hörte auf, mich zu wehren, ließ mich von der Menge wegtanzen.

Der inzwischen bestimmt verprügelte Jürgen war den gleichen Reizen erlegen. Gott sei mit ihm.

4 Uhr. 350 Gäste (wahrgenommen mit den Augen Boris Jelzins).

Die Wohnungen waren immer noch überfüllt, das Treppenhaus leerte sich jedoch allmählich, und die Menschentraube vor dem Haus verlor nach und nach ihre Früchte. Ein deutlicher Rückfluss war zu spüren. Ich atmete auf und beschloss, mir eine Pizza zu machen – die Sauferei schlägt mir immer auf den Magen – und so machte ich mich auf den Weg in die Küche. Dort angekommen fand ich meine köstliche Tiefkühlpizza bereits fertig zubereitet und halb aufgegessen auf dem Teller eines mir unbekannten Punks. Dieser schaufelte ein Stück nach dem anderen in sich rein, ohne mich zu beachten. Ich war stinksauer und versuchte ihm klarzumachen, dass man sich nicht einfach bei fremden Leuten selbstbedient, ohne vorher zu fragen. Keine Reaktion. Er hob nur langsam seinen vor Tomatensoße triefenden Mittelfinger und fraß munter weiter. Die angemessene Reaktion wäre gewesen, ihm alle Piercings auszureißen, sie in den Hintern seines stinkenden Köters zu stopfen und diesen danach in seinen. Einzig und allein *das* hätte mich glücklich gemacht. Stattdessen verließ ich wortlos die Küche und fing an, Leute nach Hause zu schicken. Wer mir in die Quere kam, wurde hinausgeworfen. Es reichte mir.

6 Uhr. 100 Gäste. (... mein Gehirn meldet sich zurück).

Meine Räumungsaktion war erfolgreich. In unserer Chill-Out-Lounge lagen zwar noch einige Betrunkene und fummelnde Paare, aber der Großteil der Leute war verschwunden. Jetzt war ich wieder entspannt. Hartgesottene Tänzer füllten noch die Tanzfläche, und ich gönnte ihnen ihren Spaß. Sie waren jetzt nicht mehr mein Problem.

7 Uhr. 50 Alkoholleichen (... ich muss dringend ins Bett).

Die Musik war inzwischen auf Zimmerlautstärke zurückgedreht, und der hartgesottene Rest saß im Schneidersitz auf dem Boden. Moises, der Costaricaner, hatte ein Mikrophon an die Anlage geschlossen und brüllte komische Parolen in den hallenden Raum: »O. I! O. I! O. I!«

Als wir ihn fragten, was das denn heißen sollte, antwortete er, irgendein Punker hätte ihm das beigebracht. »O. I.« und dann irgendwas mit »Solidarität«.

Aha.

Plötzlich bekam ich einen kräftigen Schlag auf den Kopf und Flüssigkeit lief mir den Nacken runter. Shit, hoffentlich war das kein Blut, war mein erster Gedanke. Glücklicherweise entpuppte sich die klebrige Flüssigkeit als Orangensaft. Jemand hatte mir aus der Nachbarswohnung durch die offenen Fenster, über den Innenhof hinweg eine reife Orange an den Kopf geworfen. Vollgesaut hastete ich zum Fenster und konnte gerade noch eine sich schnell entfernende Punkersilhouette erkennen. Nicht nur, dass dieser laufende Müllhaufen meine Pizza gefressen hatte. Nein, jetzt bewarf er mich auch noch mit Fallobst. Na ja, ich hätte mich um ihn kümmern müssen, als ich noch nicht so betrunken war.

Jetzt aber war es an der Zeit, ins Bett zu gehen; klebrig, entwürdigt, betrunken und hungrig. Die krächzende Stimme meines Mitbewohners wiegte mich in den Schlaf.

»O. I. O. i. o. i ...«

Als ich am späten Nachmittag die Augen aufschlug, erfasste mich sofort die blanke Panik. Ich musste mir das Kopfkissen vom Gesicht abziehen, weil der Bezug dank des Orangensafts an meiner Haut festklebte. Auf wackligen Beinen zog ich mich an und machte einen Rundgang durchs Schlachtfeld.

Zigarettenkippen, zerbrochene Bierflaschen und unidentifizierbarer Müll bedeckten den Boden der ganzen Wohnung. Bei jedem Schritt blieben meine Adiletten an den ranzigen Holzdielen kleben, als hätte sie jemand mit Honig bestrichen. Die Toilette glich einem mittelalterlichen Plumpsklo, und ich fragte mich, wie man es schafft, wirklich danebenzukacken! Wie geht das? Das ist so unglaublich schwer. Ich empfand beinahe Hochachtung vor dem Verursacher. Wahrscheinlicher ist es, dass man eine Hose mit einem T-Shirt verwechselt und sie den ganzen Tag am Oberkörper trägt, ohne es zu merken, die Arme in den Hosenbeinen und den Kopf durch den Hosenstall gezwängt. Das T-Shirt als Hosenersatz verlangt natürlich dünne Beine, würde an heißen Tagen aber durch die ausgezeichnete Belüftung des Unterkörpers überzeugen. Solche und ähnliche Gedanken lenkten mich von dem abscheulichen Bild ab, und ich setzte meinen Rundgang fort.

Die Wohnung sah wirklich runtergerockt aus, aber das ließ sich alles mit »Aggrotan« und »Meister Glanz« beseitigen. Viel mehr Sorgen bereitete uns der Hausflur, der durch die große Menschenmenge verwüstet worden war. Meine armen Topfpflanzen, die ich als Dekoelement zwischen die Wohnungstüren gestellt hatte, sahen aus, als hätten sie Hurrikan »Kathrina« erlebt. Die ursprünglich weißen Wände waren nun gelblich braun, und einige Besucher hatten sich mit Sprüchen an der Wand verewigt.

»Hoch die internationale Solidarität«, las ich laut mit zynischem Unterton. Unser Costaricaner nickte mir hektisch und mit weit aufgerissenen Augen zu: »O. I.! O. I!«

»Hoch die« hatte er nicht richtig verstanden und machte »O. I.« daraus.

Wir brachen alle in Gelächter aus, als wir begriffen, was er da die ganze Zeit gebrüllt hatte.

Genau in diesem Moment kam eine ältere Frau die Treppe hinauf. Sie schaute uns mit schmerzverzerrtem Gesicht und Tränen in den Augen an, als ob wir sie mit unserem Lachen verhöhnt hätten.

»Das ist mein Haus«, sagte sie leise. »Was ist hier geschehen?« Flüssigkeit lief ihre Wangen hinunter. (Bestimmt hatte sie eine Bindehautentzündung. Eine andere Interpretation hätte unsere Mamasöhnchen-Herzen sofort zerbersten lassen.)

Unsere Vermieterin stand vor uns, gebrochen, und wir mussten ihr erklären, warum ihr Haus so verwüstet war. Nach einer halben Stunde unterwürfiger Entschuldigungen und edler Versprechen ließ sie sich darauf ein, es auf sich beruhen zu lassen, wenn wir das komplette Treppenhaus streichen würden. Das haben wir dann auch gleich getan.

Draußen vor dem Haus war die Berliner Stadtreinigung seit dem Morgengrauen damit beschäftigt, das Chaos auf dem Gehweg zu beseitigen, während wir fleißig das Treppenhaus renovierten. Die Tankstelle und die Cafés in unserer Umgebung mussten mit Sonderlieferungen ihren Getränkevorrat wieder aufstocken, und aus der oberen Wohnung unseres Nachbarn Jürgen hallte immer noch der Anschiss seiner Frau.

Wir hatten es geschafft. Diese Party wurde zur Legende. Rock 'n' Roll!

Wochen später wurde ich in Kreuzberg von einem Unbekannten gefragt, ob ich diesen Privat-Club im Prenzlberg kennen würde. Der hätte 'ne Mega-Party veranstaltet, und man warte jetzt auf den nächsten Termin.

»No no, io non sprechen German«, rief ich panisch und verließ die Kneipe. Natürlich war ich stolz. Immerhin sprachen alle im Kiez von diesem neuen »Club«, aber noch einmal würde ich eine solche Orgie nicht durchstehen können.

So eine Party feiert man nur einmal im Leben!

Ach übrigens: Mit der jungen Süßen auf dem Sofa (siehe Partyvorbereitung) bin ich inzwischen zehn Jahre zusammen. Wir haben uns zwei Jahre nach der Party wiedergetroffen und richtig kennengelernt. Da war sie dann alt genug …

DER SPÄTIMAT

An alle Nicht-Berliner: Der »Späti« ist typisch für Berlin und eine Art 24-Stunden-Tante-Emma-Laden. Fest in türkischer Hand, müsste man ihn eher als Onkel-Yilmaz-Laden bezeichnen. So weit zur Wortbedeutung. Bevor ich jedoch zur eigentlichen Geschichte komme, muss ich ein bisschen Generationstheorie loswerden.

Viele, die wie ich Ende der siebziger Jahre geboren wurden, werden mir recht geben, wenn ich sage: Wir sind eine »Schwellengeneration«. Schwellengeneration deshalb, weil wir hautnah den Wandel von individuellem zu automatisiertem Alltag miterleben mussten. In unserer Kindheit gab es für alles einen menschlichen Ansprechpartner. Wenn man eine Überweisung tätigen wollte, ging man in die Bankfiliale, füllte handschriftlich ein Formular aus und übergab dies an die Frau Baumgärtl oder den Herrn Unterhuber. Und bei Problemen konnte man die beiden Herrschaften dann um Rat bitten.

Wollte man sich eine neue Schallplatte oder Kassette (!) kaufen, ging man dafür in ein Musikfachgeschäft und wurde von einem soundgeilen Mitarbeiter ekstatisch angebrüllt, man wäre ein Nichts, wenn man sich »die neue Kommerzscheiße von Genesis« kaufen würde. Der alte Sound sei monumental und »wichtig«, während »Invisible Touch den Plattenbossen nur den Sack kraulen« würde und so weiter. Menschen wie er hatten einen Bildungsauftrag. Sie sprachen Empfehlungen aus und erhöhten damit langfristig die Qualität der Produkte zugunsten der Endverbraucher. Die sind nämlich erwiesenermaßen doof!

Dann kamen Call-Center, Direktbanken, Telefonanlagen mit Spracherkennung und AUTOMATEN. Die Anbieter verkaufen uns die allgemeine Automatisierung als »Service«. Letztendlich müssen wir aber alles selber machen, und sie sparen sich die Angestellten. Betrug! Und da wir doof sind, kaufen wir alles, was uns die Werbung befiehlt, und tappen ständig in die Schuldenfalle. Ich habe Angst, dass wir bald keinen Einzelhandel mehr haben und jeder Verkäufer durch einen Automaten oder eine Online-Bestellseite ersetzt wird.

Ich habe Angst um Onkel Yilmaz!

Fast jeder Berliner hat einen Späti seines Vertrauens. Der Betreiber kennt dich, greift ungefragt zur richtigen Tabaksorte und hat immer einen Spruch für dich parat.

»Bier, oda? Party heute!«

»Lange Blättchen. Machst du Kiffi-Kiffi?«

»Wo ist Freundin? Cok Güzel!« (Sehr schön!)

Das hat Charme und veredelt das Einkaufserlebnis. Nehmen wir jedoch die zunehmende Entmenschlichung des Handels und übertragen sie auf unseren Kiez-Späti, entsteht eine furchterregende Zukunftsvision: Der Spätimat. Was also, wenn mir mein zukünftiges Ich einen Brief zukommen lassen könnte, um die Menschheit von der totalen Automation abzubringen. Er könnte wie folgt aussehen:

Lieber Peter,

ich möchte Dir erzählen, was aus unserem geliebten Berlin geworden ist. Symbolisch dafür habe ich mein Erlebnis von letzter Woche in diesem Brief niedergeschrieben. (Da ich weiß, dass Du viel zu faul warst bis jetzt, kannst du ein bisschen Füllmaterial für Dein Buch bestimmt gut gebrauchen. Peace.)

Ich wollte gestern Abend noch schnell zum Späti, um Tabak und Bier zu kaufen. (Du hast übrigens immer noch nicht mit der Raucherei aufgehört, und ich muss es jetzt ausbaden.)

Jedenfalls kam ich am Laden an und fand die Türen verschlossen. Das hatte ich bisher noch nicht erlebt. Der Laden hatte doch immer geöffnet, schon seit der Zeit, in der Ich Du war. Da, wo sonst immer der Zeitungsständer stand, war jetzt ein schrankgroßer, blinkender Kasten, aus dem laut türkische Balladen zu hören waren. Ich stellte mich davor, um ihn mir genauer anzusehen, und die Musik verstummte sofort. Eine monotone Automatenstimme mit schrecklichem türkischem Akzent sprach mich an.

»Was wollen bestellen, biehte? — Wenn wollen Tabak, sagen >Sügarett< und dann >Marlboro< ünd sö weitere. — Wenn wollen Alkohol, sagen >Bira< oda >Wein< und >rot<, >weiß< oda andere. — Wenn wollen Schips oda Schokorlader, auch sagen. -

Wenn wollen nur anglotzen Automat, weitergehen.«

Ich suchte nach der Sprechöffnung und fand ein Loch mit

einem sprechenden Smiley darüber. Ein Vorbenutzer hatte ihm schon einen Schnurrbart und dicke Augenbrauen aufgemalt.

»Einen Pueblo Tabak und zwei Sixpacks Becks«, bestellte ich.

»Ein Se De von Tarkan und Zeitschrift von Sex. Bestellüng korrekt?«, fragte die türkisch klingende Roboterstimme nach.

»Nein!«

Pause.

»Was wollen bestellen, biehte?«

»Pu-e-blo Ta-bak, zwei Six-packs Beck's«, sagte ich übertrieben deutlich. Hinter mir versammelten sich schon die ersten Schaulustigen.

»Nix verstehen. Was wollen bestellen, biehte?«

Die Leute kicherten und gaben mir schlaue Ratschläge. Ich müsse mich an die Bestellsprache halten.

»Ein Sügaret Pueblo. Zwölf Bira Becks«, versuchte ich es erneut. Zwei junge Mädels bekamen einen Lachflash.

»Ümgebungslautstärke su laut. Was wollen bestellen, biehte?«

Nun brüllte ich ins Mikro, damit ich die lachende Meute übertönen konnte.

»EIN SÜGARET PUEBLO! ZWÖLF BIRA BECK'S, OKAY?«

Die Stimme antwortete: »Ein Sügaret Pueblo. Zwölf Bira Becks, Okay haben wir nix. Was wollen bestellen, biehte?«

»Ein ... Sügaret ... Pueblo ... Zwölf ... Bira ... Beck's ...«, stieß ich atemlos aus.

»Wegen teschnische Porobeleme, verbinden jetzt mit Servis-Zenter in Ankara.«

»Naaaaain!«

Die Menschentraube um mich herum klatschte und pfiff. Einer nahm das Schauspiel mit seinem Handy auf. Einen Moment später krächzte mich eine Stimme aus dem Automaten an.

»Allu? Allu? Späti-Servis Ankara, Ümit sprechen. Was kann man tun?«

»Ich wollte doch nur einen Pueblo Tabak und zwei Sixpacks Becks, aber der beschissene Automat versteht mich nicht!«, schrie ich wutentbrannt in den Lautsprecher.

»Bestellung ganz einfach. Türkische Technologie. Internationale Porofessör hat gemacht. Ganz einfach. Ich helfe.«

»Gut«, antwortete ich etwas ruhiger.

»Spreschen Sie nach, okay? Bereit für Übung?«

»Bereit.«

»Vier Liter Ayran«, sagte er laut und deutlich. Ich wiederholte brav: »Vier Liter Ayran.«

»Jetzt drücken auf Knopf, das aussehen wie Halbmond!« Ich drückte den Knopf. Plötzlich bewegte sich etwas im Inneren des Spätimats und die Roboterstimme sagte: »Vier Liter Ayran. Bestellung korrekt?«

»Nein«, rief ich. »Nein, nein, nein. Einen Pueblo Tabak und zwei Sixpacks Becks!«

»Danke für die Bestellüng.«

92

Bevor ich auch nur zwinkern konnte, öffnete sich eine Klappe, und ein Schlauch kam zum Vorschein. Dieser fing sofort an, mit dem Druck eines vollaufgedrehten Wasserhahns, Ayran auszuspucken. In meiner Panik versuchte ich den Schlauch mit meiner Hand zuzuhalten, was nur dazu führte, dass ich mich und die Menge von oben bis unten mit Ayran vollspritzte. Wir quietschten wie hysterische Klosterschülerinnen. Nach vier Litern Ayrans versiegte die Quelle schließlich und ich starrte yoghurtdurchtränkt auf den Automaten.

»Allo? Allo? Alles okay? Ümit hört Schrei. Was passiert?«

»Wir sind alle voll mit deinem dämlichen Ayran. Das ist passiert«, blaffte ich über die Leitung nach Ankara.

»Hast du Knopf gedrückt?«, fragte mich Ümit.

»Ja, natürlich. Hast du doch gesagt.«

»Isch habe gesagt ›Übung‹! Hdäbötäsüerahdk« (Türkisches Kauderwelsch). »Deutsche Kartoffel nix verstehen türkische Süper-Tech.«

»Wo soll ich jetzt meinen Tabak herbekommen, du Genie?«

»Gehst du Tankestelle mit dicke, deutsche Verkäuferin. Die dir dann erklären, wie bestellt man. Ciao.«

Laute orientalische Musik tönte wieder aus den Lautsprechern und ich ging säuerlich riechend nach Hause.

Siehst du, Peter? So sieht die Zukunft aus. Lass nicht zu, dass Deine Zukunft so wird. Mache die Leute darauf aufmerksam, dass die direkte, unmittelbare Kommunikation zwischen den Menschen wichtig und wunderbar ist. Lass

Dich nicht von einer Maschine verarschen! Und — hör endlich auf zu rauchen! Ohne Dich wäre mir diese Schmach erspart geblieben.

Dein Du

Nehmen wir also mein virtuelles Ich beim Wort und kaufen weiterhin fleißig bei unseren netten Händlern im Kiez ein. Onkel Yilmaz braucht 'nen neuen Mercedes, und wir brauchen Onkel Yilmaz, damit unser Tabak und unser Bier schon auf dem Tresen stehen, sobald wir überhaupt Hallo gesagt haben.

Nur um Ümit tut's mir leid. Der ist zwar im Moment noch zu jung, um zu arbeiten, aber im Callcenter Ankara würde er zukünftig keine Stelle bekommen. Aber er kann ja dann einen Späti aufmachen …

Liebe Münchener, liebe Heidelberger, liebe Stuttgarter: Wisst ihr, was ein Freak ist?

Einer, der seinen VW Beatle zu weit weg vom Gehsteig parkt? Jemand, der sich im Bus prinzipiell nur eine Kurzstrecke kauft, dann aber doch länger fährt? Frauen, die sich auf ihren Junggesellinnen-Abenden zur Nachspeise Schokoeis mit Chilli bestellen? Gottlieb Wendehals? Die Japaner?

Ja … fast.

Familienväter, die ihre Jobs verlieren, weil sie monatelang gegen den Bau eines Bahnhofs demonstriert haben? Erwachsene Menschen, die im Alfkostüm heiraten? Süße Pizza?

Na ja, ich seh schon: Berlin unterscheidet sich doch sehr von anderen Städten. Wenn's um die Konzentration von echten Freaks geht, liegen wir weit vorn – das Bahnhofsviertel in Frankfurt am Main und Hamburg mal ausgenommen. Der Berliner Freak besticht durch seine extrovertierte, ungezwungene Art. Er überrascht den Normalo gern mit phantasievollen Performanceeinlagen wie gleichzeitigem Singen und Kotzen, in erfundenen Sprachen Reden halten und avantgardistischen Tanz-wie-du-dich-fühlst-Hampeleien. Tagsüber begegnet man ihm eher selten. Seine Bühne ist die Nacht!

Im Sommer gesellt er sich zu deiner Gruppe, wenn du im Park grillst, oder stellt sich ganz nah neben dich, wenn du dir am Büdchen ein Bier kaufen willst. Die meisten Freaks sind also sehr kontaktfreudig und haben das dringende Bedürfnis, dir ihre Lebensgeschichte anzuvertrauen. Dabei bekommt man nicht selten köstliche Leckerbissen für die Ohren serviert, die ein gefundenes Fresschen für alle Verschwörungstheoretiker wären. In etwa so: »Ich bin gerade aus einer Anstalt geflohen, in der man mich umprogrammieren wollte. Hast du 50 Euro, damit ich mir Operationsbesteck kaufen kann? Ich muss den Chip hinter meinem Auge entfernen!«

Oder: »Mit dem Döner, den du da isst, unterstützt du eine gefährliche Sekte. Thomas Gottschalk hält die Fäden in der Hand. Ich habe den Ausstieg geschafft und brauche einen Unterschlupf. Ich muss mich ständig mit Müll einreiben, damit mich ihre Spürhunde nicht finden. Kannst du mir ein Bier kaufen?«

Hab ich alles erlebt. Kein Witz. Doch die abgefahrenste Freakgeschichte, die ich erlebte, passierte ungewöhnlicherweise tagsüber und bei mir zu Hause.

Ich wohnte zu dieser Zeit in einer Einzimmerwohnung in Schöneberg und kochte mir an einem warmen Sommersamstag gerade ein Frühstücksei. Es war elf Uhr vormittags und ich freute mich auf einen entspannten Tag an der frischen Luft, als es unerwartet an meiner Tür klingelte. Komisch? Ich erwartete niemanden. Genervt von der Störung ging ich an die Sprechanlage.

»Ja?«

»Ich bin Patricia Noble. Kann ich kurz mit Ihnen sprechen?«, tönte es aus dem Lautsprecher.

»Wer?«, gab ich zurück.

»*Patricia Noble.* Es ist wichtig! Bitte.«

Aus irgendeinem Grund drückte ich auf den Einlassknopf und öffnete meine Haustür gerade so weit, dass ich die heraufkommende Person sehen konnte. Ich hoffte sehr, dass sie aus Versehen die falsche Klingel gedrückt hatte und gar nicht zu mir wollte, wurde aber enttäuscht: Eine keuchende, blonde Frau um die sechzig steuerte direkt auf meine Wohnungstür zu. Sie trug einen schweren, ockerfarbenen Filzmantel, und ihre nassgeschwitzten Haare klebten an ihrer Stirn. Draußen waren es bestimmt 30 Grad im Schatten. Vor dem schmalen Schlitz, durch den ich meinen Kopf zwängte, blieb sie stehen.

»Herr Baharov, ich befinde … mich in einer sehr unangenehmen Lage. Ich bin … auf der Flucht … und habe seit Tagen nichts … mehr gegessen. Schauen … Sie sich meine Haare an. Dreckig! Ich kann mir kein Hotel nehmen, weil … sie mich … sofort finden würden«, sagte sie nach Luft ringend.

»Und wieso klingeln Sie bei mir?«, fragte ich sie.

»Sie sehen aus wie ein guter Mensch. Ich möchte mich nur schnell waschen und lasse Sie dann in Ruhe. Bitte. Ich weiß nicht, wo …«

»Auf keinen Fall! Ich kenne Sie doch gar nicht«, sagte ich und zog meinen Kopf etwas zurück.

»Nein! Nicht! Nur schnell duschen, dann verschwinde ich. Versprochen.«

Ich zögerte und sah mir die arme Frau genauer an: Sie

war leicht beleibt, etwas verwahrlost, wirkte desorientiert, dezente Pennerduftnote. Was hatte ich schon von ihr zu befürchten? Kann man eine ältere Dame einfach im Stich lassen? Gefährlich wird sie schon nicht sein, dachte ich mir und öffnete langsam die Tür. Sie trat ohne zu zögern ein und schloss die Tür hinter sich.

»Oh, danke, Sie sind ein Schatz! Ich werde mich waschen, und dann werd ich die CIA anrufen. Dieser Judenmafia werd ich in den Arsch treten.«

Oh, oh. Shit. Ich habe eine Verrückte in meine Wohnung gelassen.

»Wovon reden Sie?«, fragte ich verwirrt und beobachtete dann ungläubig, wie die gute Frau Noble anfing, sich mitten in meinem Zimmer auszuziehen.

»Bitte gehen Sie ins Bad«, rief ich erschrocken und bedeckte schnell meine Augen. Ich fühlte mich noch zu jung, um schon solche Bilder im Kopf zu behalten.

»Gut, gut«, murmelte sie und schlurfte seelenruhig ins Badezimmer. Von drinnen rief sie noch: »Martin Scorcese und seine Mafiagangster haben mich beklaut, aber ich lasse mir das nicht gefallen.«

Ich ging in die Küche und zündete mir eine Zigarette an. Dieser Mist musste erst mal sacken, damit ich wieder klar denken konnte. Also: Eine alte Frau befindet sich in meiner Badewanne und ist auf der Flucht. Angeblich vor Martin Scorcese und seiner Judenmafia. Nach dem Bad will sie die CIA kontaktieren, damit sie denen in den Arsch tritt.

Wow.

Wie sollte ich aus dieser Nummer wieder rauskommen?

Im Bad wurde währenddessen gepfiffen und gesungen. Frau Noble schien sich richtig gut zu entspannen, während ich mir den Kopf über sie zerbrach. Ich entschied mich schließlich dafür, sie sofort rauszuschmeißen, sobald sie mit der Körperpflege fertig war. Ganz resolut und streng würde ich sein und zur Not nachhelfen. Etwas beruhigter setzte ich mich auf die Couch und starrte auf die Badezimmertür. Wenn sie rauskommt, geht's los.

Denkste. Eine ganze Stunde verging und die feine Dame lag immer noch in der Badewanne. Meine Entschlossenheit ebbte ab und Müdigkeit machte sich breit. Hunger auch. Mein Frühstück lag ja weiterhin unangerührt in der Küche.

Endlich konnte ich hören, wie sie das Wasser aus der Wanne ließ. Welches Handtuch sie jetzt benutzte, war eigentlich auch egal. Ich würde sicherheitshalber alle entsorgen. Die Tür öffnete sich, und mein erster In-House-Freak kam in vier Handtücher gehüllt aus dem Bad getappt.

»Ahhh! Das tut gut«, sagte sie bestens gelaunt, und ich sah, dass sie meinen Bademantel unterm Arm trug.

»Ich hab mir den hier mal ausgeborgt. Is' doch in Ordnung, oder? Ich kann ja nicht nackt rumlaufen, solange die Wäsche in der Maschine ist …«

»Welche Wäsche?«

»Na, meine Klamotten. Die sind dreckig. Dafür is 'ne Waschmaschine doch da«, entgegnete sie mit einem unglaublichen Selbstverständnis. »Und solange sie läuft, können wir auch frühstücken.«

Sie ging in meinen Bademantel gehüllt in die Küche

und ließ sich schwer in einen Stuhl fallen, der unter ihrem Gewicht beängstigend ächzte. *Mein* Frühstück war jetzt *ihr* Frühstück.

»Diefer Feiftyp hafft mein Drehbuff geflaut«, fing sie plötzlich an zu erzählen. Die Laute mussten sich durch den schmalen Spalt zwischen Frühstücksei, Zunge und Brot zwängen, um nach draußen zu gelangen. Die Eibrocken flogen in alle Himmelsrichtungen.

»Ich spazierte gerade durch Downtown L. A., als ich plötzlich einen Schlag auf den Hinterkopf spürte, als ob mich ein Blitz getroffen hätte. Als ich wieder aufwachte, war ich in Berlin und alles war weg.«

»Was war weg?«, fragte ich.

»Na, alles. Mein Haus, mein Geld und – mein Drehbuch. Martin Scorsese hat's geklaut. Es war genial.«

Aha, das wurde ja immer besser.

»Er ist der Anführer der Judenmafia. Er hat seit Jahren nichts Gutes mehr geschrieben. Dann hat er von meinem Meisterwerk gehört und seine Schergen auf mich losgelassen.«

»Die Judenmafia ...«, sagte ich mit einem zynischen Lächeln.

»Genau. Sie wussten, wie gut ich bin. Patricia Noble ist bekannt in Hollywood.«

»Was war das denn für ein Drehbuch?«, fragte ich nach. Die Sache begann, unterhaltsam zu werden. Für Phantasie-Trash habe ich immer was übrig.

»Under Siege III. Deutscher Titel: Alarmstufe Rot III. Schauspieler, Name beginnt mit S...«

»Steven Segal!«, brach es aus mir heraus. Ich konnte

mich nicht mehr zurückhalten und lachte so heftig, dass mir die Tränen kamen.

»Warum lachst du? Findest du das etwa lustig, wenn man eine ältere Frau ausraubt und deportiert? Die haben mir mein Lebenswerk weggenommen. Ich kann nicht mehr zurück und ich habe nichts. Was ist los mit dir?«

Plötzlich schämte ich mich für mein abschätziges Verhalten. Ich hätte meine Hand ins Feuer gelegt, dass diese Frau einen Schuss hatte, aber verarschen musste ich sie deswegen noch lange nicht. Da hatte sie recht. Mein Zwerchfell zuckte noch, doch ich konnte den Lachflash dieses Mal unterdrücken.

»Es tut mir leid«, gab ich kleinlaut von mir, »aber Ihre Geschichte klingt ziemlich verrückt.«

»Ich bin nicht verrückt! Alle sagen das. Aber etwas hat mich am Hinterkopf erwischt. Da hinten. Seitdem sehe ich klar.«

Sie drehte mir ihren Hinterkopf zu und deutete auf eine runde, kahle Stelle, umgeben von verfilzten Haarbüscheln.

»Da hin. Als es kam, wusste ich nicht, was mit mir geschieht. Mir wurde schwarz vor Augen, und ich verlor anscheinend das Bewusstsein. Wie lange ich weg war, weiß ich nicht, aber offensichtlich lange genug, damit jemand in mein Haus einbrechen und mein Buch klauen konnte.«

»Und Ihr Drehbuch war genial?«, fragte ich provokant, nur um mehr über diese bizarre Idee zu erfahren. Niemand, wirklich niemand, und ich betone nochmals: Kein Arsch in der großen, weiten Welt braucht einen dritten Teil von »Alarmstufe Rot«! Mit Steven Segal! Man stelle sich das mal vor ... Es gleicht einem Weltwunder, dass dieses B-Movie überhaupt erfolgreich werden konnte. Mr Segal spielt in dem Film einen Ex-Navy-Seal und muss, weil er böse war, als Schiffskoch auf einem Kriegsschiff arbeiten. Seine Mission ist es dann, eine als Rockgruppe getarnte Terroristenbande daran zu hindern, einen Atomsprengkopf zu stehlen. Konkret heißt das, dass er jeden mit einem Handgriff niederstreckt und erbarmungslos hinrichtet.

Film vorbei.

»Und Ihr Drehbuch war genial?«

»Ja. Genial. Steven Segal war begeistert, und Spielberg sollte Regie führen.«

»Aber der war doch auch in der Mafia, oder?« Ich versuchte mitzuspielen.

»Nein. Wie kommst du denn da drauf? Scorcese – nicht Spielberg!«, rief sie und man sah, dass ihre Anspannung deutlich zunahm.

»Na ja, ich dachte, weil Spielberg einen jüdischen Namen hat, im Gegensatz zu Scorcese, der ital...«

»Du verstehst gar nichts!«, fuhr sie mir über den Mund. Ihre Finger waren mit Leberwurst und Butter beschmiert, mein Bademantel vollgebröselt. Sie stand auf und wischte sich die Brotreste vom Schoß. Die Fettfinger wurden dabei auch gleich sauber. Echt effizient, die Frau.

»Du redest, als wärst du einer von ihnen. Die haben überall junge Soldaten platziert, wie diesen Leonardo DiCaprio. Vielleicht bist du auch so einer. Ich sollte schnell die CIA anrufen, damit die euch in den Arsch treten«, schoss es in einer Wahnsinnsgeschwindigkeit aus ihr heraus. Sie hatte anscheinend echt Angst und glaubte ihre Geschichte.

»Hören Sie mal«, sagte ich beruhigend, »ich bin keiner von niemandem. Dass das mal klar ist. Sie befinden sich in *meiner* Küche, in *meinem* Bademantel und waschen Ihre Wäsche ungefragt in *meiner* Waschmaschine, während Sie genüsslich *mein* Frühstück verputzen. Selbst in Ihrer Welt müsste ich doch zu den Guten gehören. Wenn Sie sich also unwohl fühlen, sind Sie herzlich eingeladen, zu gehen.«

»Nein, nein, so hab ich das nicht gemeint. Ich bin nur so verwirrt, seitdem das mit meinem Kopf passiert ist. Alle sind hinter mir her, und die CIA unternimmt gar nichts«, ruderte sie zurück.

»Glauben Sie nicht, dass Sie mal zum Arzt gehen sollten? Sie könnten einen Schlaganfall erlitten haben. Vielleicht kann man Ihnen helfen.«

»Ach, junger Mann. Die Einzigen, die mir helfen könnten, stecken wahrscheinlich selbst mit drin. Gib ihnen ein fettes Stück vom Kuchen und sie machen brav Männchen«, sagte sie mit einem Ausdruck von Trauer in ihren Augen. »Selbst Segal geht nicht ans Telefon, von Spielberg keine Spur. Ich habe einfach keine Chance gegen die Judenmafia.«

Die is voll knülle, würde man in Berlin sagen. Zug abgefahren.

Meine einzige Möglichkeit, ihr zu helfen war, sie satt und sauber zu kriegen und sie an einen Sozialarbeiter zu übergeben. Zum Glück wusste ich von einem ganz in der Nähe. Er betreute einen Rollstuhlfahrer, der im Erdgeschoss meines Hauses wohnte.

Vielleicht konnte ich ihn davon überzeugen, sich »meine Freakin« mal anzuschauen. Ich musste nur kurz die Wohnung verlassen und runtergehen. Höchstens fünf Minuten.

Konnte ich dieser Frau vertrauen und sie so lange alleine lassen? Hatte ich Wertgegenstände, die man schnell klauen konnte? Legt sie sich in meiner Abwesenheit in mein Bett und wälzt sich nackig darin? Bähhh! Mit Leberwurstfingern auf meinem Kopfkissen … Ich musste es riskieren, um mein Gewissen zu beruhigen. Neben den Handtüchern müsste ich auch die Bettwäsche wegschmeißen. Sicher ist sicher.

Ich beobachtete, wie Patricia Noble den letzten Schluck Orangensaft direkt aus der Flasche trank und sich mit dem Ärmel den Mund abwischte.

»Früher hab ich dieses Fertigzeug nicht runtergekriegt. Esmeralda musste mir immer frischen Saft pressen.«

»Oh. Tut mir leid, Frau Noble. Ich geh schnell runter und hol frische Orangen«, log ich. Das war meine Chance, schnell mit dem Sozialarbeiter zu quatschen.

»Nein, das muss nicht sein. Das war früher. Jetzt trink ich alles. Hast du Schnaps?«

»Doch, doch! Schließlich habe ich nicht alle Tage eine Prominente zu Gast«, erwiderte ich schnell in der Hoffnung, dass sie sich geschmeichelt fühlen würde.

»Ich werde mich an Ihre Großzügigkeit erinnern, sobald ich mein Drehbuch wieder hab.«

Geschafft. Jetzt hatte ich sie.

»Sie hängen Ihre Wäsche auf, und ich bin gleich wieder da«, sagte ich übertrieben kumpelhaft.

»Na gut«, gab sie leicht verlegen nach.

Ich schlüpfte in meine Schuhe, warf einen letzten Kontrollblick in meine Wohnung und rannte schnell die Treppe hinunter ins Erdgeschoss. Hektisch drückte ich auf die Klingel und hoffte, dass der Sozialarbeiter gerade Dienst hatte. Nach einer halben Ewigkeit öffnete sich schließlich die Tür, und mein Nachbar schaute mich fragend an. Er hatte sich bestimmt alleine aus dem Bett in den Rolli gehievt und war etwas außer Atem.

»Was ist denn los? Du klingelst wie einer mit Tourette-Syndrom«, sagte er augenzwinkernd.

»In meiner Wohnung ist eine verrückte, alte Frau, die behauptet, dass sie eine geniale Drehbuchautorin sei und von der Mafia verfolgt werde. Sie sitzt in meiner Küche, in meinem Bademantel und will frischgepressten Orangensaft, wie von Esmeralda. Verstehste? Ich brauche professionelle Unterstützung von deinem Pfleger, um sie loszuwerden.« Ich war ziemlich aufgeregt und redete wirr, was meine Glaubwürdigkeit nicht gerade erhöhte. Ich hatte das Gefühl, dass mein Nachbar *mich* für bekloppt hielt.

»Jetzt komm erst mal runter. Wer ist da? – Orangensaft?« Ich wurde ungeduldig.

»Ach, scheiß drauf! Erzähl ich dir später. Wo ist dein Pfleger? Ich brauch ihn!«

»Der hat heute frei. Ich schau mir grad 'nen Film an, haste Lust?«, fragte er mich seelenruhig. Anscheinend hat er meine Story nicht kapiert. Das Zeitlimit, das ich mir für meine Abwesenheit gesetzt hatte, war jetzt deutlich überschritten und ich musste zurück. Ohne ihm zu antworten, drehte ich mich um und rannte wieder nach oben.

Mist! Ich hatte in der Eile die Tür zugezogen, ohne meinen Schlüssel mitzunehmen. Horror! Ein Freak, allein in meiner Wohnung und ich konnte nicht rein. Ich hämmerte gegen die Tür und schrie, dass sie mir aufmachen sollte.

»Ich rufe die Polizei! Dann kannste denen ja deine Geschichte erzählen. Mach jetzt auf!«

Stille.

Ich presste mein Ohr an die Tür und versuchte zu hören, was sie trieb. Nix.

Panik stieg in mir auf, und ich wusste nicht, was ich jetzt tun sollte. Zu meinem Glück kam gerade der Hausmeister mit seinem Lebensgefährten die Treppe nach oben.

»Na, haste dich ausgesperrt?«, fragte er schadenfroh.

»Nicht nur das«, sagte ich. »In meiner Wohnung is 'ne Fremde, und sie macht nicht auf.«

»Das kriegen wir schon hin«, sagte sein Lebensgefährte und verschwand nach unten. Man konnte hören, wie er in einem Plastikcontainer wühlte. Kurz danach erschien er mit einer leeren Colaflasche.

»Jaja, jetzt denkt ihr bestimmt: Klar doch, der Zigeuner kann das. Hab ich aber von 'nem Deutschen gelernt«, sagte er. Wir mussten lachen, weil er tatsächlich zur Volksgruppe der Sinti und Roma gehörte.

Geschickt schnitt er Flaschenhals und Boden ab und hatte nach einem Längsschnitt ein gebogenes Plastikband in der Hand. Dieses drückte er zwischen Türrahmen und Tür, so dass er die Falle reinschieben konnte. Das gebogene Plastik erwies sich als optimal, da es gleichzeitig biegsam und trotzdem ausreichend verwindungssteif war.

»Klick.« Die Tür ging auf.

Vorsichtig schaute ich mich um. Ich konnte nur hoffen, dass sich mein paranoider Gast nicht in einer Ecke verschanzt hatte und nun vorhatte, uns mit spitzen Gegenständen zu bewerfen. Sie hätte uns für Scorceses Schergen halten können, womöglich auf direkten Befehl Leonardo DiCaprios handelnd. Hinter mir der Hausmeister und sein fingerfertiger Freund. Ich scannte meine Wohnung.

Küche: Verlassen. Essensreste auf Tisch. Krümel auf Boden. Zwei Scheiben Wurst, eine davon angebissen. Handtuch auf Stuhllehne, nass, vereinzelt blonde Haare. Vermutlich von Zielperson.

Wohnzimmer: Verlassen. Bademantel auf Boden. Leberwurstflecken in Hüfthöhe. Auf ersten Blick alle Wertgegenstände vorhanden. Tür zum Badezimmer offen.

Bad: Verlassen. Badewanne nass. Von Zielperson benutzt. Waschmaschinen-Luke offen. Trommel leer. Keine entwendeten Gegenstände. Ermittlung eingestellt.

Ich atmete tief durch. Sie war also gegangen, und so wie es aussah, hatte sie auch nichts entwendet. Ihre Kleidung musste sie sich noch nass angezogen haben. Einen schnellen Biss in die Wurstscheibe und dann auf zur CIA. Scorcese und DiCaprio würden endlich ihren Arschtritt bekommen.

Meine beiden Co-Ermittler mussten herzlich lachen, als ich ihnen von den Ereignissen der letzten Stunden erzählt hatte. Ich jedoch hoffte, dass sich jemand um Patricia Noble kümmern würde. Lange hält eine ältere Frau diese seelischen und körperlichen Belastungen nicht aus. Insgeheim wünsche ich mir manchmal, dass ihre Geschichte wahr wäre und sie für das Drehbuch von »Alarmstufe Rot« mit Steven Segal einen Oscar bekommen würde. In der letzten Reihe würden sich Martin Scorcese und Leonardo DiCaprio samt ihrer Schergen von der Judenmafia schwarz ärgern und nach der Verleihung abgeführt werden. Natürlich von der CIA und – mit reichlich Arschtritten.

MEIN ERSTER 1. MAI

Als ich von München nach Berlin zog, war das für mich
eine Offenbarung. Ich lebte damals mit drei Freunden zusammen in einer riesigen Wohnung im Prenzlauer Berg.
Die Kneipenszene in München war Anfang der Nullerjah-
re sehr dürftig und die jungen Menschen sehr angepasst.
Viele waren schon sehr früh auf Karriere getrimmt und
hatten eher konservative Ansichten. Das hat mich immer
tierisch aufgeregt. In Berlin hingegen schien alles anders
zu sein. Aufbruchstimmung lag in der Luft. Man hatte das
Gefühl, etwas Eigenes erschaffen, sich seine Welt gestalten
zu können.

Die Stadt war voll mit Studenten aus allen Regionen
Deutschlands, und die meisten hatten zum ersten Mal ihre
eigene Wohnung. Die Mieten waren niedrig, der Wohn-
raum üppig, das Essen billig und die Nächte lang. Die
große Freiheit!

Auch auf die Gefahr hin, dass das jetzt wie eine sen-
timentale Übertreibung klingt: Berlin war damals mein
Eldorado für Visionen und Träume: Eine unfertige, junge,
wilde Stadt. Die Seele hatte Platz, sich zu entfalten, sich
eine Nische zu suchen und auf Abenteuerreise zu gehen.
Egal, was man sucht, man wird hier Gleichgesinnte treffen, dachte ich. Garantiert. Für einen unerfahrenen Münchener war das krass, fast eine Überforderung. Ich habe

109

mich gefühlt wie ein Fünfjähriger, der einen Süßigkeiten-
laden betreten hatte und zu dem der Besitzer nun sagte:
»Du kannst nehmen, was du willst, mein Prinz. Es ist alles
Dein. Iss, Iss, Iss!« Kein Wunder, dass da bei einem Zwan-
zigjährigen die Sicherungen durchbrennen.

Anfang April 2000 zog ich nach Berlin. Am 1. Mai sollte meine erste Sicherung ihren Geist aufgeben.

Es war ein wunderschöner, sonniger Tag bei schwülwar-
men 30 Grad. Wir hatten gleich nach dem Einzug begonnen, mit Hochdruck unsere Wohnung zu renovieren.
Als wir dort einzogen, sah sie aus wie Maggie Honeckers
Vision einer modernen Volksbehausung: Spiegelfliesen,
orangenes PVC (in mehreren Schichten aufs Intarsien-
Parkett geklebt!) und alte Tapeten (wie die bei den »Lu-
dolffs«). Nach harter Arbeit war der ganze Mist entsorgt
und die WG erstrahlte in neuem Glanz. Aufgereiht wie die
Hühner saßen wir nebeneinander auf dem Balkon, tranken Milchkaffee aus riesigen Tassen (war damals gerade
super in) und überlegten, was wir mit diesem wunderschönen Tag anfangen würden. Er musste unbedingt was
Besonderes werden.

Einer meiner Mitbewohner erwähnte, dass doch heute
der 1. Mai wäre und dass da mächtig die Post abginge in
Kreuzberg:

»Da müssen wir unbedingt hin, Jungs! Das geht ab wie
Schmidts Katze.« Ich fand, dass war eine gute Idee. Ich
hatte zwar keine Ahnung, was Schmidts Katze so machte,
aber das Blitzen in seinen Augen war sehr überzeugend
gewesen und erfüllte mich mit heller Vorfreude. Die ande-

110

ren zwei hatten keine Lust auf den Stress, und so machten wir uns zu zweit auf. »Abenteuer, Alta.« Genau deshalb war ich nach Berlin gezogen.

Als wir am Kottbusser Tor ankamen, war das Straßenfest schon in vollem Gange. Alles war voll mit Menschen. Eine bunte Mischung aus Familien, jungen Menschen, alten Menschen, Prolos, Assis, Juppies, Opas und Omas. Die Stimmung war friedlich und entspannt, und es roch nach Grillkohle, Bier und Schweiß. So musste es sein.

Wir machten es den anderen nach, versorgten uns mit Bier und Rostbratwürsten und schlenderten durch die sonnigen Straßen. Fast an jeder Kreuzung spielten lokale Bands. Davor standen meistens kleine Gruppen von Fans, wahrscheinlich aus dem engsten Freundeskreis, die wie wild zu den kakophonischen Klängen zappelten: »Nie mehr wieder, nie mehr wieder! Trampelt all die Spießer nieder!«, oder so ähnlich.

»Was für'n Schrott«, rief ich. »Wohlhabende Clowns machen einen auf Revolution, oder was?« Mein Mitbewohner wies mich nachdrücklich darauf hin, dass der 1. Mai ein Tag wäre, an dem man sich gegen die Unterdrücker, die Bonzen und das korrupte, geldgeile System auflehnen müsste. Oh, und gegen die Großkonzerne natürlich. Natürlich!

»Deswegen sind wir hier. Wir machen ordentlich Remmidemmi, um den ›Großkopfatn‹ (bayrisch für wichtige Entscheidungsträger) Angst zu machen«, sagte er mit dem Gesichtsausdruck eines Visionärs.

So war das also. Protest und solche Dinge. Mir ging's

eigentlich super, und ich wusste nicht direkt, wogegen ich protestieren sollte, aber wenn das hier so Brauch war ... kein Problem!

Wir kippten fleißig ein Bier nach dem anderen und liefen ziellos herum. Das Straßenfest hatte etwas Gutbürgerliches, Ruhiges, deshalb konnte ich den revolutionären Anlass noch nicht ganz erkennen. Nur die Gruppen von Polizisten, die in Kampfmontur an strategisch wichtigen Punkten Präsenz demonstrierten, wiesen darauf hin, dass es hier auch mal ungemütlich werden konnte. Wie Fremdkörper standen sie in der Menge und wurden von den Passanten als Statisten für Schnappschüsse missbraucht. Sie wirkten angespannt, trotzdem konzentriert und hielten ständig Funkkontakt mit ihren Kollegen oder Einsatzleitern.

Wir waren inzwischen schon ein bisschen angetrunken und stemmten uns auf eine ungefähr zwei Meter hohe Mauer, auf der man gemütlich sitzen konnte und einen phantastischen Blick auf die Straßenkreuzung hatte. Dose links, Kippe rechts, Augen überall. Es war herrlich, die Atmosphäre in sich aufzusaugen. Die Luft schien aufgeladen, elektrisiert. Bald würde etwas passieren ...

Die Polizisten schienen einen Befehl über Funk erhalten zu haben und machten sich deshalb für irgendetwas bereit. Sie checkten nochmals ihre Ausrüstung, klappten die Visiere ihrer Schutzhelme herunter und formierten sich. Einige zappelten unruhig herum wie Rennpferde in den Boxen, kurz bevor der Startschuss kommt.

Und dann veränderte sich alles in rasender Geschwindigkeit.

Die Menschenmenge löste sich auf, als würde eine unsichtbare Macht sie führen. Es war ja noch gar nichts passiert, und trotzdem ahnten sie, dass es Zeit war, woanders hinzugehen, zu verschwinden. Wo noch vor einigen Sekunden döneressende Kinder und ihre betrunkenen Großeltern standen, erschienen wie aus dem Nichts vermummte Gestalten mit Pflastersteinen in den Händen.

Die Stimmung kippte.

Die unfähige Punkband (eine offensichtliche Tautologie) fing an, ihre Instrumente einzupacken, und die Grillköche taten es den Hütchenspielern gleich, klappten in Windeseile ihre Stände zusammen und verschwanden in die Innenhöfe. Bier lief an meinem Kinn herunter. Mein Kumpel rief: »Siehste? Jetzt geht's los. Jetzt gibt's aufs Maul!« Eine kindliche Schadenfreude schien ihn zu packen. Mir lief ein Schauer über den Rücken, und ich machte mich bereit, einen schnellen Abflug zu machen.

»Nix da!«, rief mein Kollege, »wir ziehen uns die Show rein.«

»Echt? Und was ist, wenn die uns verhaften?«

»Wir müssen diesen angepassten Münchenscheiß hinter uns lassen und mal ordentlich auf die Kacke hauen!«, rief er voll besoffenen Übermuts.

»Na gut. Auf geht's! Remmidemmi!«, schloss ich mich ihm an.

»Let the games begin.«

Inzwischen hatten sich die »Bullenschweine« (wir mussten jetzt so reden, da wir ja revolutionäre Draufgänger geworden waren) quer über die Straße gestellt und blockierten den Weg zum Mariannenplatz. Dort finden nämlich traditionsgemäß die Krawalle statt. Die vermummten Genossen kamen jetzt aus allen Ecken herangestürmt und bildeten vor der Verteidigungslinie einen wütenden Mob. Ungefähr 30 Vermummte standen 15 Polizisten gegenüber. Abwartend, in höchster Anspannung, zum Angriff bereit. Die Luft zwischen ihnen schien sich fast zu verdichten, ein waberndes Plasma aus Wut, Angst und Kampfeslust. Zeit, sich ein weiteres Döschen Bier zu genehmigen. Klick, Prost und weiter ging's.

Die B-Schweine bewegten sich nicht und starrten konzentriert auf ihre Angreifer. Die revolutionären Einheiten sprangen hin und her wie eine Gruppe Paviane und beschimpften sie, wild gestikulierend. Von Zeit zu Zeit löste sich ein Einzelner aus der Herde, wagte sich dichter heran und schmiss halbherzig eine Bierflasche oder einen kleinen Stein nach ihnen. Meistens trafen die Geschosse ihr Ziel nicht, sondern schlugen kurz vor den Polizisten auf. Warum zeigten die Gesetzeshüter keine Regung? Abwarten ... Abwarten.

Die Paviane hatten anscheinend keinen Plan davon, was sie jetzt tun sollten. Irgendwie schien ihnen die Luft auszugehen. Ihr Zappeln verlangsamte sich und die Drohgebärden verloren an Intensität. Das war scheinbar genau der Moment, auf den die Polizisten gewartet hatten: Wie von der Tarantel gestochen liefen sie auf die Demonstranten los. Jeder Einzelne hielt dabei seinen Platz innerhalb der Formation ein – eine geschlossene Reihe, eine menschliche Dampfwalze. Jäh von dieser Aktion überrascht machte sich bei den Vermummten Panik breit. Flaschen und Steine ließen sie fallen und flüchteten, weg von der Dampfwalze, in Richtung Kottbusser Tor.

System versus Rebellen: 1:0! Die erste Runde ging eindeutig an die Polizisten.

Mein Mund stand während des gesamten Schauspiels offen, und ich hatte so viel Gänsehaut, dass sie glatt als Pockeninfektion hätte durchgehen können. Als Münchener war ich anarchistische Ausbrüche nicht gewohnt, doch der Adrenalinschub war gar nicht mal so übel. Mein Kumpel war über den Ausgang dieser ersten Schlacht etwas enttäuscht.

»Hosenscheißer! Früher hätten sie die Bullen umgerannt. Alles studentische Besserwessis. Vom Hotel Mama direkt in 'ne Drei-Zimmer-Maisonettewohnung in Mitte gezogen. Sinnkrise gehabt und dann als Hobby den Anarchismus für sich entdeckt. Als Sinn-Surrogat. Opium fürs Volk ...« Bla bla bla. Wusste gar nicht, dass er 'ne richtige Floskelmaschine war. So viel Propaganda musste mit einem großen Schluck Bier runtergespült werden.

Die Polizisten gingen wieder in ihre Ecke und entspannten sich. Einige gaben sich Klapse oder stießen wie Footballspieler ihre Helme zusammen, um sich damit gegenseitig ihre Stärke zu bestätigen.

Inzwischen hatten sich die ersten Händler wieder auf die Straße getraut und bauten fix ihre Stände auf. Im Nu strömte das Volk herbei und füllte die leere Kreuzung. Schon bald, als wäre nix gewesen, hörte man fröhliches Gelächter und das Brutzeln von saftigen Steaks. Die Punker stöpselten ihre verstimmten Gitarren wieder ein und setzten ihr Konzert fort.

»Komisch«, meinte ich, »denen ist alles egal. Erst herrscht Kriegsstimmung, und kurz danach lassen sie ihre Kinder hier wieder herumtollen. Berliner.«

»Ja, Mann. Sind halt keine Münchener Weicheier!«

Da hatte er wahrscheinlich recht.

Da unser Sitzfleisch durch die Steinunterlage bereits auf zwei Millimeter zusammengepresst war und wir praktisch auf unseren Knochen saßen, beschlossen wir, runterzuspringen und einen Spaziergang zu machen. Es gab ja noch viel zu entdecken: Den Mariannenplatz zum Beispiel.

Der Mariannenplatz besteht aus einer riesigen, von massiven Kastanien durchsetzten Rasenfläche, die die Form eines langgezogenen Rechtecks hat. Begrenzt wird diese durch die gleichnamige Straße auf der östlichen und einem alten Gebäudekomplex auf der westlichen Seite. Auf die Mariannenstraße wiederum treffen drei Querstraßen im rechten Winkel zum Park. Eine strategisch durchaus interessante Topographie, wie ich später am Tag erkennen sollte ...

Als wir dort ankamen, machte dieser Ort einen eher harmlosen Eindruck auf mich. Kinder spielten auf der Wiese, Familien hatten sich auf Decken ausgebreitet und genossen ein Picknick, Händler boten ihre Waren an, und Bierverkäufer rollten mit Eis und Dosen gefüllte Plastikmülleimer durch die dichte Menschenmenge – Volksfeststimmung vom Feinsten. Kaum vorstellbar, dass hier alljährlich der Krieg ausbrechen soll.

Hungrig vom fleißigen Gesaufe kauften wir uns etwas

vom Grill (angeblich Wachteln, ich meine jedoch, es waren Tauben) und setzten uns auf die Wiese. Die Sonne brannte auf uns herab, das Leben war schön. Nachdem wir unser mysteriöses Fleisch verspeist hatten, besannen wir uns auf unsere Studentenpflicht und rauchten eine Hippie-Zigarette. In Kombination mit Alkohol und der wohligen Nahrungsnarkose, die wir jetzt verspürten, hatte das THC eine extrem einschläfernde Wirkung. Durchdrungen von schwerer Müdigkeit und einem tiefen Gefühl des Urvertrauens legte ich mich auf den Rücken und gleitete sanft ins Land der Lila-Laune-Bären. In meinem Kopf die Stimmen des Friedens: »Alle Menschen sind Freunde …« – »Was ist eigentlich eine Wachtel …?« – »Wachteln und Menschen sind Freunde … Gott und Allah sind Freunde …« – »Eins … Gottallah… Allgottah… Budhallgottah… Shivallah-buddhgott… lalalah…« – »Aufwachen, Peter …« – »Aufwachteln … hihi …« – »Aufwachen, Pet…«

»AUFWACHEN, PETER!«

»Hä? Was ist los?«, fragte ich, plötzlich aus meinen Träumen gerissen. Ich rieb mir die Augen und sah meinen Kumpel über mich gebeugt, hellwach, mit weit aufgerissenen Augen.

»Steh auf, du bekiffte Sau! Sie kommen!«

Ich schaute mich um, und die Welt um mich herum hatte sich stark verändert. Wolken waren aufgezogen, die Familien waren fort. Stattdessen strömten aus allen Richtungen vermummte Gestalten auf die Wiese. Einige knieten auf dem Bürgersteig und scharrten mit den Fingern am Boden herum. Ich stand auf und ging ein paar Schritte auf sie zu, nur um zu erkennen, dass sie mit bloßen Händen Pflastersteine aus dem Bodenbelag rissen. Das nenne ich Motivation!

Ein starker Wind kam auf, und die schwarzgekleideten Demonstranten füllten den ganzen Platz aus. In einer Seitenstraße hörte man Motorgeräusche. Irgendetwas Schweres, dazu das stampfende Geräusch von Stiefeln im Gleichschritt. Was sich da näherte, konnte man nur ahnen, denn die Sicht war uns durch die großen Kastanien versperrt. In der südöstlichen Ecke des Parks entdeckten wir ein Transformatorhäuschen, circa zwei Meter fünfzig hoch und mit flachem Dach. Von dort oben hatte man bestimmt einen besseren Überblick über das Gelände und war gleichzeitig in sicherem Abstand zum bevorstehenden Tumult.

Die schwere Artillerie samt Hundertschaft rollte unerbittlich heran, und die Vermummten sprangen vollgepumpt mit Adrenalin auf der Stelle herum und schrien.

Uns erfasste die nackte Angst.

Also: rennen, Räuberleiter und hopp! Rauf aufs Häuschen. Oben angekommen legten wir uns flach auf den Bauch, um nicht gesehen zu werden. Wie die Scharfschützen lagen wir auf der Lauer und beobachteten das Geschehen. Der Blick war überwältigend: Links bogen die Bullen um die Ecke, begleitet von einem gigantischen Wasserwerfer. Zu unserer Rechten der wilde Haufen, der von Sekunde zu Sekunde anwuchs. Wir schätzten, dass es mindestens 300 Demonstranten waren, bewaffnet mit den Straßenbelägen Kreuzbergs. Die Polizei war ihnen zwar zahlenmäßig unterlegen, dafür aber bestens ausgestattet und koordiniert. Ähnlich wie bei der Kostprobe zuvor standen sich die Lager schnaufend gegenüber. Wieder wurde es bedrückend still.

Plötzlich löste sich eine schmächtige Frau aus der Demonstrantengruppe und rannte brüllend auf die geschlossene Reihe der Polizisten zu. Sie hatte einen kleinen Stein in der Hand und schleuderte ihn mit voller Kraft mitten in die gegnerische Formation. Dabei schrie sie: »Ihr Bullenschweineeeee!« Zu ihrem Pech stolperte sie, fiel der Länge nach hin und rutschte geradewegs vor die Stiefel der mittlerweile verständlicherweise angepissten »B-Schweine«. Was jetzt folgte, war eine mächtige Entladung der Wut.

Drei Einsatzkräfte umkreisten die arme Anarchistin und prügelten mit ihren Schlagstöcken auf sie ein. Ich konnte meinen Augen nicht trauen und die vom Schreck paralysierte Horde anscheinend auch nicht. Sie standen mit ihren Steinen in den Händen da und zuckten nur, als ob sie einen Systemabsturz erlitten hätten.

»So was darf man doch nicht!«, bemerkte ich mit bayrischer Naivität. »Wir sind doch immer noch in Deutschland. Diese Schweine!« Mein Mitbewohner lachte darauf nur.

»Pass auf, was gleich abgeht!«

Die junge Frau lag verprügelt auf dem Boden, endlich hatten die Polizisten von ihr abgelassen und wichen in ihre Reihe zurück. Die Demonstranten lösten sich allmählich aus ihrer Starre, und der Pulk kam in Bewegung. Geschlossen bewegten sie sich auf die Polizisten zu und kamen ihnen immer näher. Als sie ungefähr zehn Meter von der Front entfernt waren, drehte sich ein großer

Vermummter zu seinen Mitstreitern um und schrie aus vollem Hals »Attacke!«. Um es mal dramatisch zu formulieren: Der Himmel verdunkelte sich. Alle warfen gleichzeitig ihre Steine. Mindestens 300 Geschosse flogen in langem Bogen auf die überraschten Polizisten zu. Als sie auftrafen, machten sie ein dumpfes, donnerndes Geräusch, wie ein Hagelschauer epischen Ausmaßes. (Die Münchner erinnern sich hierbei vielleicht an das Unwetter 1984, bei dem tennisballgroße Hagelkörner unzählige Autos demolierten.) Die meisten Einsatzkräfte konnten noch rechtzeitig ihre Schilde hochheben; manche wurden aber auch mit voller Härte getroffen. Von blanker Panik getrieben verließen sie ihren Platz in der Formation und rannten von den Demonstranten weg in die Richtung, aus der sie gekommen waren. Die zweite Salve folgte zugleich und erwischte die armen Säcke, die ihren Kollegen hinterherhumpeln mussten. Fast die gesamte Einheit zog sich zurück und suchte in einer Seitenstraße Schutz vor dem Beschuss. Nur der Wasserwerfer stand noch in derselben Position wie zu Anfang. Der Fahrer und die Schützin sahen beide noch ziemlich jung aus und hatten die Buchsen vermutlich gehörig voll, denn der Steinschauer konzentrierte sich jetzt auf ihre vergitterte Windschutzscheibe. Anstatt zu schießen, legten sie den Rückwärtsgang ein und fuhren im Schleichgang um die Ecke, zurück zu ihren gepeinigten Kollegen von der Infanterie. Als alle Polizisten schließlich verschwunden waren, ließ die entfesselte Horde einen ohrenbetäubenden Urschrei los. Gänsehaut! Wenn circa 300 Menschen gleichzeitig einen so emotionalen Laut von sich geben, wird man davon regelrecht durchflutet und bekommt weiche Knie. Mein Kumpel und ich standen mittlerweile sprachlos auf dem Dach des Transformatorhäuschens. Unsere Herzen tanzten Kasatschok.

System versus Rebellen: 1:1. Die zweite Runde ging an die anarchistischen Revolutionsdingsbumse.

Da unsere Freunde und Helfer gerade eine junge Frau niedergeschlagen hatten, waren meine Sympathien jetzt klar auf Seiten der Rebellen. Es hatte sie zwar keiner dazu gezwungen, mit einem Stein auf circa 100 Polizisten zuzulaufen, aber trotzdem.

Wir waren uns sicher, dass die Polizei einige Minuten brauchen würde, um sich zu sammeln und neu zu formieren. Sie würden aber wiederkommen, mit einer riesigen Wut im Bauch. Den Anarchisten blieb also wenig Zeit, sich wieder neu »zu bewaffnen«. Wieder wurde mit Inbrunst jeder Stein ausgegraben. (Die Straßenbaufirmen würden sich nach dem 1. Mai eine goldene Nase verdienen.) Inzwischen waren zahlreiche Gaffer hinzugekommen. Viele machten sich's auf der Wiese bequem, und einige kletterten zu uns aufs Dach. Der Funke der Revolution war bereits auf uns übergesprungen, und wir hatten das Bedürfnis, unsere kampfeslustigen Freunde zu unterstützen. Wir waren keine Gaffer, wir waren Krieger! Voller Tatendrang sprangen wir daher vom Häuschen hinunter und mischten uns unters Volk. Sofort kam einer an und drückte uns Pflastersteine in die Hand. Plötzlich waren wir mittendrin.

»Wenn die scheiß Bullenschweine um die Ecke kommen, machen wir sie fertig! Wir durchlöchern sie!«, schrie mein Mitbewohner.

»Jaaaaa«, hörte ich mich sagen. Oje oje …

Tatsächlich konnte man hören, dass sich der Gegner wieder auf uns zubewegte. Mein Herz pochte wild, meine Muskeln wurden durchblutet und mein Körper spannte sich wie eine Sprungfeder. Ich atmete flach und schnell, und meine Knie fingen an zu schlackern. (Dass ich gleichzeitig einen starken Drang verspürte, aufs Klo zu gehen, verrate ich nur hier. Schließlich war ich ja ein furchtloser Verrückter … schluck!) Als Erstes bog der Wasserwerfer um die Ecke. Die Hundertschaft nutzte ihn als eine Art Schild und marschierte in seinem Windschatten. Diesmal schienen alle mutiger zu sein und stürmten gleich auf sie zu. Der Strom erfasste mich und riss mich unaufhaltsam mit. Jetzt musste ich kämpfen – ob ich wollte oder nicht.

Es hagelte wieder Steine.

Mein Mitbewohner und ich zögerten noch, denn wir hatten als »Normalos« eine deutlich höhere Hemmschwelle. Die beiden Figuren im Wasserwerfer hatten sich anscheinend eine frische Windel angezogen und lechzten jetzt nach Rache. Der harte Wasserstrahl fegte mit Hochdruck die vordersten Demonstranten wie Laub von der Straße. Die Meute gab aber nicht nach und warf ununterbrochen mit Steinen. Ich selbst setzte zum Wurf an, merkte dann aber, dass jemand meinen Arm festhielt. Ein kleiner, vermummter Punk zog mich zu sich herab und schrie mir ins Ohr: »Find ich cool, dass du uns helfen willst, aber mach dich jetzt vom Acker. Das is nix für dich!«

»Wieso? Wir machen sie fertig, Mann!«, gab ich irritiert zurück. Seine Antwort machte allerdings Sinn.

»Erstens bist du zwei Meter groß. Zweitens hast du ein knallblaues T-Shirt an. Wir sind alle schwarz angezogen und vermummt. Was glaubst du, wieso? Die haben Kameras an Bord, du Dödel. Verschwinde zurück nach Mitte.«

»Ich komme aber aus Münch...« Den Satz konnte ich mir gerade noch verkneifen. Die Ansprache des Punks hatte mich überzeugt. Als ich mich zu meinem Kumpel umdrehte, um ihn zum Abhauen zu bewegen, sah ich, wie er mit voller Wucht einen Stein in Richtung Wasserwerfer schleuderte. Über dem Rohr der Wasserkanone waren zwei große Scheinwerfer montiert, die dazu dienten, den Gegner zu blenden und das Zielfeld zu erleuchten. Zu meiner großen Überraschung traf der Stein meines Kollegen einen davon mit einer derartigen Kraft, dass dieser mit einem lauten Knall, begleitet von einem hellen Lichtblitz, zerbarst. Mein Freund konnte sein »Glück« kaum fassen und riss jubelnd die Arme in die Höhe. Die ganze Horde machte es ihm nach. Ein Held war geboren.

System versus Rebellen: 1:2

Das war der Höhepunkt für die Aufständischen, denn das Ergebnis dieser Auseinandersetzung sollte sich in den nächsten Minuten verändern.

Unbeeindruckt von dieser Wilhelm-Tell'schen Präzision zielte der Wasserwerfer gnadenlos in die Menge und kam immer näher. Die Rebellen wurden Schritt für Schritt zurückgedrängt. Der Gegner kam von vorne. Hinter uns lag eine Querstraße, die strategisch gesehen äußerst gefährlich für uns war: Man konnte uns den Weg abschneiden. Und so kam es dann auch: Ein gepanzertes Einsatzfahrzeug mit einer Art Pflug kam hinter uns her, gefolgt von weiteren Polizisten.

Panik brach aus. Wir saßen in der Falle.

Die Harten unter uns schmissen weiter mit Steinen, aber die meisten hauten über die Wiese ab. Auch wir versuchten zu fliehen. Das große Problem dabei war aber, dass die Bullen alle Zufahrtsstraßen blockiert hatten und der östliche Fluchtweg durch den Gebäudekomplex versperrt war. Verdammt. Die hatten ihre Hausaufgaben gemacht. An jeder Ecke fanden jetzt Verhaftungen statt und – wir machten uns in unsere Mama-Söhnchen-Hosen. Ein bisschen Revolution spielen war ja ganz aufregend, aber deswegen verhaftet zu werden, war zu viel. Wir waren doch nur Gäste. (»We only tourist, Sir. We just want to buy Schnitzel, then bad guys come. Sorry, sorry. Germany – super country!«)

Im Gedränge wurden wir voneinander getrennt. Ab jetzt kämpfte jeder für sich alleine. Ich rannte auf das Gebäude zu und kletterte über den Zaun. Beim Runterspringen zerfetzte ich mir die Hose. Die Flüchtenden hinter mir wurden von der Polizei an den Füßen wieder runtergezogen und kamen mit einem dumpfen Knall auf. Was dann mit ihnen geschah, bekam ich nicht mehr mit, da ich mich durch das dichte Gebüsch kämpfte, weg vom Schlachtfeld. Bald entdeckte ich eine große Toreinfahrt, die die Sicht auf eine kleine Straße freigab. Wenn da keine Polizisten auf mich warteten, war ich gerettet!

Meine beiden Mitbewohner, die zu Hause geblieben waren, staunten nicht schlecht, als ich schmutzig, durchnässt und mit zerrissener Hose vor ihnen stand.

»Alta, was ist denn mit dir passiert? Und wart ihr nicht zu zweit?« Plötzlich hörten wir einen Schlüssel im Schloss, und im nächsten Moment stand mein Kampfgenosse in der Tür. Sein T-Shirt war zerfetzt und erinnerte an einen asymmetrischen Designerfummel, sein Gesicht schmutzig von Schweiß und Erde. Da waren wir: Veteranen, Brüder, Überlebende. Wir fielen uns in die Arme und lachten.

Was für ein Tag!

Die Sonne stand tief am Himmel und tauchte die Welt in ein sattes Orange. Erschöpft ließen wir uns in die Balkonstühle fallen und entspannten unsere geschwächten Körper. Die Daheimgebliebenen erkannten sofort ihre »kameradschaftliche Pflicht« und reichten uns eiskaltes, köstliches Bier. Wir blickten uns an, nickten und sahen, dass es gut war.

Prost, Berlin. Hier bleiben wir!

Der japanische Cartoonklassiker »Pokemon« ist bestimmt vielen noch bekannt. Bunte, kleine Wesen leben in Kugeln und werden von ihren Besitzern meist nur rausgelassen, um sich mit anderen Artgenossen im Wettkampf zu messen. Jedes Pokemon hat verschiedene Eigenschaften, wie zum Beispiel Feuerspeien oder akustische Schockwellen erzeugen, die es im Kampf einsetzen kann, um den Gegner plattzumachen. Die Aufgabe des Besitzers ist es, sein Pokemon zu trainieren und auf verschiedene Tourniere zu bringen, wo es sich beweisen und entwickeln kann. Je erfahrener so ein Wesen ist, desto mächtiger wird es und erreicht schließlich eine höhere Evolutionsstufe. Davon gibt es insgesamt drei. Sobald es die dritte Stufe erreicht hat, ist es erwachsen und seine Fähigkeiten ausgereift, ein Profi eben.

So viel dazu.

Bevor dieses Buch jetzt im Mülleimer verschwindet, will ich schnell erklären, was das Leben eines Pokemon mit meinem gemeinsam hat. Auf den ersten Blick natürlich gar nichts. Ich genieße weder den Luxus, in einer Kugel zu leben und darin herumgetragen zu werden, noch kann ich mit meinem übergroßen Fuß so schnell auf den Boden klopfen, dass ein Mini-Erdbeben entsteht. Ich habe keinen Besitzer, der sich um mich kümmert, jedenfalls seit einigen Jahren nicht mehr (ich sei jetzt ein großer Junge, haben meine Eltern gesagt). Und meine Evolutionsstufen verlaufen fließend. Müsste ich sie mit denen eines Pokemons vergleichen, stünde ich gerade kurz vor der Verwandlung in die dritte. Einen Punkt allerdings habe ich mit den bunten Viechern gemeinsam: ständig wechselnde Herausforderungen und Wettkämpfe. In regelmäßigen Abständen muss ich mich neu definieren, neue Jobs an Land ziehen und mich gegen Mitbewerber durchsetzen. Wenn ich bestehe, habe ich die Chance, zu einem erfolgreichen Selbständigen zu werden.

Ich bin ein Jobbomon. Meine Arena ist Berlin.

Spezifikationen:

Name:	Jobbomon
Gattung:	Arbeits-Pokemon
Evolutionsstufen:	Asylantomon, Crazy-Twenomon, Freiberuflomon
Fähigkeiten:	Musizieren, Schreiben, Kochen
Spezialwaffen:	Hochstaplerei, Ausdauer
Gefährlichste Gegner:	Schnapsomon, Faulomon, Rauchomon

Da ich mich im Alter von 21 Jahren dazu entschieden hatte, mein Medizinstudium zu schmeißen und als selbständiger Musiker zu arbeiten, musste ich dauernd Gelegenheitsjobs annehmen, um mich über Wasser zu halten. Mit dem Schlagzeugspielen, meiner eigentlichen Kernkompetenz, verdiente ich nicht mal genug, um die Miete zahlen zu können. Da hieß es: improvisieren.

Die Liste der Jobs, die ich gemacht habe, ist lang. Hier ein kleiner Auszug:

- DPA-Meldungen-Umformulierer in einer Online-Redaktion
- Darsteller in einem Werbespot
- Security in einer Buchhandlung
- Bücher-Kurier
- Operationsassistent und Pfleger im Krankenhaus-Nachtdienst
- Bücherverkäufer in einem Museumsshop
- Pizzalieferant
- Requisiteur
- Messearbeiter
- Fahrer für eine große Buchhandlung
- Verkäufer in einer Fotogalerie
- Promoter
- Kommunikationstrainer
- Proband bei medizinischen Studien
- EDV-Kram
- Statist bei Film und Fernsehen

Im Folgenden erzähle ich, wie es mir bei einigen so erging. Fangen wir mit dem Klassiker an.

Der Dieter, die Pizza und ich

Wie bereits erwähnt hatte die Entscheidung, mein Studium aufzugeben, schwerwiegende Folgen. Ich hatte zwar eine Band, mit der ich häufig auftrat, verdiente dabei aber selten mehr als den in Berlin typischen Satz von 50 Euro pro Konzert. Denn da ich nicht mehr von der General-rechtfertigung profitieren konnte, nicht neben meinem anstrengenden Medizinstudium arbeiten zu können, war es an der Zeit zu jobben. Und was macht ein absolut ge-schäftsuntüchtiger, junger Künstler dann? Er lässt sich verarschen und wird Pizzafahrer.

Ein ehemaliger Freund hatte mir eine namhafte Fran-chise-Bude in Friedrichshain empfohlen. Ich sollte da mal nachfragen, denn er wüsste, dass gerade jemand gekün-digt hatte. Erst später sollte ich erfahren, dass *er* derjenige gewesen war.

An einem Freitag im Juni 2002 ging ich also in besagten Laden und fragte den Typen hinterm Tresen, ob es Ar-beit für mich gäbe. Natürlich sagte er sofort zu, denn er brauchte ja dringend einen Fahrer. Schon für den nächs-ten Tag.

»So ein arroganter Studentenschnösel ist im letzten Moment abgesprungen, und so schnell finde ich keinen Ersatz.« Ich könnte gleich den Vertrag unterschreiben.

»Super«, gab ich zurück und wurde in ein kleines, sti-ckiges Büro gleich hinter dem Pizzaofen geführt. Der Typ schien der Geschäftsführer zu sein und erinnerte mich sehr an Kater Carlo. Er war dick, trug einen dichten Drei-tagebart und hatte Tomatenflecken auf der Hose.

»So ... hier ... hier ... und hier musste unterschreiben. Hinten sind die Uniformen. Musste selber waschen. Auto kannste von mir haben. Sei brav, dann kannste hier richtig Kohle machen.«

Ich unterschrieb den Arbeitsvertrag, ohne ihn gelesen zu haben. Die Freude darüber, einen Job zu haben, erleichterte mich dermaßen, dass mein Frontallappen (unter anderem zuständig für Ratio und Kontrolle) just einen Totalausfall erlitt. Feierlich grinsend übergab mein neuer Chef mir ein ausgewaschenes Polohemd mit dem Logo des Unternehmens und entließ mich mit folgenden Worten: »Morgen kommste um 12. Keine Minute später. Und weißt du warum? Weil du sonst fliegst! Und weißt du noch was?«

»Äh, nein«, stotterte ich zurück. Er wirkte plötzlich ziemlich dominant und einschüchternd.

»Dieses T-Shirt hat dein Vorgänger getragen. Hat immer gestunken wie 'n Iltis. Würd ich waschen vorm Anziehen. Und jetzt Tschö mit Ö, Tschüssikowski, bis Baldrian. Mach dich vom Acker!«

Mit einem sonderbaren Gefühl verließ ich den Laden. Erst war er doch so nett gewesen, hat sich richtig gefreut, mich zu sehen, dachte ich bei mir. Aber jetzt, da ich unterschrieben hatte, benahm sich dieser Pizzafuzzi, als wär ich sein Sklave.

Und das war ich tatsächlich.

Zu Hause angekommen warf ich einen Blick in meinen Vertrag. Oh mein Gott, was hatte ich da unterschrieben? Auf der zweiten Seite stand relativ klein geschrieben eine Zahl. Besser gesagt: die Zahl selbst war unglaublich klein.

4,25 Euro / Stunde.

Das muss man sich mal auf der Zunge zergehen lassen. In Worten: Vier Euro und fünfundzwanzig Cent! Wenn ich also theoretisch acht Stunden am Tag an sieben Tagen die Woche arbeiten würde, käme ich auf 952 € brutto im Monat. Da für mich aber vier Tage pro Woche vorgesehen waren à fünf Stunden, würde ich phantastische 340 Euro monatlich nach Hause bringen. Arggh! Was für eine Verarsche. Dickes, fettes, gieriges Pizzaschwein, dachte ich deprimiert und war drauf und dran, gar nicht erst den Dienst anzutreten. Am nächsten Tag siegte aber die Existenzangst und ich watschelte demütig zur Arbeit. Was war ich schon? Nur ein doofer Schlagzeuger. Der Bodensatz der Gesellschaft. Jetzt hatte ich wenigstens einen Job, der zu mir passte.

Meine Uniform war noch feucht, als ich meine Schicht begann. Das Pizzaschwein gab mir einen Kellnergeldbeutel mit Wechselgeld und erklärte mir wieder einmal, bei welchen Vergehen ich sofort rausfliegen würde. Dann stellte er mich den anderen Fahrern und dem Pizzabäcker vor.

»Das ist Peter. Der Neue. Schaut ihm auf die Finger und sagt mir, wenn er verkackt!«

Wer und *ob* ich war, interessierte hier niemanden. Meine Fahrerkollegen waren allesamt kauzige Gestalten. Eine Mischung aus Computernerds, Kinderschändern und Currywurstverkäufern. Der Mittelwert ihres IQs lag meiner Schätzung nach bei knapp über 50. Er dürfte sie gerade mal dazu befähigt haben, diesen wahnwitzigen Arbeitsvertrag zu unterschreiben. Ups! Vielleicht sollte ich nicht so schnell urteilen. Schließlich trug ich dieselbe Uniform wie sie.

Einer von ihnen stand hinter den Tresen und blaffte mich entnervt an.

»Nur *ick* geh hier ans Telefon. *Ick* nehm die Bestellung uff, und aus der Kasse kommt 'n Bon raus. Den leg *ick* denne dem Dieter uffn Tisch, und der macht denne die Pizza, klar?«

»Aha, wie interessant!«, entgegnete ich ironisch.

»Ja! Is' et och. Darfst et aber nich machn. Musst' et lern'. Weil die Kasse is mit janz fülle Knöpfe. Wenn de wat falsch machst, macht der Dieter die falsche Pizza und dann jibt's Haue von Cheffe, kapiert?«

»Ja.«

Das Pizzaschwein grinste mich an und ging gemächlich in sein Büro zurück. Plötzlich meldete sich der Pizzabäcker, »der Dieter«, zu Wort.

»Pizza Wellenreiter, Jumbo, Extra-Cheese, Pizzabrot, Salat, Cola!«

Erst jetzt merkte ich, dass alle Fahrer außer dem Kassenprofessor eine Warteschlange gebildet hatten. Der erste nahm die Tüte mit der aufgezählten Bestellung und verließ den Laden, die anderen rückten auf. Ich wandte mich direkt an den Dieter.

»Biste hier schon lange Pizzabäcker? Hast du das gelernt?« Alle schauten mich verdutzt an. Vom Dieter kam keine Antwort. Er schaute nur auf den nächsten Zettel und fuhr stoisch mit seiner Arbeit fort.

»Nich mit dem Dieter sprech'n! Der muss uff seine Arbeit achten. Der hat da drauf jelernt. Wenn de och Pizzabäcker bist, kannste mit'm Dieter red'n«, sagte der Kassenaffe.

»Jaja. Hab ja nur Medizin studieren wollen. Da bin ich des Meisters natürlich nicht würdig«, gab ich beleidigt zurück.

»Wat haste? Studiert? Herr von und zu, oda wat?«

Oje, das hätte ich lieber für mich behalten sollen. In einem Anfall schauspielerischer Inspiration versuchte er mich nachzuäffen. Dabei tänzelte er tuntig durch den Laden.

»Oh, ich spreche Hochdeutsch und habe studiert. Und weil ich so genial bin, arbeite ich jetzt als Pizzafahrer. Ich weiß alle Organe, aber nich, wann ich die Klappe halten muss. Bitte helft mir.«

Die Nerds lachten schadenfreudig, wobei sie spätestens nach drei Lachern anfingen zu husten und zu keuchen. (An der Qualität des hochgewürgten Schleimanteils erkennt man übrigens die Billigmarkenraucher: Sirupartige Konsistenz, durchsetzt mit feinsten Lungenstücken. Farbnote beige bis mokkabraun.) Dieter bedachte mich währenddessen nur mit einem Kopfschütteln, den Blick starr auf seine Pizza gerichtet.

Okay, die Hierarchie war klar:

1. Cheffe (alias Pizzaschwein)
2. Der Dieter

Großer Abstand.

3. Der Kassenaffe
4. Die Nerds und Looser

Klaffender Spalt mit den Ausmaßen des Grand Canyons.

5. Der vorlaute Student, also ich!

Ich reihte mich also artig in die Warteschlange ein und fragte den Kollegen vor mir, wie die Chose denn eigentlich abliefe.

»Wenn du dran bist, guckst du auf den Zettel. Da steht

drauf, was der Besteller bestellt hat. Dann guckst du, ob alle Bestellungen, die der Besteller bestellt hat, drin sind. Sind sie aber immer, weil der Dieter das gelernt hat. Trotzdem. Dann guckst du auf den Zettel mit den Bestellungen, wo der Besteller wohnt. Dann bringst du die bestellten Bestellungen zur Wohnung von dem Besteller. Is nich leicht – lernste aber!« Mir wurde schon ganz schwindelig von seinem Singsang. Als ich dann endlich an der Reihe war, kam der Kassenaffe hinter dem Tresen hervor und stellte sich ganz dicht hinter mich.

»Er nimmt jetzt den Zettel«, leitete er mich an.

»Lies vor.«

»Pizza Fungi, Single, Fanta, Eiscreme klein«, leierte ich runter wie ein gelangweiltes Schulkind.

»Nich so frech! Wo wohnt der Besteller?« Ich schaute ihn verwundert an. Er wollte tatsächlich, dass ich die Adresse laut vorlas. Anscheinend arbeiteten hier nur Bekloppte. Also tat ich das.

»Simon-Dach-Straße 24. Vorderhaus. Zweites OG links. Familie Koletzki«, las ich vor.

»Sehr jut. Bist janich so stulle, wie de auskiekst, Studenterle. Und jetzt – Abmarsch!« Er drückte mir einen Autoschlüssel in die Hand, ich nahm die Tüte und ging nach draußen. Als ich nach erfolgreich zugestellter Pizza wieder ins Auto stieg, wurde mir klar, dass ich mir nicht nur einen beschissenen Job, sondern auch noch das falsche Liefergebiet ausgesucht hatte: Friedrichshain. Mein Trinkgeld betrug exakt dreizehn Cent. Dies sollte sich im Laufe des Tages auch nicht ändern. Mein höchster Gewinn waren fünfundzwanzig Cent.

Am Ende des Tages gab ich Cheffe meinen Geldbeutel, damit er die Abrechnung machen konnte. Stolz nahm er meine Hand und legte zwei Euro und ein bisschen Kupfergeld hinein.

»Das haste dir verdient. Kannst dich freuen. Die wenigsten haben am ersten Tag so viel. Aus dir kann ja noch was werden. Bis morgen. Und jetzt mach dich dünne!«

Fix und fertig vom vielen Treppenlaufen fiel ich zu Hause ins Bett und träumte von bestellten Bestellungen unzähliger Besteller.

Obwohl ich überhaupt keine Lust hatte, erschien ich am nächsten Morgen dennoch pünktlich zur Arbeit. Mir grauste schon vor den ganzen Idioten. Völlig überraschend wurde ich von allen mit einem Lächeln empfangen. Da wäre er ja, der Student. Habe sich gar nicht schlecht gemacht, gestern. Sogar der Dieter zwinkerte mir zu und beschenkte mich mit einer direkten Anrede wie »Hier, nimm!« oder »Da haste!«, wenn er mir die Bestellungen zuschob. War ich tatsächlich integriert? Hatte ich es geschafft, mich in der harten Welt der Pizzalieferanten zu behaupten? Es machte zumindest den Anschein und ich freute mich darüber. Ehrlich. In einem Mikrokosmos akzeptiert zu werden, reicht für ein menschliches Ego vollkommen aus – für eine Weile zumindest.

Der Arbeitstag brachte nichts Neues außer, dass ich mein Trinkgeld verdoppeln konnte: fünf Euro. Cheffe war völlig aus dem Häuschen.

»Du gehst ja ab wie Bolle! Ich glaub, du bist bereit für

die Sonntagabend-Schicht. Die darf nich jeder machen. Das ist eine Ehre. Enttäusch mich nicht!«

Sonntagabend-Schicht. Aha. Ich war gespannt, was mich da erwartete. Mein zweiter Tag und schon eine Beförderung. Ich war zwar das einäugige Huhn unter den blinden in dem Laden, aber Lob tut immer gut. Als ich schließlich Sonntagnachmittag zur Arbeit erschien, wurde ich vom Kassenaffen gebrieft. Er war sichtlich angespannt, als müsse er mir in zehn Minuten erklären, wie man einen Jumbojet fliegt. Tatsächlich wurde mein Anforderungsprofil nur um einen Punkt erweitert: Ich sollte nach meiner Schicht den Laden reinigen. Na super!

An diesem Abend galt es zwar deutlich mehr Bestellungen abzuliefern; meine Trinkgeldeinnahmen erhöhten sich dadurch aber nicht signifikant. Die Leute schienen am Sonntag noch geiziger zu sein als sonst. Scheiß Tatort-Spießer.

Als ich also nach getaner Arbeit wieder den Laden betrat, reinigte der Dieter gerade seine Arbeitsfläche. Neben dem Pizzaofen waren die schmutzigen Pizzableche zu einem mannshohen Turm gestapelt. Eingebrannter Käse, Tomatensoße, verkohlte Salamistücke zierten die runden, schmiedeeisernen Formen. Der Dieter reichte mir ein völlig zerfasertes Stück Stahlwolle und befahl trocken: »Saubermachen!« Das war also das Besondere an der Sonntagsschicht. Mir wurde die verantwortungsvolle Aufgabe übertragen, DEM DIETER SEINE BLECHE ZU PUTZEN!

Nach diesem Abend endete meine Pizzalieferantenkarriere. Ich ging da nie wieder hin. Das Pizzaschwein sprach mir noch einige Male auf den Anrufbeantworter, ich solle wenigstens mein Gehalt abholen (insgesamt übrigens 63,75 Euro), was ich jedoch niemals tat. Ich hörte auch auf, mir Pizza zu bestellen. Das war zu viel für ein »Studenterle«.

Warum steht der da so rum?

Einige Zeit nach dem Pizzajob war ich wieder pleite. Das war durchaus zu erwarten, da ich mir nach gefühlten Tausenden von dreckigen Pizzablechen geschworen hatte, nie wieder einen Niedriglohnjob anzunehmen. Da es für einen unstudierten, unausgebildeten Träumer sehr schwierig war, an qualifizierte Arbeit heranzukommen, ging ich einfach gar nicht erst arbeiten. Ich war ja schließlich Künstler. Die Gesellschaft würde eines Tages zwingend erkennen müssen, dass ich einen unverzichtbaren Nutzen für sie hatte, und mich mit Ruhm und Gold überschütten. Ich musste nur gut genug Schlagzeug spielen und sie mit meinen ausgecheckten Jazz-Rock-Grooves umhauen. Wie ich leider feststellen musste, war Jazz-Rock-Drumming so ziemlich das Letzte, was die Menschheit brauchte oder zumindest gut bezahlen wollte. Die 300 Euro, die ich monatlich damit verdiente, verpufften sofort für Wohnnebenkosten oder Stromrechnungen. Den Rest mussten Mama und Papa zuschießen, was ziemlich erniedrigend war für einen stolzen Jazz-Guerillero (na ja, ging so …). Ich musste also dringend was verdienen. Selbst, wenn ich wieder einen Trottel-Job annehmen müsste – und dieser ließ nicht lange auf sich warten.

Ein guter Freund erzählte mir kurz darauf, dass eine große Buchhandlung einen Security einstellen wollte. Ich bräuchte nur inkognito zwischen den Büchertischen umherwandern und ein Auge auf die Kunden haben. Allein dadurch wären diese bestimmt so eingeschüchtert, dass sie gar nicht ans Stehlen denken würden. In meinen Ohren klang das nach einer ziemlich angenehmen Tätigkeit. Den ganzen Tag in der heimeligen Atmosphäre einer Buchhandlung verbringen, umgeben vom Geiste der Dichter, Denker und Träumer. Zwischendurch ein Auge hier und ein Auge dort haben. Höchstens mal streng gucken und unartige Kinder ermahnen. So stellte ich mir den Job vor. Beflügelt von diesen Gedanken rief ich gleich bei der Buchhandlung an. Sie schienen sehr erfreut zu sein und luden mich schnurstracks zu einem Vorstellungsgespräch ein.

Die Buchhandlung befand sich in einem riesigen Einkaufszentrum am Stadtrand Berlins; ungefähr 40 Minuten mit der S-Bahn vom Prenzlauer Berg entfernt. Es war die Sorte Einkaufszentrum, die man heutzutage als »Mall« bezeichnen würde. Tausende Filialen internationaler Ketten ohne einen Hauch von Charme oder Charakter. Es war so austauschbar, dass es auch in Istanbul oder Seoul hätte stehen können. Ohne Zweifel hätte es dort die gleiche Architektur gehabt, mit den gleichen Läden. Solche Malls sind für bestimmte Bevölkerungsschichten das Nonplusultra. Das ist keine Wertung, sondern eine Beobachtung! (PC-Polizisten atmen jetzt bitte tief durch und beißen in ihren Soja-Riegel!)

Samstags ist es dort brechend voll. Ganze Großfamilien machen sich auf den Weg, um dort ihre Freizeit zwischen Starbucks, Media Markt und Zara zu verbringen. Mittags gehen Maik und Mandy mit den Zwillingen Serafina und Ashley zu Mac Doof und hauen sich die »Börgas« rein, dass es kracht. Danach wird gestritten und anschließend geile Wäsche bei Palmers gekauft – zur Versöhnung. Maik muss vorm Nachhausefahren nur noch schnell zum Media Markt, um sich die neue »Blu-Reh« vom letzten Mario-Barth-Gig zu kaufen. »Escht tierisch, der Typ! Der wees escht, wie die Weiba tick'n.«

Die besagte Buchhandlung befand sich an genau so einem Ort. Sie hatte eine sehr große Verkaufsfläche für eine Privatbuchhandlung, und erstaunlicherweise hatte sie auch viel Kundschaft. (Ich mein ja nur: Zwischen Mario B. und Wolfgang G. liegen Welten, inhaltlich und zielgruppentechnisch. Gott sei Dank gibt es ja Hera Lind; der »Missing Link« der Literaturgeschichte …) Im Laden wurde ich von einem dürren, freundlichen Bücherwurm mit viel zu weit geschnittener Lederweste in das Büro der Chefin geführt. Nachdem wir uns einige Minuten beschnuppert hatten, erklärte sie mir meine Aufgaben und meinte, ich könne gleich beginnen, wenn ich wollte. Dankend nahm ich an und fragte, wo ich mich denn hinstellen sollte.

»Nicht so schnell, junger Mann. Wir müssen Sie ja noch entsprechend einkleiden!« Shit, was sollte das denn? Bekam ich jetzt 'ne Uniform, oder was?

»Der Kollege, der Sie mir empfohlen hatte, hatte schon erwähnt, dass Sie sehr groß sind. Deshalb habe ich mich um entsprechend große Kleidung bemüht.« Sie zeigte mit ihrem zierlichen Intellektuellenfinger auf einen riesigen, schwarzen Dreiteiler, der an einem Bücherregal aufgehängt war und es fast komplett verdeckte.

»Ich glaube, der sollte Ihnen passen. Probieren Sie ihn doch gleich mal an!« Mir wurde ganz anders. Solche Anzüge sieht man für gewöhnlich an Türstehern, Besitzern von Wettbüros, Zuhältern oder eben Securitys. Viel zu weit, schlecht geschnitten und sowieso unglaublich kacke.

In einem kleinen Lagerraum zog ich mich um. Es gab zwar keinen Spiegel, doch als ich an mir herabblickte, wurden meine Befürchtungen bestätigt: Ich sah wie ein klassischer Ostblock-Affe aus: Schwarze Haare, Bart, dicke Augenbrauen und ein schlecht sitzender Billo-Anzug. Meine bulgarische Herkunft wurde aufs Deutlichste unterstrichen. Ich war stilrein.

Als ich die improvisierte Umkleide wieder verließ, waren alle Blicke auf mich gerichtet. Ich schämte mich fürchterlich, hatte dieses Hättest-du-lieber-was-Ordentliches-gelernt-Gefühl.

Doch die Buchhändler waren begeistert. Mit leuchtenden Augen starrten sie mich an; eine ältere Dame klatschte sogar unkoordiniert vor Freude in die Hände.

»Perfekt«, sagte die Chefin.

Ich war die Inkarnation eines Security-Klischees.

Zur Vervollkommnung meines Looks bekam ich noch eine knallrote Krawatte umgebunden und wurde hinaus auf die Ladenfläche geführt. Als ich fragte, wo ich mich denn hinstellen sollte, bekam ich die Antwort, die ich befürchtet hatte.

»Na, *vor* den Laden natürlich. Wie alle Securitys. Die Leute sollen Sie sehen und wissen, dass da jemand ganz genau hinguckt. Sie sollten mit den Kunden Blickkontakt haben, wenn diese den Laden betreten, vielleicht auch freundlich grüßen.«

OH MEIN GOTT! Albtraum, wenn man daran denkt, wie viele Leute unterwegs sind in so einem Einkaufszentrum! Tausende! Und der Laden war nicht in einem dieser Zwischengänge, sondern mitten in so einem »Rondell«. Vor dem Geschäft waren Cafés und gegenüber ein H&M. Das hieß: Bulgaren-Peter musste sich in seinem Zuhälteranzug völlig exponiert vor dem Laden stellen und auch noch bemerkbar machen.

Äußerst peinlich.

Die Chefin selbst brachte mich an meinen Platz und erklärte mir die Alarmanlage.

»Wenn's piept, müssen Sie die Leute anhalten und gegebenenfalls ihre Taschen durchsuchen. Falls sie etwas geklaut haben sollten, führen Sie sie ruhig ins Hinterzimmer, wo Sie dann die Polizei verständigen. Oft gibt's aber auch falschen Alarm.« Super, dachte ich, jetzt soll ich auch noch 'ne Petze sein. Von wegen »nur ein bisschen rechts und links gucken«. Sie lächelte freundlich und ließ mich an meinem Pranger zurück. Ich befand mich links vom Eingang, unmittelbar neben den Alarmsensoren und hatte ziemliche Schwierigkeiten, mich korrekt hinzustellen. Wie steht man eigentlich als Security? Breitbeinig? Mit verschränkten Armen, dabei böse dreinblicken? Keine Ahnung. Die Arme waren sowieso ein Problem: Wohin damit? Wenn man nur so dastehen musste, kamen sie einem vor wie ein Fremdkörper. Sie hatten keinerlei Funktion und mussten irgendwie untergebracht werden. Wenn man sie einfach runterbaumeln ließ, sah man aus wie ein Schimpanse; vor allem, wenn man wie ich zwei Meter groß war und viel zu dünn für seine Kleidung. Hände in den Hosentaschen ging auch nicht – unprofessionell und zu relaxt. Am Gürtel? Prollig! Vor dem Schritt verschränken? Ja, dass könnte gehen. Wie in der Kirche, wenn alle das Vaterunser beten, und ich nicht weiß, wie ich mich verhalten soll. Perfekt!

Beine? Schulterbreit. Blick? Neutral bis cool.

Es war gar nicht so leicht, in dieser Pose zu verharren, denn der Körper macht ständig kleine Bewegungen, die man normalerweise nicht mitkriegt. Klitzekleine Korrekturen, die mit der Zeit immer größer werden. Nach zehn Minuten schwankt man hin und her wie ein Affe im Käfig. Also immer mal wieder die Stellung verändern, damit man nicht verkrampft.

Zudem wird man von den Leuten unverhohlen angegafft. Jeder, der den Laden betritt oder vorbeigeht, glotzt dich an. Nach dem Motto: »He, guck mal! Wie der da so rumsteht ...« Ich wusste nicht, dass ein Typ, der einfach dasteht, so eine Aufmerksamkeit auf sich ziehen kann. Kichernde Mädchen mit H&M-Tüten blieben zum Beispiel gackernd vor mir stehen und probierten ihren Teenie-Humor an mir aus.

»He, warum stehen Sie da?«

»Is Ihnen langweilig?«

»Haben Sie das studiert?«

»Haben Sie schon einen Räuber gefangen?«

»Wie heißen Sie?«

»Sind Sie ein Riese?«

»Ist Ihre Mutter eine Riesin?«

»Sind Sie taub?«

Dabei betonten sie jede Silbe einzeln, um ihrer Verarsche noch mehr Ausdruck zu verleihen: ta-aub, studie-iert ...

Damals war ich 24, und am meisten ärgerte mich das Gesieze. Das machten die bestimmt mit Absicht. Aber es ist unmöglich, eine Teenie-Attacke abzuwenden. Einfach unmöglich.

Reagiert man darauf, wird man zerfleischt. Speziell von hysterischen Mädchenrudeln. Man ist ihnen vollkommen ausgeliefert und muss die Situation einfach aushalten, bis sie vorbei ist. Parallel dazu ging die defekte Alarmanlage ständig los und erzürnte ehrliche Kunden, die mir dann ihre Kassenzettel vors Gesicht hielten, um ihre Unschuld zu beweisen. Als hätte *ich* sie beschuldigt. »Das tut uns leid«, musste ich sie beruhigen und mich trotzdem noch beschimpfen lassen. Ehrliche Bürger würden hier bloßgestellt und beschuldigt. Eine Frechheit wäre das. Zwischendurch immer wieder das Gekreische der Mädels.

So ging das die ersten vier Stunden bis zur Mittagspause.

In meinem Jugo-Betrügo-Anzug schlich ich mich in ein Fastfood-Restaurant und verkroch mich in die dunkelste Ecke. Ich schämte mich. Dieser Job war doch das Allerletzte. Verarscht werden, doof rumstehen und am Ende noch petzen, wenn irgendein Trottel etwas klaut. Mir doch egal! In meinen Augen hatte ein geschickter Dieb Respekt verdient für seine Fingerfertigkeit. In was für einer Welt lebten wir eigentlich? Meine Eltern waren nicht extra aus dem Ostblock geflohen, damit ich jetzt meine Mitbürger denunzierte. Diese und ähnliche Gedanken begleiteten mein fettiges Mahl. Als ich meine letzte Pommes in Mayo tauchte, hatte ich akute Job-Depressionen. Der Weg zurück zum Buchladen ließ mich an »The Green Mile« denken: Auch ich wurde unschuldig zum Schafott geführt. An meinem Arbeitsplatz angekommen, brachte ich meine müden Gliedmaßen wieder in Position. Security-Style.

Die Gören waren zum Glück weg und verbrachten den Rest ihres Nachmittags wahrscheinlich mit Papa und Mama auf der lachsfarbenen Prolo-Liegewiese. In der Glotze schauen sie das Beste aus zehn Jahren »Frauentausch« und die vierzigjährige Oma kocht in der Küche gerade Paprika-Bauerntopf von Maggie. Danach gibt's Asbach Uralt und Haue.

Der Gedanke daran ließ mich die Welt als einen gerechten Ort erkennen und erfüllte mich mit buddhistischer Gelassenheit.

Plötzlich jedoch fing die verdammte Alarmanlage wieder an zu piepen. Die Buchhändler drehten sich zu mir um und signalisierten mir, dass ich jetzt handeln müsste. Mist. Als es am Vormittag gepiept hatte, war der Laden so voll, dass mich die Angestellten nicht hatten sehen können. Ich hatte mir angewöhnt, die aufgeschreckten Kunden einfach durchzuwinken, völlig gleichgültig, ob sie möglicherweise etwas entwendet hatten oder nicht. Ganz nach dem

Motto: Was ich nicht weiß, macht mich nicht heiß! Jetzt aber musste ich ran.

Ein verdächtig aussehender, junger Mann blieb kurz hinter den Sensoren stehen und blickte hektisch zu mir herüber. Ich war wahrlich nicht geboren für diesen Job, doch in seinen Augen sah ich SCHULD! Sie sagten: »Ja, ich habe etwas geklaut. Es befindet sich in meinem großen, vollgestopften Rucksack. Doch verurteile mich nicht! Ich bin doch bloß ein armer Student ohne Kohle. Mein Professor hat mich dazu gezwungen. Wenn ich nicht aus diesem Buch lerne, werde ich durchfallen und obdachlos werden!« Na ja, ganz so viel haben seine Augen auch wieder nicht gesagt, doch man konnte erkennen, dass der Typ sich schämte und seine Tat bereute. Ich ging zu ihm hin und sprach ihn an.

»Moin! Es hat gepiepst. Haste irgendetwas in deinem Rucksack, was mich interessieren könnte?« Ich kam mir vor wie ein Jungpolizist auf seiner ersten Streife.

»Ich … ich hab da … nur mein … Unizeug drin … Lauter komischer Kram … Is 'n krasses … Chaos da drin …«, stammelte er kleinlaut. Plötzlich stürmte eine große Gruppe, wahrscheinlich Touristen, den Laden und versperrte den Buchhändlern die Sicht auf unser Laientheater. Diesen Moment musste ich nutzen!

»Egal, ob du was eingesteckt hast oder nicht: Mach, dass du wegkommst! Verpiss dich!«, flüsterte ich ihm ins Ohr. Er sah mich mit devoten Rehaugen an und lief davon. Nachdem die vermeintliche Reisegruppe wieder verschwunden war, kam ein Mitarbeiter zu mir und befragte mich zu dem Vorfall. Der hätte doch bestimmt was mitgehen lassen. Das hätte man doch gesehen. Ich log, dass ich den Rucksack durchsucht und dabei nichts gefunden hätte. So ganz nahm er mir die Geschichte nicht ab, ließ es aber auf sich beruhen.

An meinem ersten Feierabend fuhr ich den langen Weg mit der U-Bahn nach Hause und war dem Heulen nahe. Ich war für diesen Job nicht gemacht. Mehr noch: Ich war womöglich der schlechteste Security auf Erden. Ich war unfähig zu petzen, bewunderte geschickte Langfinger und schämte mich vor allen, die mich in meinem bekackten Outfit anstarrten. Zu Hause angekommen weinte ich dann tatsächlich ein bisschen vor Selbstmitleid, kam mir dann aber doof vor und entschied mich, die Zähne zusammenzubeißen. Nachts konnte ich aber auch kein Auge zumachen, so verspannt war ich vom Rumstehen. Wie hielten das denn erst die armen Verkäuferinnen oder Museumswärter aus? Die waren doch meistens schon im fortgeschrittenen Alter. Hatten die jeden Tag solche Schmerzen? Kapitalismus stinkt doch zum Himmel! Auf jeden Fall schlüpfte ich am nächsten Morgen wieder in meine Balkan-Kluft und stellte mich vor den Laden, darauf hoffend, dass niemand ein Buch klauen würde.

Der Vormittag war tatsächlich sehr ruhig, und vor lauter Langeweile verlor ich mich in Phantasien, in denen ich für meine Musik etliche Preise bekam und von jedermann geliebt wurde. Ich wollte meiner Mutter gerade ein schönes Haus an der Côte d'Azur und mir ein extralanges Bett kaufen, als ...

146

»Hallo? He, Sie! Riese! Guten Tag, Herr Riese! Wie groß sind Ihre Schuhe? Vermieten Sie Wohnungen in Ihren Schuhen? Darf ich eine haben? Ich hab aber nur einen Cent. Reicht das, Herr Riese?«

Die Göre vom Vortag hatte offensichtlich alle ihre beknackten Freundinnen informiert: »Im Kaufhaus, da ist so'n kranker Typ. Und der steht da nur so rum. Voll das Opfa! Lass ma verarschen, okay?« Bestimmt zehn pubertierende Mädels standen um mich herum und redeten gleichzeitig auf mich ein.

Das war zu viel! Entweder ich vergesse mich und töte alle, oder ich drehe mich um und gehe.

Ich entschied mich für Letzteres.

Wortlos stapfte ich an den Buchhändlern vorbei ins Büro der Chefin. Ich erzählte etwas von einer alten Basketballverletzung, und dass ich deswegen jetzt starke Schmerzen hätte. Ob ich denn morgen wiederkommen würde, fragte sie mich, etwas irritiert durch meinen plötzlichen Aufbruch. Ich blickte tief in ihre belesenen Augen und sagte genüsslich »Nein«.

Tabak fürs Volk

Ich hatte gehört, dass viele Studenten in ihren Semesterferien als Promoter arbeiteten und diese Jobs ziemlich gut bezahlt wurden. So durchforstete ich das »Internetz« und fand schließlich eine namhafte Agentur, bei der ich auch gleich anrief. Zu meinem Erstaunen wurde ich sofort zu einem Castingtermin eingeladen.

Rasiert, parfümiert und in meinen besten Klamotten (urban-hip) erschien ich, neugierig, was mich wohl so erwarten würde. Von einer jungen, trendigen Empfangsdame mit asymmetrischem Haarschnitt wurde ich in einen Konferenzraum geführt, in dem schon einige Mitbewerber nervös auf ihren Stühlen herumrutschten. Sie stellte mich den anderen vor, »das ist der Peter«, und verschwand sogleich wieder. Ein paar Jungs gaben mir betont lässig die Ghettofaust (Handgeben war voll uncool!), die Mädels ignorierten mich und saßen stocksteif da, um ihre perfekt geglätteten »Pantene-Pro-V-Haare« nicht durcheinanderzubringen. Nach ungefähr zehn Minuten erschien dann endlich ein Angestellter der Agentur.

Er war knapp ein Meter siebzig groß, trug eine hautenge, absichtlich zerfetzte Röhrenjeans, darüber ein enges T-Shirt mit V-Ausschnitt bis zum Bauchnabel und einen Seidenschal um den Hals. Seine Frisur war ebenfalls asymmetrisch und wurde durch die obligatorische Hippster-Brille auf seiner Stupsnase stilgerecht ergänzt. Ein metrosexuell gestylter Agentur-Schlumpf, der uns in feierlichem Werbe-Sprech begrüßte.

»Hallo, ihr Lieben, ich bin der Thomas und mache heute das Casting. Strengt euch bitte an und gebt euer Bestes. Der Kunde hat hohe Ansprüche und sucht nach hippen Youngsters, die richtig Party machen können und volle Kanne Gas geben wollen. Seid ihr dabei? Habt ihr Spaß?« Die Youngsters klatschten und riefen »Jaaaa!«.

Alles klar, Herr Kommissar. Die reinste Spinnerveranstaltung. Eigentlich wollte ich nach dieser Vorstellung bereits aufstehen und gehen, doch was nun folgte, ließ mich bleiben.

»Wir haben das Glück, eine Promotion-Aktion für einen äußerst zahlungskräftigen Kunden abwickeln zu dürfen. Wer heute ausgewählt wird, darf sich auf exzellente Gagen freuen.«

Das hatte er gut gesagt! Nun hoffte ich doch, den Job zu bekommen.

Das Casting ging zwei Stunden lang und war nichts für schüchterne Mauerblümchen. Man musste tanzen, singen, improvisieren und die Markenwerte einer Zigarettensorte pantomimisch darstellen. Die Zwillinge Schämen und Fremdschämen waren ständig anwesend und mussten mit aller Kraft ausgeblendet werden. Am Ende dieser aufreibenden Prozedur wurden die Namen derer verkündet, die es durch das Casting geschafft hatten.

Mein Name war auch dabei.

Unsere Aufgabe war es, an Tankstellen, Tabakläden und Spätis eine bestimmte Zigarettenmarke zu bewerben und die Kundschaft nach unserem Verkaufsgespräch mit einem kleinen Geschenk (Feuerzeug) zu belohnen. Im Idealfall würde sich der Kunde dann fröhlich eine Packung am Tresen kaufen. So war das Konzept.

Nach einer intensiven Schulung wurden wir mit einem kleinen Stand, Unmengen von Kundengeschenken und einem Dienstwagen auf die Welt losgelassen. Anscheinend wollte man mir einen Streich spielen, denn an meinem ersten Einsatztag wurde ich zu einer Tanke nahe der polnischen Grenze geschickt. Ich war tierisch nervös und deshalb schon vor Arbeitsbeginn völlig erschöpft. Die Ware musste sortiert, das Auto gepackt und der Kundendialog geübt werden, danach folgte eine Stunde Autofahrt in die Pampa.

Als ich schließlich ankam, begrüßte ich den Tankstellenmitarbeiter höflich und erklärte ihm, was ich den ganzen Tag so zu tun gedachte. Er schaute mich an wie einen Alien.

»Wat willste? Werbung für Zijarettn? Davon wees ick nüscht.«

»Meine Agentur hatte doch einen Termin vereinbart«, erklärte ich verunsichert. Seelenruhig durchwühlte er einen Papierhaufen und zog eine ausgedruckte E-Mail heraus.

»Ach, da is et ja. Zijarettn sachta. Na jut, solla nur machn. Nützt hier eh nüscht!«

»Wieso? Die Leute kaufen doch oft an Tankstellen Zigaretten?«, gab ich klugscheißerisch zurück.

»Ja, schon, aber nich an der polnischen Grenze, du Nappel! Wenn de üba die Brücke dahinten fährst, zahlste die Hälfte. Vastehste?« Er zeigte mit ölverschmiertem Zeigefinger in Richtung Osten. Mit einem Fernglas hätte man sie bestimmt sehen können, die Polen. Fröhlich durch die Gegend spazierend, mit billigen Kippen in ihren Mündern und über uns Deutsche lachend. »Schaut her, ihr Bratwürste«, sagten sie bestimmt. »Wir schnappen euch die Kundschaft weg. Haha!«

Und so war es dann auch.

Nicht nur, dass ich im Umgang mit den Kunden ziemlich steif war und mich krampfhaft an die Richtlinien hielt; ich wurde auch noch von ihnen verarscht.

»Hast dir ja ein tolles Plätzchen für deine Werbung ausgesucht. Gib mal 'n Feuerzeug her, dann kann ich mir *drüben* meine polnischen Kippen anzünden.«

»Ja, äh, gut. Vielen Dank«, brachte ich nur raus. Zwei Stunden vor Feierabend hatte meine schlechte Performance erst bei drei Kunden zum Verkauf geführt. Das war viel zu wenig. Ich machte mir ins Hemd. Zur Krönung rief mich auch eine der Agentur-Tanten an, um mich zu fragen, ob ich denn wirklich »Spaaaß« hätte. Ich presste ein gelogenes »Ist super hier!« raus und machte weiter. In der folgenden Nacht träumte ich von Polen, Zigaretten und Tankstellen, dazu ertönte immer wieder die Stimme der hippen Agenturtante: »Hast du Spaaaß? Hast du Spaaaaaaß?«

Am nächsten Tag wurde ich nach Göttingen geschickt. Wieder eine Tankstelle.

Jeweils dreieinhalb Stunden Hin- und Rückfahrt standen mir bevor, dazwischen acht Stunden Blabla. Mörderisch, aber sehr gut bezahlt. Der Arbeitstag war um einiges angenehmer als am Vortag. Ich konnte die Leute zum Lachen bringen, und sie kauften auch tatsächlich mein Produkt. Ob es an der Entfernung zu Polen lag oder an der Tatsache, dass ich im »Westen« war, konnte man nicht genau sagen. Das Highlight des Tages war Arno, der Tankwart. Er war eine gutgelaunte Labertasche und der inoffizielle Boss an der Tanke. Viele Kunden kannten ihn beim Namen und schienen sogar nur wegen ihm dorthin zu kommen. Seine Energie war beeindruckend und sicherte der Tankstelle einen treuen Kundenstamm.

Obwohl er dafür bestimmt nicht entsprechend entlohnt wurde, war er voll motiviert und brachte Leben in die Bude. Während meiner Mittagspause hatten wir Zeit, uns bei Bockwurst und dünnem Kaffee ein wenig zu unterhalten. Offenherzig erzählte er mir von seiner bewegten Vergangenheit: Von der Zeit im Rotlichtmilieu, den vielen Schlägereien, von zerbrochenen Ehen und von Gewalt. Er habe daraufhin zu sich gefunden und genieße jetzt endlich sein Leben. Nur, wer einmal erlebt habe, »ganz unten« zu sein, könne das Schöne in der Welt erkennen. Ich hätte niemals gedacht, dass mich ein Tankwart aus Göttingen so bewegen und beflügeln könnte. Geerdet und um einiges optimistischer machte ich mich auf die lange Rückreise.

Nächster Halt: Wolfsburg. Tabakladen.

Mein nächster Einsatzort befand sich in einem sozial schwachen Hochhausviertel, abseits der glitzernden Autostadt. Schon am frühen Morgen wurden dort Unmengen von Kümmerlingen und Underbergs verkauft. Der Tabakumsatz war erwartungsgemäß hoch, doch für mich trotzdem unlukrativ, da hauptsächlich riesige Vorratsdosen des Krauts verkauft wurden. Es gab sogar einen Fünfkilo-Eimer! Meine trendigen Zigaretten waren viel zu teuer für die Ansässigen. Eine graue, mumienartige Frau betrat dann am Nachmittag den Laden und bestellte tatsächlich so ein Monstrum.

»Dasselbe wie imma«, sagte sie mit einer Stimme, die Tom Waits wie eine schüchterne Klosterschülerin hätte wirken lassen.

»Ulli, du sollst doch nicht imma so viel rauchen«, erwiderte die Verkäuferin.

»Ich bin doch schon auf einen Eimer die Woche runter,
Moni!«

Na, herzlichen Glückwunsch, dachte ich mir. Haste
dich mal beim Guinessbuch der Rekorde gemeldet? Mit
deinem Auswurf hätte man sicherlich die gesamte A 9 tee-
ren können. Da wär der Kreislauf der Steuergelder wieder
geschlossen: Hartz IV – Fünfkilo-Dose – Auswurf – Auto-
bahn!

Tags drauf war ich in Potsdam bei einer netten Kiosk-
Mutti. Ihr Sohn war der eigentliche Besitzer des Ladens,
doch die rüstige, alte Dame hatte eindeutig die Hosen an.
Er ließ sich's gefallen und zwinkerte mir manchmal neckisch zu, wenn sie ihm einen Befehl erteilte.

»Jetzt gehste in 'n Keller und holst drei Paletten Cola.
Un dit am liebsten jestern!« Mit einem »Jawohl, mein Ge-
neral« bestätigte er ihre Anweisungen und schlich artig
davon. Mich behandelten die beiden jedoch schon morgens sehr gut. Ich bekam eine Kaffee-Flatrate und wurde oft zum Rauchen rausgeschickt. Man könnte ja kein
Produkt anpreisen, das man nicht regelmäßig auf seine
Qualität hin überprüfe. Wo sie recht hatten ... Der Nach-
teil war nur, dass ich bald an Wolfsburg-Ullis Seite hätte
arbeiten können. Die A 9 war noch ausbaufähig.

Tatsächlich sollte ich diesen Job noch eineinhalb Jahre
weitermachen. Fünfmal die Woche, täglich neun Stunden
am Einsatzort und mindestens zwei Stunden Autofahrt.
Dazu strenge Auflagen vom Auftraggeber und ständige

Kontrollanrufe, ob ich denn auch wirklich »Spaaaß« hätte. Daran änderte sich auch nichts, als ich schon ein alter Hase war. Nur, dass ich dann mit »Na, was glaubste?« antwortete. Wahrscheinlich hatte die Agentur ein Herz für junge Alzheimer-Schnitten, die sofort vergaßen, wen sie gerade angerufen hatten. Vielleicht stand in ihrem Leitfaden-Katalog ja auch folgender Dialog:

Agentur: »Haste auch Spaaaß?«

Promoter: »Oh, jaaa!«

Agentur: »Kannst du noch mehr Spaß haben?«

Promoter: »Natürlich, weil *alles* so viel Spaß macht!«

Agentur: »Dann wünschen wir dir noch viel mehr Spaß!«

Promoter: »Oh, jaaaa!«

Agentur: »Und kannst du noch mehr Spaß haben?«

Promoter: »Natürlich, weil alles so viel Spaß macht!«

Agentur: »Dann wünschen wir dir noch viel, viel, viel mehr Spaß!«

Promoter: »Oh, jaaaa!«

Unwillkürlich geriet man da in eine Spaßschleife. Die armen Callcenter-Mäuse saßen in ihren dunklen Büros, während wir Außendienstler vor »Spaß« fast den Verstand verloren.

Jedenfalls war ich nach mehr als 150 absolvierten Einsatztagen so überspaßt, dass ich diesen Knochenjob aufgeben musste. Aber trotz der Strapazen bin ich sehr froh, diese Arbeitserfahrung gemacht zu haben. Ich habe Hunderte von Menschen aus verschiedenen Kulturen und Schichten kennen- und schätzengelernt, hab von Tankwart Arnos Weisheiten profitiert und kann mit Stolz sagen, dass ich in meinem Integrationsmarathon durch Deutschland wieder ein paar Stationen gemeistert habe. Die neu eroberten Gebiete sind: Brandenburg, Sachsen-Anhalt und Niedersachsen.

Ich hätte aber auch nichts dagegen, im nächsten Leben als reicher Erbe wiedergeboren zu werden.

Ich sitze gerade in einem Café in Berlin-Mitte und er-
fülle sämtliche Klischees: Ich trage eine Röhrenjeans,
einen enganliegenden Baumwollpulli in der Trendfarbe
Mauve (blasses Lila, Mauve ist nämlich das neue Lila).
Mein fettes Smartphone liegt neben mir und zeigt stolz
die Startseite von Spiegel Online in brillantem HD, meine
Retro-Sneaker, genau in richtigem Maße abgefuckt, voll-
enden meinen Hippster-Look. Doch der Plattitüden nicht
genug: Meine heiße Soja-Latte dampft vor sich hin, und
ich tippe geschäftig auf meinem Laptop diesen Text ein.
Aus den Lautsprechern rieselt cooler Old-School-Jazz,
und eine leicht verbrauchte MILF lächelt mir zu. Neben
ihr ein kleiner Kevin oder Torben im 1000-Euro-teuren
Bugaboo-Kinderwagen. Meine Casio Digitaluhr zeigt
»11:00« Uhr an. Die meines Sitznachbarn auch.

Abgefahren!

Heute Morgen lag ich noch im uncoolen Schöneberg im
Bett und dachte: Gehste mal in ein Café zum Schreiben.
So machen's doch alle Autoren. Also fuhr ich nach Mitte, um mich in einem schönen Eckcafé in der Tucholsky-
straße niederzulassen – wie passend. Der große »Tucho«
sollte mich inspirieren.

Pustekuchen. Stattdessen starre ich auf mein Ebenbild,
das von einem großen Spiegel hinterm Tresen reflektiert

wird, und stelle fest, dass ich unglaublich weit davon entfernt bin, ein Individualist zu sein.

Ich sitze hier und bin ein *Berlin-Mitte-Boy.*

»Mitte« ist ein schickes Viertel, in dem meist junge deutsche »Achiever« wohnen, also erfolgreiche Durchstarter aus der gehobenen Mittelschicht. Wenn man sich mit verbundenen Augen um sich selbst dreht und dann die Binde abnimmt, könnte man für den Bruchteil einer Sekunde denken, man sei in München.

Die Leute hier stehen auf Manufactum, Latte Macchiato, Aperol Spritz und Feinkostläden. Der Dresscode geht von »Business Casual« bis »Urban Fashionista«. Und so, wie ich heute aussehe, passe ich hier ganz gut rein. Nur zwei Details trennen mich noch von der perfekten Masse: Ich benutze keine Apple-Geräte und trage keine stylische Brille mit schwarzem Gestell. Grober Schnitzer, aber vielleicht auch wieder cool? Ein absichtlicher Bruch. Ein anarchistischer Punk-Move.

Nein?

Oder bin ich einfach nur angepasst, ein Mitläufer?

Niemals!

Jetzt geh ich erst mal eine rauchen, um mir eine Argumentationskette zurechtzulegen, die jeden von meiner einzelgängerischen, hemmingwayschen Einzigartigkeit überzeugt.

Rauch ... rauch ... denk ... rauch ... frier ... zurückkomm.

So, ich hab's!

Unbewusst hatte ich mich vor dem Losfahren für die

Mitte-Kluft entschieden. Da ich die Absicht hatte, hier-
herzufahren, beeinflusste mein Hirn die Kleiderwahl und
wählte erstaunlicherweise sogar die richtigen Accessoires.
Es ließ mich zum *Mitte-Boy* werden, damit ich nicht ne-
gativ auffallen und von den Eingeborenen angenommen
werden würde.

Genial! Instinktive Adaption. Mein Integrationscortex
im Hirn hatte auf Autopilot geschaltet. Diese These ge-
fällt mir. Um sie zu untermauern, gehe ich in Gedanken
meinen Kleiderschrank durch. Würde ich mich tatsächlich
anders kleiden, wenn ich zum Beispiel nach Kreuzberg
fahren würde? Mal sehen: Röhrenjeans, normale Jeans,
Kapuzenpulli, Strickpulli, Baumwollpulli, T-Shirt mit
glänzendem Aufdruck, normales T-Shirt, 30 alte T-Shirts,
grüner Jogginganzug, diverse Hemden. Typisches Jungs-
sortiment. Kleinigkeiten entscheiden hier, wie ich bei den
»Kiezlingen« ankomme.

In Kreuzberg ist Understatement wichtig. Man will dort
nicht auffallen, nicht *zu* chic sein. Der Grad zwischen
over- und underdressed ist sehr schmal. Wahrscheinlich
würde ich meine gewöhnliche Jeans mit grauem Kapuzenpulli und bunten Joggingschuhen kombinieren. So würde
ich erst durch das farbige Leuchten an meinen Füßen
auffallen. Mein Bonus in diesem Kiez wäre mein südlän-
disches Aussehen (Kreuzberg = Klein-Istanbul), mein De-
fizit ist meine untätowierte Haut. Richtig hip ist man mit
»fett gehackten« Armen, dunklen Augenringen, 'nem Job
in der Gastro und 'ner skandalösen Libido (vom Stamm-
gastsein grauhäutige Enddreißiger mit blonden, leicht ver-

filzten Haaren bevorzugt). Da dieses Niveau für mich unerreichbar ist, muss der Kapuzenpulli reichen.

Wenn ich nach Friedrichshain ginge, müsste ich die bunten Schuhe weglassen und mir ein altes, ausgewaschenes
T-Shirt anziehen. Hier ist nämlich der Erstsemester-Stu-
di-Look gefragt. Ich muss aussehen, als hätte ich gerade
mein vollgemülltes Sechser-WG-Zimmer verlassen, völlig überfeiert vom Vorabend. In dem Film »Killing Zoe«
gibt es einen Dialog, in dem der Hauptdarsteller gesagt
bekommt, in Paris müsse man »frisch gef…kt« riechen.
Genauso ist es auch in Friedrichshain. Da ich aber in
Schöneberg wohne und fast 40 Minuten dorthin brauche,
ist gutes Timing unverzichtbar: Ausgiebig f…ken, dann
schnell ins Auto und bei geschlossenen Fenstern alle roten
Ampeln überfahren, um dann auf der Simon-Dach-Stra-
ße noch genügend Pheromone zum Ausdünsten übrig zu
haben. Schwarze Ränder unter den Fingernägeln?
   Super!
   Ketchup-Fleck im Schritt?
   Optimal!
   Im Wedding sieht die Sache schon anders aus. Da lohnt
es sich, mich auf meine Wurzeln zu besinnen. Sei Bulgare,
Peter. Also: Lederjacke, alte Anzugschuhe, locker sitzende
Khakihosen mit Bundfalten, Handy in der Hand und 'ne
Marlboro im Mundwinkel. Ich muss immer geschäftig wir-
ken und ständig laut telefonieren. Dabei sollte bei jedem
Anruf zuerst der Satz »Wo bist du?« fallen. Unbedingt!
Dann kurze Pause und dann die Frage wiederholen. Ganz
wichtig: Dabei genervt gucken und Kaugummi kauen.

Der Charlottenburg-Look ist dem Mitte-Look im Grunde sehr ähnlich, nur dass man ein bisschen dicker aufträgt. Hier ist übertriebene Bescheidenheit fehl am Platz. Braune Lederschuhe passen gut zu einer Röhrenjeans, dazu ein Blazer und 'ne edle Uhr. Das wäre mein Outfit für dieses blutleere Viertel. Als richtiger Charlottenburger würde ich allerdings erst durchgehen, wenn ich meine soziale Intelligenz zu Hause ließe, meine Freundin dazu zwänge, sich die Brüste machen zu lassen, und meinen süßen, alten Peugeot gegen eine weißlackierte Schwanzverlängerung eintauschte. Das wird aber niemals passieren. Der einzige Grund für mich, dorthin zu gehen, ist ein phantastischer Plattenladen im Schatten der Gedächtniskirche. Da kann ich aber auch im Schlabberlook hin. Und wie sieht's in meinem Heimatkiez aus?

»Schöneberg, mein Schöneberg, was lässt du mich tragen?«

»Alles, mein Schatz, du musst mich nicht fragen!«

»Wirklich alles?«

»Alles, bis auf den grünen Jogginganzug, der ist nicht chic. Weder ihn darfst du tragen noch die Hose von kik.«

Das Gute an Schöneberg ist, dass es weder »hip« noch »assi« ist. Der Coolness-Tsunami ist hier zum Glück noch nicht angekommen. Will man ausgehen, findet man zwar auch gute Kneipen, doch in erster Linie zieht man nicht hierher, um sich die Hörner abzustoßen. Touristen und verrückte Erstsemester findet man eher selten. Ich habe das Gefühl, dass sich dieser Kiez viel von seiner Ursprünglichkeit bewahrt hat und dadurch beruhigend und authentisch wirkt. Ein gutes Wohnviertel eben. Deshalb kann man hier auch getrost auf Dresscodes verzichten und sein Outfit dem jeweiligen Gemütszustand anpassen, anstatt darauf zu achten, *was wo* gerade *hip* ist. Ein großes Glück für mich, da der gute Schmalhans eine feste Stellung als Küchenchef in meinem Kleiderschrank hat. Aufgrund der schwierigen konjunkturellen Lage wäre es auch ein Unding, ihm zu kündigen.

Bevor man als Leser nun an sich herunterschaut und sich fragt, ob man so angezogen in Kreuzberg eins aufs Maul bekommen würde, empfehle ich Folgendes: Gedanken über das richtige Outfit beiseiteschieben, in einen Späti laufen, Weg-Bier kaufen. Damit ist man bereits zu sechzig Prozent integriert. Das ist absolut ausreichend, denn jedem muss man's auch nicht recht machen.

Abschließend muss ich aber dann doch noch eine Frage stellen: Kann ich eine schwarze Jacke zu einer dunkelblauen Jeans anziehen? Beißt sich das? Meine Freundin sagt nein, aber ich weiß nicht so recht …

ELTERNZEIT
ODER »KABULLAI TIKI FAGA ULUM«

Es ist so weit.

Ich werde alt.

Nicht nur, dass Achtzehnjährige mich siezen, wenn sie mich nach der Uhrzeit fragen, oder meine Freundin meint, ich müsse mir endlich Gedanken über meine Altersvorsorge machen. Es reicht nicht, dass meine Barthaare sich grau färben und ich keine Milch mehr vertrage. Es ist alles noch viel schlimmer: Alle meine Freunde werden Eltern. Todesmutig haben sie die letzte Hürde zum Erwachsensein genommen und lassen mich im Zwielicht zurück.

Ich bin »Ü 30« und habe Angst.

Das Kind in mir hat 33 Jahre lang gebraucht, um sein Selbstporträt zu malen, und ist nach dem letzten Pinselstrich verschwunden. Jetzt kann ich mir dieses Gemälde nur anschauen und etwas hineininterpretieren. Der Erschaffer ist weg, bestimmt in Florida oder auf den Seychellen. Der hat's gut. Ich muss hier bleiben und alt werden. Meine einzige Rettung ist Nachwuchs. Der blöde Florida-Tourist muss ersetzt, ein neues Bild gemalt werden.

Ich freue mich sehr über das Familienglück meiner Freunde, und ich werde bestimmt der Erste sein, der vor Rührung weint, wenn mir irgendwann ein kleines Baharov-Baby beim Wickeln ins Gesicht pinkelt. Wirklich. Da ich das zum jetzigen Zeitpunkt aber noch nicht erleben darf, vertreibe ich mir die Zeit damit, zu beobachten und, wie es meinem Charakter entspricht, zu beurteilen.

In Bezug aufs Kinderkriegen gibt's in Berlin zwei dominante Strömungen: Die eine, zu der auch die Jungs aus meinem Freundeskreis gehören, besteht aus über dreißigjährigen, fertig studierten, in geregelten Jobs arbeitenden Bildungsbürgern, die meist in festen Beziehungen leben. Dagegen sind die Vertreter der anderen Strömung im Schnitt zehn Jahre jünger, noch mitten im Studium und meist alleinerziehend. Sie stehen finanziell für gewöhnlich noch nicht auf eigenen Beinen. Zwei völlig unterschiedliche Konzepte.

Zu den Ü-30-Vätern – ich nenne sie »Teutonen« – gehört zum Beispiel Thomas, der mit seiner Freundin Lara für das Medizinstudium von München nach Berlin gezogen war. Die beiden wurden Ärzte und genossen den sehr beliebten D.I.N.K-Lifestyle (Double Income No Kids). Beide hatten also Kohle und konzentrierten sich auf die Arbeit und ihre zahlreichen Hobbys.

Die »Kreuzkölln-Muttis« bilden die andere Gruppe. Zu ihr gehört Lilith, eine zwanzigjährige Schauspielschülerin aus Wolfsburg. Sie kam vor drei Jahren nach Berlin, um sich selbst zu finden oder besser noch: ›sich vom Leben finden zu lassen‹. Sie war noch mitten in der Ausbildung und äußerst empfindsam. (Aus ihren Augen rieselte ständig Feenstaub, so sehr berührte sie die Welt.)

Wie das Schicksal so spielt, wurden Lara und Lilith irgendwann von der Babymücke gebissen und wollten dringend Nachwuchs. Sie gingen erwartungsgemäß sehr unterschiedlich mit ihrer Situation um.

Im Lager der Teutonen werden Schwangerschaften grundsätzlich geplant. Deshalb wurden im Kalender und Dienstplänen von Lara und Thomas zeugungsgünstige Monate rot markiert. Bei einer Überschneidung von 66 Prozent galt der Antrag zur Fortpflanzung als angenommen und bekam oberste Priorität. Der Mann wurde angehalten, innerhalb von zwei Wochen seine Spermien auf Anzahl und Beweglichkeit testen zu lassen. Das Teutonenweibchen ließ sich parallel den besten Gynäkologen der Stadt empfehlen und vereinbarte binnen zweier Tage einen Termin. Es entwickelte wahre Superkräfte in Bereichen der Organisation und Durchsetzungskraft. Beim Arzt wurde dann die Babyfertigungsanlage auf Funktionstüchtigkeit geprüft. Dabei bestand sie auf die neueste Diagnosetechnik. Da beide fit waren, wurden anhand zahlreicher Ovolationstests die Tage definiert, an denen Beischlaf obligatorisch war. Da blau auf rot sehr gut deckt, wurden blaue Sternchen in den roten Bereich gemalt. In den Tagen, an denen eine Befruchtung unwahrscheinlich war, musste Thomas auf »Belohnungssex« hoffen. Das Teutonenweibchen wusste das und konnte dem sonst so dominanten Teutonen endlich ihre Renovierungswünsche unterjubeln. Wollte Thomas nicht spuren, zeigte sie auf ein rotes Feld ohne Sternchen im Kalender.

Bei Lilith sah die Sache anders aus. Sie war naturgemäß so fruchtbar, dass aus ihrer Körpermitte Blumen wuchsen, wenn sie sich nackt sonnte. In einer Vollmondnacht erwachte sie schweißgebadet aus einem unglaublich intensiven Traum. Eine alte Frau war ihr erschienen und hatte sie in eine Hütte gelockt. In der Mitte des Raumes befand sich eine Feuerschale, um die herum ihr unbekannte Gestalten saßen. Die weißglühende Kohle erhellte plötzlich den Raum und Lilith erkannte, dass es sich um eine Eskimo-Familie handelte. Vater, Mutter, Kind. Das ungefähr fünfjährige Mädchen hielt ein Robbenbaby in ihren kleinen Händchen. Das süße Tier drehte sich zu Lilith um, sah ihr tief in die Augen und sagte: »Kabulla! Tiki faga ulum!« Dann wachte sie plötzlich auf. Erleuchtet von dieser kryptischen Botschaft wusste sie, was nun zu tun war.

Sie schlich sich in das Zimmer nebenan, in dem ihr Mitbewohner bereits selig im THC-Koma schlummerte, krabbelte unter seine Bettdecke, flüsterte ihm zärtlich »Kabulla! Tiki faga ulum« ins Ohr und verpasste ihm die Nacht seines Lebens. Zur Sicherheit wiederholte sie das Ritual in den folgenden Tagen mit einigen Austauschstudenten aus Costa Rica.

Mittlerweile hatten es die Teutonen endlich geschafft. Trotz ausgefuchster, stochastisch optimierter Planung hatte es fast ein ganzes Jahr gedauert, bis Thomas' Freundin schwanger wurde. Es begann Phase zwei. Von nun an wurde in allen Bereichen ihres Lebens auf höchste Qualität geachtet. Schließlich galt es, die Aufzucht des Edel-Embryos in keiner Weise zu gefährden. Die Lebensmittel wurden bei sündhaft teuren Feinkosthändlern gekauft und Textilien auf die Unbedenklichkeit ihrer Herkunft und Verarbeitung geprüft. Sämtliche Böden wurden geschliffen und mit biologisch hundertprozentig abbaubarem Öl versiegelt. Während dieser aufwendigen Arbeiten gönnte man sich eine kleine Auszeit auf einer Wellnessfarm.

Und unsere verträumte Kreuzkölln-Mutti?

Vier Wochen nach ihrem ungewöhnlichen Traum hatte sie plötzlich Kreislaufprobleme und übergab sich häufig. Das Ausbleiben ihrer Periode hatte sie gar nicht bemerkt, so sehr war sie damit beschäftigt, sich auf das Abschlussstück ihrer Schauspielschule vorzubereiten. Es war von einem finnischen Dramatiker, der unschuldig in einem nordkoreanischen Gefängnis zu Tode gekommen war. Ein Meisterwerk der Avantgarde. Ihre Rolle schmiert sich im zweiten Akt mit Mayo ein und schreit panisch in den Äther: »Wer? Wer? Du! Gottesschwein. Alf. Alf.« Es hätte ihr großer Durchbruch werden können. Stattdessen rollte sie sich zu Hause in eine Batikdecke, dachte an die Babyrobbe und ließ Feenstaub rieseln. Sie hatte getan, was die Robbe gesagt hatte. Ihr Leben war jetzt in ihren Händen.

Währenddessen hatten unsere Teutonen noch jede Menge zu erledigen. Sie mussten sich um die Einrichtung des Kinderzimmers kümmern, Designer-Strampler aus deutscher Herstellung bestellen und Stillseminare besuchen. Doch die womöglich wichtigste Entscheidung stand ihnen noch bevor: Die Auswahl des PERFEKTEN KINDERWAGENS.

Welche Marke sollte es werden? Welche TÜV-geprüfte Bereifung sollte er haben? Alufelgen? Karbon? Farbe? Extras? Nach tagelangen Diskussionen und dem Wälzen unzähliger Kataloge einigten sich die beiden auf zwei potentielle Kandidaten aus dem Hause »Teutonia«: Die Modelle »Fun« und »Joy«.

»Fun« versprach alltagstauglich zu sein, da er sehr kompakt war und schnell zusammengebaut werden konnte. Lara bevorzugte dieses Modell. »Joy« hingegen hatte »Premiumkomfort« und Alufelgen, was Thomas gänzlich überzeugte.

Währenddessen trug Lilith voller Stolz und Ehrfurcht den kleinen »Tiki« in ihrem Bauch durch den Weser-Kiez spazieren (die Kneipenmeile Kreuzköllns). Inzwischen hatte sie sich nämlich eine anthroposophische Gynäkologin gesucht, um sich ihre Schwangerschaft bestätigen zu lassen. Sie hatte es nach einer Weile ohnehin schon gespürt, wollte aber Gewissheit über den ungefähren Tag der Empfängnis haben. Immerhin konnte sie die potentiellen Väter auf fünf eingrenzen. Drauf geschissen, wer der Vater war! Sie war glücklich. Etwas Großes schien seinen Lauf zu nehmen. Das Schicksal hatte einen Plan für Lilith, und sie würde ihm bedingungslos folgen. Dass Loredana, ihre schärfste Konkurrentin im Schauspielstudium, sich jetzt mit Mayo übergießen durfte, war ihr dabei egal. Sie hatte ja Tiki. Doch auch Lilith musste gewisse Vorkehrungen treffen, um für ihr Baby eine bestmögliche Umgebung zu schaffen. Zehn Salzkristalllampen wurden kreisförmig um das Bett gestellt, das Poster von Janis Choplin abgehängt und durch eines ersetzt, auf dem Jogaübungen für Schwangere skizziert waren. Im Schutze der Kristalle wollte sie ihre Muskeln zum Takt des kosmischen Grooves abwechselnd stärken und dehnen. Der kleine Tiki sollte dabei mit göttlicher Energie durchflutet werden.

Liliths Mutter lebte seit zwanzig Jahren in einem

Ashram in Indien und fertigte Tragetücher für Neugeborene. Als sie von dem Mutterglück ihrer Tochter erfuhr, ging sie zu ihrem Guru und bat ihn um Erlaubnis, ihr einige Exemplare schicken zu dürfen. Er schloss die Augen und sagte: »I hope, it will bring her joy!«

Apropos Joy: Thomas hatte sich durchgesetzt und sein Model mit ordentlich »Premiumkomfort« bestellt. Der prestigeträchtige Kinderwagenhersteller hatte allerdings enorme Lieferschwierigkeiten. Er wollte sich gar nicht ausmalen, was das für eine Katastrophe gewesen wäre, wenn sie so kurz vor der Geburt des Edelbabys ohne Kinderwagen dagestanden hätten.

Mit Tränen in den Augen öffnete Lilith das Paket, das ihr ihre Mutter geschickt hatte. Es enthielt vier bunte, handgefertigte Tragetücher, Räucherstäbchen, einen Babystrampler mit Ganesha vorne drauf und 500 Euro in bar. So war sie. Immer für sie da. Auch als Lilith noch ein kleines Mädchen war, bekam sie bereits regelmäßig Pakete aus Indien. Sie hatte sich immer nur gewundert, warum ihre Pflegeeltern jedes Mal so reserviert reagiert hatten. Sie waren bestimmt nur eifersüchtig auf mein gutes Verhältnis zu meiner leiblichen Mutter, dachte sie sich dann. Aber das war Schnee von gestern. Sie stand jetzt kurz vor der Geburt.

Seit Wochen schon traf sie sich nun mit einer Hebamme, die ihr die wundersamen Vorgänge in ihrem Körper behutsam erläuterte, ihr Kräutertinkturen mitbrachte und mit ihr meditierte. Zur letzten Sitzung vor der Geburt brachte sie ihr eine kleine, aus Zauberwolle gestrickte Robbe mit. Wenn das kein Zeichen war. (Man frage einen Waldorfschüler, was Zauberwolle ist.)

Bei beiden Frauen setzten dann zeitgleich die Wehen ein.

Thomas hatte vorsorglich eine Tasche fürs Krankenhaus gepackt, die zusammen mit dem Schlüssel zu ihrem neuen Volvo griffbereit auf dem Tischchen neben der Eingangstür lag. Als er aufsprang, um sie zu holen, rutschte er auf den frisch geölten Holzdielen aus. Vor Schreck verkrampfte seine Freundin und brachte damit die Fruchtblase zum Platzen.

Lilith wand sich in ihrem WG-Bett vor Schmerzen und zerquetschte die kleine Zauber-Robbe in ihrer verkrampften Faust. Sie schrie laut nach ihrem Mitbewohner, der sich in seinem Zimmer ein paar Joints genehmigte und alte Horrorfilme anschaute. Nach einigen Minuten erschien er endlich und stand hilflos vor der stöhnenden Schwangeren. Sie hatte sich inzwischen erhoben und stützte sich an ihrem kleinen »Jahreszeiten«-Tisch ab, den sie mit Laub, Tannenzapfen und Kastanien geschmückt hatte (bitte auch hier einen Waldorfschüler fragen). Mit einem lauten »Plopp« platzte auch ihre Fruchtblase, was ihren bekifften Kumpel prompt in Ohnmacht fallen ließ. Sie war auf sich allein gestellt.

Inzwischen überfuhr Thomas sämtliche rote Ampeln, um rechtzeitig ins Krankenhaus zu kommen. Im Vorfeld hatten sich die beiden für eine renommierte Klinik mit einer Intensivstation für Neugeborene, luxuriösen Einzelzimmern und erstklassiger Verpflegung entschieden. Jetzt mussten sie an einigen Krankenhäusern vorbeifahren, um dorthin zu gelangen. Die Zeit drängte.

Lilith wurde vom Krankenwagen abgeholt.

Im Kreißsaal angekommen, wartete ihre Hebamme

schon auf sie. Sie hätte eine Eingebung gehabt und wäre gleich losgefahren, soll sie später erzählt haben. Schon nach zwei Stunden war es dann so weit. Lilith hielt ihren kleinen Tiki in den Armen. Sie hätte schwören können, dass er dieselben großen, gütigen Augen hatte wie das Robbenbaby aus ihrem Traum.

Im benachbarten Kreißsaal kreischte ein weiteres Neugeborenes, ein Mädchen. Thomas hatte die ganze Geburt mit seinem iPhone gefilmt und war gerade dabei, seine Vaterschaft auf Facebook zu veröffentlichen, als die frischgebackene Teutonen-Mutti es ihm aus der Hand riss und auf den Boden donnerte. »Schluss damit!«, fuhr sie ihn an. »Ich hab es satt, dass wir alles dokumentieren, planen und kontrollieren. Ich bin müde vom ganzen Organisieren. Ich möchte unser Baby mit allen Sinnen genießen, es spüren. Ich fühle jetzt, dass wir alle mit dem Kosmos verbunden sind.«

Der arme Thomas verstand nur Bahnhof.

Auch Lilith kam ins Grübeln. Das hilflose Kind auf ihrer Brust würde sie in Zukunft brauchen. Sein Glück würde von ihren Qualitäten als Mutter abhängen. Sie schwor sich, sobald es wieder möglich war, ihr Schauspielstudium abzuschließen und sich in der Theaterszene den Arsch aufzureißen. Sie würde gutes Geld verdienen und ihre kleine Familie damit ernähren. Endlich hatte sie ein Ziel.

Am nächsten Morgen kam sie wieder zu Kräften, tapperte zum Frühstücksbüfett und versuchte nun so viele Scheiben Speck wie möglich auf ihren völlig unterdimensionierten Teller zu schichten. Natürlich fiel die Hälfte wieder runter und Lilith schämte sich fürchterlich. Gott sei Dank kam eine nette Frau angelaufen, um ihr zu helfen. Sie musste so um die dreißig gewesen sein und trug denselben Krankenhausbademantel wie sie selbst. Lara sei ihr Name. Gemeinsam hoben sie die fettigen Fleischlappen vom Boden auf und brachen dabei unwillkürlich in lautes Gelächter aus. Danach aßen sie gemeinsam und erzählten sich von den intensiven Erlebnissen der letzten neun Monate. Thomas kam völlig verschwitzt dazu und legte einen Stapel Illustrierte auf den Tisch: Gala, InStyle und andere. Dafür hätte er sämtliche Läden in der Umgebung abklappern müssen, sagte er müde. Er stellte sich Lilith vor.

Die drei wurden Freunde. Während der langen Spaziergänge, die sie dann durch die Straßen Berlins machten – das eine Baby im brandneuen Teutonia, das andere im Tragetuch –, sprachen sie viel über das Leben und was die Zukunft wohl bringen mochte. Lara half ihrer neuen Freundin mit organisatorischen Dingen, während Lilith ihr den Weg zu Selbsterkenntnis und Spiritualität wies.

In dieser (zum Ende hin zugegebenerweise etwas kitschigen) Geschichte, die mir von Freunden berichtet wurde, kreuzen sich zwei völlig unterschiedliche Lebenswege. Erst durch den gegenseitigen Austausch scheinen alle Beteiligten das Leben in seiner vollen Bandbreite zu begreifen. Die Babys werden sicherlich von der neu erlangten Weisheit ihrer grundverschiedenen Eltern profitieren und in Zukunft gemeinsam ihren Chai-Latte schlürfen. In ihren Designer-Sneakers tragen sie dann Socken aus Zauberwolle.

AUF FLOTTER FEIER ERTAPPT

Es gibt in Berlin und wahrscheinlich in ganz Deutschland seit einigen Jahren eine sehr beliebte Freizeit-Beschreibung: »Feiern gehen.« Meist Achtzehn- bis Fünfundzwanzigjährige verwenden sie, um damit ihre nächtlichen Vergnügungstouren zu bezeichnen. Als *ich* noch cool war, haben wir das »Weggehen« oder »Ausgehen« genannt. Meiner Meinung nach liegt der bewussten Verwendung des Wortes »feiern« eine Verschiebung des Wertesystems zugrunde. Feiern gehen bedeutet *sich* feiern, das Leben feiern. Vielleicht kapier ich's ja auch nicht richtig, aber feiert man nicht dann, wenn man etwas erreicht oder vollbracht hat? Wenn man eine Prüfung gemeistert hat oder sich über ein Ereignis in seinem Leben ganz besonders freut? Braucht es nicht einen speziellen Anlass zum Feiern? Ich meine ja nur, weil ich unzählige Youngsters kenne, die mindestens *viermal* die Woche »feiern gehen«. Was gibt's denn da dauernd so Tolles zu zelebrieren?

Was feiern die denn? Geburtstag? Hochzeit? Den Versailler Vertrag? Und das jede Woche? Im Gegensatz zu denen führe ich offensichtlich ein langweiliges, erfolgloses Leben. Während die sich mit ihren gepiercten Herpesschleudern abschlabbern und Unmengen von Alcopops hinunterschütten, sitze ich zu Hause und grüble über meine Zukunft nach. Ich feier nämlich nur, wenn es wirklich etwas zu feiern gibt – zur Belohnung. Und das ist – Scheiße!

Letztens wurde mir eine unglaubliche Geschichte von drei Berliner Erstsemestern erzählt, die sich im Irrgarten ihres hedonistischen Lebenswandels verloren hatten und dabei mächtig auf die Schnauze fielen.

Raisa, Kai und Ludwig sind aus Düsseldorf, Magdeburg und Bremen. Alle drei sind 21 und beginnen gerade ihr Soziologiestudium an der Humboldt-Universität in Berlin.

Raisa hat es endlich geschafft: Sie wohnt in der Hauptstadt. Vor zwei Tagen noch saß sie in ihrem Kinderzimmer in einem schönen Einfamilienhaus am Stadtrand Düsseldorfs. Ihr Papa hatte sich um alles gekümmert. Ein großes WG-Zimmer im Prenzlauer Berg hatte er ihr besorgt, den Umzug organisiert, ein Konto für den Unterhalt eingerichtet und bei Ikea eine ordentliche Grundausstattung gekauft. Dann waren sie mit dem Pritschenwagen nach Berlin gefahren und hatten alles selbst in den fünften Stock hochgetragen. Es war doch mehr Kram gewesen als zuerst gedacht, aber ihr Papa schuftete unermüdlich und machte erst Pause, als auch das letzte Billy-Regal aufgebaut war. So war er. Er tat alles für seine kleine Prinzessin. Raisa liebte ihn sehr und bewunderte ihn für seine aufopfernde Art: selbstlos, liebevoll, stark, Versorgerqualitäten. So musste ein Mann sein. Am selben Tag noch war er, trotz großer Müdigkeit, wieder nach Hause gefahren, um ihr in ihrer neuen Welt nicht auf die Pelle zu rücken. Jetzt lag sie auf ihrer neuen Matratze und starrte auf die stuck-verzierte Decke, in ihrem jungen Arsch Millionen von

Hummeln. Sie war frei, jetzt würde die Post abgehen. Das musste gefeiert werden.

Kai kommt gerade am Berliner Hauptbahnhof an, während Raisa ihre glänzenden Party-Leggings anzieht. An der Zugtür drängen sich schon viele Menschen; es ist unerträglich eng. Auf dem Rücken trägt er einen gigantischen Trekking-Rucksack, in dem sich sein ganzes Hab und Gut befindet. Fast wäre er beim Aussteigen auf die Schnauze gefallen, weil die Passagiere hinter ihm rücksichtslos nach draußen drängten. Eine helfende Hand hat ihn aber zum Glück am Rucksack gepackt und vor einem Sturz bewahrt. Auf dem Bahnsteig dreht Kai sich um und will seinem Retter danken, doch da ist dieser schon verschwunden. Niemand reagiert auf seine suchenden Blicke. Jetzt muss er sich mit dem spinnennetzartigen Streckenplan der Berliner Verkehrsbetriebe auseinandersetzen, der jedem Neuankömmling erst mal Kopfzerbrechen bereitet.

Okay, da war's ja: Prinzenstraße, Kreuzberg. Dann drei Minuten Fußweg zu seiner neuen Behausung, einer Dreier-WG in der Gitschiner Straße. Die U-Bahn verläuft dort überirdisch auf einer Hochtrasse, so konnte er im Vorbeifahren schon sein Haus sehen: Ein fünfstöckiger Altbau mit unansehnlicher Grauputzfassade, die schon mindestens 20 Sommer auf dem verpickelten Buckel hatte. Die Abgase der unzähligen Autos, die lärmend auf dieser Hauptverkehrsroute fahren, haben sie zusätzlich mit einer dicken Rußschicht veredelt. Ein hässliches Haus, ein hausgewordener Quasimodo, dachte sich Kai und musste schmunzeln.

»Was für ein hässlicher Kauz«, sagt Ludwig zu seiner Freundin. Er, 21 Jahre alt, kommt aus Magdeburg. Sie wollen gerade aus dem ICE steigen, als ein Typ mit riesigem Rucksack die Zugtür blockiert.

»Trotzdem hättest du ihn nicht gleich rausschubsen müssen. Wenn ich ihn nicht gehalten hätte, wäre er auf den Bahnsteig geknallt«, ermahnte sie ihn. Cindy war schon immer die moralische Instanz in ihrer Beziehung gewesen: »Tu dies, tu das nicht, wasch dich mal, geh ins Bett, nein, nicht so, das mag ich nicht, putz dir erst mal die Zähne.« Sie benahm sich wie seine Mutter. Und jetzt hatte sie darauf bestanden, nach Berlin mitzukommen, um Ludwigs Umfeld genau unter die Lupe zu nehmen: Wer waren seine Mitbewohner? War die Wohnung sauber? Ludwig hat ihr verschwiegen, dass in seiner WG auch ein Mädchen wohnt, denn Cindy kann sehr eifersüchtig werden, wenn Ludwig längere Zeit von anderen Frauen umgeben ist. Sie könnten leicht Einfluss auf ihn ausüben, ihn verändern, ihn von ihr entfernen.

Für die Kontrollfahrt nach Berlin hat sie sich bei Richie, dem besten Friseur Magdeburgs, einen modischen Kurzhaarschnitt machen lassen. »Drei Farben« hatte sie ihm befohlen, und alle im Salon hatten geklatscht. Die Berliner Schlampen würden sofort erkennen, dass sie keine Chance bei ihrem Ludwig hatten. Jetzt *sind* sie in Berlin und sie ist sich nicht mehr so sicher. Die Mädels hier sehen anders aus. Irgendwie internationaler, frivoler und doch um einiges eleganter. Sie kommt sich vor wie eine Dorfpomeranze. Jedenfalls ist Ludwig von ihrer ständigen Anwesenheit und Dominanz angepisst und freut sich schon jetzt auf ihre baldige Heimreise. Immer geht es um sie.

Okay, Ludwig, vergessen wir deine übergriffige Ostbraut. Jetzt gehts nur um dich. Jetzt lebste!

Raisa glättet sich inzwischen ihre langen, braunen Haare. Ihre Glitzerleggings pressen die lästigen Problemzönchen weg, und ihre braunen Cowboystiefel verlängern die kurzen Beinchen. Jetzt nur noch mit Billigschminke aus der TV-Werbung die kleinen Äuglein vergrößern – und sie ist bereit für den Partydschungel. Mit ihrem Freund in Wolfsburg hat sie vorsorglich Schluss gemacht. Berlin ist einfach zu geil. Die vielen Partys, die süßen Jungs. Fast wie in den tollen amerikanischen College-Filmen, die sie als Teenager gierig in sich aufgesogen hat.

Ihre WG befindet sich in der Kastanienallee, auch »Castingallee« genannt, wo sich eine Bar an die andere reiht, eine richtige Feiermeile eben. Mit zwei Jungs teilt sie sich eine großzügige Drei-Zimmer-Wohnung. Ludwig ist eben noch unterwegs, und deshalb schnappt sie sich Uwe und zieht mit ihm los in die Nacht. Zuvor hat sie einen Zettel an Ludwigs Zimmertür geklebt, auf dem steht: »Hallo, Schatzi, sind schon unterwegs. Chatte mich an, sobald du da bist. Keine WG-Party ohne dich, Süßer :)!«

Kais Mitbewohner heißen Ingo und J-Love und sind total »easy« drauf. Schon auf dem Weg nach oben begreift er, wo er sich hier eingemietet hat. Die Wände des Treppenhauses sind mit Graffitis verschmiert und vollgeklebt mit Plakaten, auf denen kommunistische Parolen stehen. Der

»gute Che« und der »fleißige Mao« waren darauf zu sehen und irgendein komischer Rasta, der im Knast sitzt:
»Free Jama Laba!« oder so ähnlich. Es roch nach getrock-
netem Urin und Marihuana. Mmmhhh!

Seine zukünftigen Mitbewohner haben ihm gesagt, er
müsse in den dritten Stock und fünfmal gegen die Tür mit
der Aufschrift »Mama Africa« hämmern. Exakt fünfmal,
sonst löse er Panik aus. Artig befolgt er die Anweisungen, und ein Auge lugt durch den Spion. Danach öffnet
sich langsam die Tür, und eine Rauchwolke kommt ihm
entgegen, im Hintergrund läuft Reggaemusik. Ein mitte-
dreißigjähriger Mann in Hip-Hop-Klamotten begrüßt ihn
freundlich, stellt sich als »J-Love« vor und bittet ihn in
die Küche. Dort wartete auch schon sein zweiter Mitbewohner, Ingo.

»Jo, Mann! Welcome to Berlin, Alta. Du bist zu früh –
bin die fette Tüte noch am Rollen, Alta!«

Cindy öffnet die Haustür lieber selbst. Ludwig hat die
Schlüssel schon vorab per Post zugeschickt bekommen
und musste sie sofort an seine Freundin abtreten. Sie hält
es für sicherer, wenn sie sie aufbewahrt.

Die Wohnung scheint leer zu sein, alle Lichter sind aus
und es herrscht Chaos. Koffer, Umzugskartons und Ver-
packungen von Ikea-Möbeln liegen im Eingangsbereich
und in der Wohnküche herum. Cindy würde für Ordnung
sorgen müssen, bevor sie abfährt. Ludwig wollte heraus-
finden, welche der drei geschlossenen Türen zu seinem
Zimmer führte, und öffnete sie nacheinander. Die ersten
beiden Räume sahen bereits bewohnt aus, und so muss-

te es der dritte sein. Hätte er sich gleich denken können, denn da klebte ein Zettel an der Tür. Wahrscheinlich ein Willkommensgruß seiner Mitbewohner. Doch bevor er ihn lesen konnte, riss ihn Cindy von der Tür, drehte ihm den Rücken zu und las laut vor:

»Hallo SCHATZI, ... keine Party ohne dich SÜS-SER?!«

Oje ...

Schon die erste Bar ist eine Offenbarung für Raisa. Der Laden ist voll cool im Siebzigerjahre-Style dekoriert und leicht abgeranzt. So etwas gibt es in Wolfsburg nicht. Die Leute sind hip und super lässig drauf, was sie daran festmacht, dass sie nach nur fünf Minuten blöden Rumstehens einen Drink von einem hübschen Typen ausgegeben bekommt.

»Vodka Mate! Voll lecker. In Berlin trinkt man das die ganze Zeit«, meint er. Dann kommt auch schon Uwe mit einer Runde Jägermeister und sie stoßen zum Takt des wummenden Elektro-Beats an. Wie sie feststellt, sind die meisten anderen Mädels nicht ganz so aufgebrezelt wie sie, was die gierigen Blicke der männlichen Gäste erklären würde. Doch Raisa genießt die Aufmerksamkeit. Das ist geil – *sie* ist geil!

Prost, Berlin.

Drei Willkommensjoints später ist Kai am Ende. Er hat seinen Kopf auf den klebrigen Küchentisch gelegt und spürt die Vibrationen der dumpf dröhnenden Raggae-Bass-Lines. Sein Rucksack liegt noch unausgepackt neben ihm, er hat immer noch seine schweren Wanderstiefel an. Die Jungs haben ihn gleich nach seiner Ankunft in einen Küchenstuhl gedrückt und vollgelabert. J-Love, der eigentlich Murrat heißt, hat eine Tüte nach der anderen gerollt und von seinen Weibergeschichten erzählt. Heute, zum Beispiel, hätte er eine geile Schnitte in der U-Bahn kennengelernt, die angeblich voll auf ihn abgefahren sei. Er hätte aber keinen Bock auf »Bitches«, die nur scharf auf seine Kohle wären, meint er. Kai hebt den Kopf und schaut sich um. Schmutziges Geschirr, Müll, unzählige leere Bierflaschen und Staub. *Darauf* ist bestimmt jede Bitch scharf, denkt er sich, schließt die Augen und entspannt sich wieder.

Der arme Ludwig verbringt eine schlaflose erste Nacht in Berlin. Nachdem Cindy den Zettel vorgelesen hatte, war ein Donnerwetter über ihn reingebrochen. Sie redete sich in Rage und beschuldigte ihn, ein »treuloser Casanova« zu sein. Dass er ihr verschwiegen hat, eine Mitbewohnerin zu haben, nimmt sie ihm besonders übel.

»Deshalb wolltest du nicht, dass ich mitkomme! Damit du deine Berlin-Schlampe in Ruhe flachlegen kannst. Du kommst schön wieder zurück nach Magdeburg!«

Das würde Ludwig mit Sicherheit nicht tun.

Während seine bösere Hälfte neben ihm den Schlaf der Gerechten schläft, trifft er den Entschluss, sich von ihr zu trennen. Er kann sich nicht vorstellen, sich ständig rechtfertigen zu müssen. Berlin bietet so viele Möglichkeiten, sich zu entwickeln, auszuprobieren, zu leben. Die dreifarbige Ost-Amazone muss gehen.

»Klack, klack, klack.« Raisas Zungenpiercing macht lustige Geräusche, wenn es die zahlreichen Ohrringe des hübschen Typens berührt. Er hat ihr zuvor von seiner Arbeit als Akkupunkteur erzählt und von der Wichtigkeit der Meridianpunkte an der Ohrmuschel. Er sagt, man müsse sich vorstellen, ein kleines Menschenwesen liege gekrümmt im Ohr. Steche man nun eine Nadel in die Region der Ohrmuschel, wo sich symbolisch das Knie des kleinen Wesens befindet, wirke sich das automatisch auf das echte Knie aus. Und so weiter und so fort. Die inzwischen ordentlich enthemmte Raisa nimmt diese Information zum Anlass, das Ohr des glücklichen Nadelheilers abzuschlabbern. Sein kleines Männchen freut sich riesig …

Kai robbt in sein Zimmer und legt sich auf eine abgeranzte, unbezogene Matratze. Gott, ist er dicht. Morgen würde er sein Zimmer in Ordnung bringen und seinen Rucksack auspacken müssen. Schließlich ist in zwei Tagen Semesterbeginn und er muss sich von seiner Schokoladenseite zeigen. Es ist sehr wichtig, einen guten Eindruck auf die Mädels zu machen. Sie kommen aus ganz Deutschland nach Berlin, um zu studieren – so scheint es zumindest. In Wirklichkeit, glaubt er, wollen alle nur die Sau rauslassen und ihre Unabhängigkeit spüren. Die Eltern wohnen meist Hunderte von Kilometern weit entfernt und haben hier nichts zu melden. Solange man ihnen einmal wöchentlich Aufmerksamkeit schenkt und sie anruft, sind sie ruhiggestellt. In der Zwischenzeit kann man unbesorgt saufen, flirten, kiffen und Montage verschlafen. Um den Geldhahn am Laufen zu halten, muss man pro Semester ein paar einfache Scheine schaffen und am Telefon die krasse Uni-Belastung betonen. Doch der Druck hält sich im Rahmen, so dass man drei Tage die Woche feiern gehen kann und einer sogar zum Chillen übrig bleibt. Er kann es gar nicht erwarten, am Montag über die sensationsgeilen Hühner herzufallen.

Unsere Chef-Glucke mit der dreifarbigen Mähne packt heulend und fluchend ihre Sachen zusammen, während ein erschöpfter Ludwig mit verschränkten Armen im Zimmer auf und ab läuft. Kurz zuvor hat er seiner Freundin eröffnet, dass er sich von ihr trennen will und sie gehen muss. Von außen betrachtet eine herzlose Aktion, aber Ludwig ist überzeugt davon, das Richtige zu tun. Er will Party, Party, Party. Die Gedanken eines immer noch pubertierenden Halbaffens. Von Karma hatte er noch nichts gehört ...

Mit einem fahlen Geschmack im Mund wacht Raisa auf. Der erste Morgen in ihrer neuen Wohnung. Neben ihr liegt der Schönling aus der Kneipe. Wie sie aber nach Hause gekommen sind und was dann passiert ist, kann sie sich nicht mehr ins Bewusstsein rufen. War aber bestimmt 'ne heiße Nacht. Muss so sein, denn auf dem Weg zum Bad geht sie, als hätte sie eine Beckenfehlstellung. Der Typ schläft so tief, dass man ihn an seinem Nippelpiercing aufhängen könnte, ohne dass er aufwacht. Raisa kichert vergnügt über diese Vorstellung, will es aber lieber doch nicht ausprobieren. Die Kleidung der beiden Liebesathleten liegt überall in der Wohnung verstreut, die meisten

Teile davon völlig zerrissen. Das ärgert sie, weil das sonst gar nicht ihre Art ist – die guten Stücke. Sie sammelt gerade die Fetzen vom Boden, als sich eine Tür öffnet. Ludwig steht in Boxershorts vor ihr und putzt sich die Zähne. Schaum läuft ihm übers Kinn, als er sich vorstellt und für die misshandelte Kleidung entschuldigt.

»Hä? Was hast du denn damit zu tun?«, fragt Raisa verwundert.

In seiner Erklärung fallen die Worte: »drei Haarfarben«, »Schluss gemacht«, »Zettel«, »Süßer«, »Schere«, »alles zerschnitten«, »zurück nach Magdeburg«.

Sie versteht.

Bob Marleys »Buffalo Soldier« hat sich in Kais Hirn gebrannt. Ingo und J-Love haben die ganze Nacht die Musik angelassen und dabei höchstwahrscheinlich nur einen Song von der Playlist gespielt. Immer, wenn er wieder von vorn losging, zuckte Kai zusammen. Wäre er nicht so unglaublich bekifft gewesen, hätte er die Boxen samt Anlage aus dem Fenster geworfen. Im Gegensatz zu ihm sind seine beiden Mitbewohner bester Dinge, als er sie in der Küche antrifft.

»Ey, jo, Alter. Komm, setz dich. Wie gehts dir, Soldat? Haben Tomaten mit Büffelmozzarella gemacht. Greif zu!« Kai muss während dieses Satzes zweimal zucken. Warum bloß?

Am nächsten Tag macht er sich zeitig auf den Weg zur Uni. Die Zweitsemester haben eine Einführungwoche für die »Erstis« geplant, zu der er keinesfalls zu spät kommen will. Vor der Soziologiefakultät hat sich schon eine kleine

Gruppe versammelt. Das müssen sie sein. Kai stellt sich dazu, grüßt freundlich und schüttelt einige schlaffe Hände. Die meisten sehen ziemlich durchgerockt aus, sowie er selbst auch. Ein richtig süßes Mädel ist dabei, Raisa, doch die hängt so einem großen Ossi am Rockzipfel, Ludwig. Vielleicht sind sie ein Paar? Das will er im Laufe der Woche genauer rausfinden.

Die Zweitsemester führen sie durch das Gebäude und zeigen ihnen die Bibliothek und einige Hörsäle. Anschließend hat man ein Picknick auf dem Campus organisiert, damit sich alle besser kennenlernen können. Alles in allem eine enttäuschend langweilige Tour, denkt er und kramt in seinem Rucksack nach der Wasserflasche. Doch stattdessen findet er eine Tupperdose, auf der ein gelber Post-it-Zettel klebt: »Ein bisschen was zur Entspannung, für dich und deine neuen Freunde! Grüße, Ingo und J-Love.«

Er öffnet die Dose und findet darin drei perfekt gerollte Joints. Er lacht laut auf, hält einen Joint in die Höhe und ruft: »Wer hat Bock auf ein kleines Frühstückchen?«

Die Süße und der Ossi melden sich.

Raisa und Ludwig haben sich bereits am Vortag köstlich amüsiert. Er hat sich Tausende Male für Cindys Zerstörungswut entschuldigt und ihr, nachdem sie gemeinsam ihren gepiercten Lover entsorgt haben, 100 Euro zum Shoppen in die Hand gedrückt. Sie hat ihm neckisch zugezwinkert und die Sache damit für erledigt erklärt. Dann sind sie raus auf die Kastanienallee gegangen, um sich in einem Café ein ausgiebiges Frühstück zu genehmigen. Sie waren ganz erstaunt, als sie auf der Speisekarte lasen, dass man hier »rund um die Uhr« frühstücken konnte.

»Bestimmt gibt es immerwache Partyzombies«, hat Ludwig gemeint, »die seit Tagen durchfeiern und irgendwann die Uhr nicht mehr lesen können.« Sie würden sich dann abends um neun Frühstück bestellen und danach zur Arbeit gehen. Vorm Büro würden sie dann gegen die verschlossenen Türen hämmern und die Welt nicht mehr verstehen. Raisa hat herzlich gelacht und sich gefragt, wie sein Ohrmännchen wohl schmecken würde.

Zur Verwunderung beider waren sie tatsächlich für denselben Studiengang eingeschrieben. Sie würden sich also oft zu sehen bekommen. Mal gucken.

Nun ist ihnen nach drei Joints nicht mehr zum Feiern zumute. Raisa, Kai und Ludwig liegen auf der Wiese und husten, was das Zeug hält. Sie lachen sich kaputt und finden alles toll. Wie hirnlose Zombies stolpern sie der Gruppe hinterher, die mittlerweile aufgestanden ist, um zur nächsten langweiligen Uni-Attraktion zu gelangen.

»Wisst ihr, was ihr seid?«, rief Ludwig ihnen hinterher. »Lemminge! Lemminge seid ihr! Ihr … ihr … Lemmiiiiiiiiingeeeee!« Das letzte Wort singt er und klingt dabei wie diese Typen, die in Casting-Shows auftreten. Daraufhin werden sie gebeten, die Gruppe zu verlassen.

Die Einführungswoche ist ein voller Erfolg. Nicht, dass die drei seither irgendetwas gelernt haben oder sich jetzt besser in der Uni zurechtfinden würden. Tagsüber sind sie dauerbreit, und nachts lassen sie es in Clubs und Kneipen krachen. So geschieht es, dass Kai eines Nachts in Raisas und Ludwigs Wohnung landet, um sich mit den beiden einen Absacker zu genehmigen. Sie liegen zu dritt auf Raisas Bett und nippen abwechselnd an einer Flasche Billig-Wodka. Irgendein Möchtegern-Präsident hat seinen Namen dafür hergegeben und damit seinen Abstieg in die Hölle besiegelt. Millionen von Pennern, Studis und Teenagern haben sich seit Bestehen dieses Fusels die Seele aus dem Leib gekotzt. Bei den dreien war es aber noch nicht so weit. Sie haben sich in der letzten Woche die Leber und den Verdauungstrakt fitgesoffen. Gerade deshalb ist es ihnen jetzt möglich, so viel zu trinken, dass sie ein bisher unerreichtes Level der Bewusstseinserweiterung erlangen.

Raisa schnurrt wie eine Katze und fährt mit ihren Krallen sanft über Ludwigs Rücken. Seltsamerweise verfärbt sich sein Hemd nach einer Weile rot, was sie aber noch mehr antörnt. Kai hat ihr die Socken ausgezogen und leckt an ihren angenehm salzigen Zehen. Zwischendurch übermannt es ihn, und er stößt tiefe Grunzlaute aus. Ludwig wackelt mit dem Kopf hin und her und tätschelt rhythmisch Kais Wangen. Bei jedem zehnten Mal gibt er ihm mit der flachen Hand eine schallende Ohrfeige. Kai grinst nur dämlich und fängt an, sich auszuziehen. Was die drei in diesem Moment nicht mitbekommen ist, dass Cindy sich eben dann ins Zimmer schleicht, einen Laptop auf Raisas Kommode platziert und gleich wieder verschwindet. Die Leuchtdiode neben der Webcam blinkt rot auf.

Cindy, die alte Füchsin, hat sich schon in Magdeburg Ludwigs Schlüssel nachmachen lassen. Sie weiß, wie tolpatschig er ist, dass er alles verliert und sie danach um Hilfe bittet. Deshalb ist sie auf Nummer Sicher gegangen. Dir werd ich jetzt helfen, du Sack, denkt sie.

Das Gegrunze und Gestöhne der betrunkenen, vernebelten Sex-Psychos wird immer lauter. Bald kann man nur noch ein von Schweiß und Wodka glänzendes Gliedmaßenknäuel wahrnehmen. Sie sind verschmolzen zu einem Super-Wesen mit sechs Armen, sechs Beinen und unzähligen, sekretbildenden Superdrüsen. Ein Sexomon der höchsten Evolutionsstufe. So etwas hätte sich seinerzeit Bootsy Collins sofort aufs Plattencover malen lassen.

Raisa erwacht langsam aus der Ekstase. Ihr ist schlecht vom Wodka, und außerdem muss sie dringend aufs Klo. Sie befreit sich aus den Tentakeln des glitschigen Liebes-Oktopus und tapert aufs Klo, wo sie sich im Dunkeln erst mal auf die Schüssel setzt, um sich von den anstrengenden zehn Metern Fußweg zu erholen. Dabei sinkt sie in einen tiefen Schlaf, aus dem sie bis zum nächsten Mittag nicht erwacht.

Nachdem Uwe eine halbe Stunde vergeblich an die verschlossene Badtür geklopft hat, entschließt er sich, sie aufzubrechen. Er holt eine Eisenstange und stemmt sie auf. Was er jetzt vorfindet erfüllt ihn gleichzeitig mit Sorge und Ekel: Raisa liegt splitternackt auf dem gefliesten Boden und schnarcht laut. An ihrem Mund klebt eine zähflüssige, gelbe Flüssigkeit, die bei jedem Ausatmer kleine Bläschen erzeugt. Der Rest des säuerlich riechenden Auswurfs bildet eine kreisrunde Pfütze, in deren Mitte Raisas Kopf liegt.

»Die dreckige Jungfrau Raisa«, ruft er feierlich, sein

iPhone gnadenlos auf die arme Schnapsleiche richtend. Cindy ist nämlich nach ihrem Einbruch letzte Nacht in Uwes Zimmer geschlichen und hat sich unter vollem Körpereinsatz um dessen Mitarbeit an ihrem teuflischen Plan bemüht. Die völlig loyal-gebumste Drohne filmt jetzt das aus Haut, Haar und Kotze bestehende Gesamtwerk in seinem Bad. Als er alles im Kasten hat, sichert er auch den Laptop aus Raisas Zimmer, ohne die ineinander verschlungenen Jungs aus ihrem Dornröschenschlaf zu wecken. Anschließend schickt er das Videomaterial an Cindy, die den ersten Zug zurück nach Magdeburg genommen hat und jetzt siegestrunken auf ihrer Couch liegt.

Als Raisa wieder zu sich kommt, kann sie sich an nichts mehr erinnern. Und wieso ist sie nackt, und warum liegt sie im Badezimmer? Nach einer heißen Dusche und mehrmaligem Zähneputzen geht sie zurück in ihr Zimmer. Dort bietet sich ihr ein völlig bizarrer Anblick: Beide Jungs sind komplett nackt, wobei Kai auf dem Bauch liegt und Ludwig genau entgegengesetzt auf ihm. Sein Rücken war vollkommen zerkratzt. Damit die beiden keinen Schock fürs Leben bekämen, schiebt sie Ludwig behutsam von seiner Fleischmatratze und deckt beide zu.

In der Uni gehen sie sich erst einmal eine Weile aus dem Weg. Da sich keiner an die Geschehnisse dieses Abends erinnern kann und jeder dem anderen den schwarzen Peter zuzuschieben versucht, halten sie es für besser, Gras über die Sache wachsen zu lassen. Sie geht davon aus, dass Uwe wohl glücklicherweise nichts mitbekommen hat. Kai bekommen die beiden WG-Bewohner sowieso fast nicht zu Gesicht.

Ein Monat vergeht, und das ganze Semester findet sich im Haupthörsaal zusammen. Einige Studenten haben eine große Kinoleinwand aufgebaut und laden nun zum gemeinschaftlichen Videoabend ein. Gezeigt werden soll Roman Polanskis Liebesdrama »Bitter Moon«. Uwe ist einer der Organisatoren und bedient den Laptop, der ihm als Abspielgerät dient. Bevor er den Film startet, winkt er Raisa, Ludwig und Kai zu und zeigt auf die letzte Reihe. Cindy steht auf und verteilt Kusshände wie Evita Peron. Sie verstehen nicht, was das soll. Dann startet Uwe den Film ...

Und? Wer ist bereit für so viel krasse Action? Feiern, saufen, dreier, vierer ... Unsere drei Studis hat es böse erwischt. Ihr kosmischer Liebesakt ist jetzt auf ewig in die Erinnerungen von 600 Studenten eingebrannt. Und die werden es ihren Freunden, ihren Kindern und ihren Kindeskindern erzählen. Da bleib ich doch lieber ein grübelnder Langweiler. Wobei? Meine Freundin hat sich gerade 'ne Glitzerleggins besorgt ...

LANDPARTIE

Wenn man von Integration spricht, meint man damit meistens die Eingliederung eines Ausländers in nationale Strukturen. Man stellt sich vor, wie Ismet und Julaila Asyl beantragen, einen Deutschkurs machen und dann von den 900 Euro brutto, die sie mit erniedrigender Arbeit verdienen, auch noch 200 Euro an Steuern abdrücken, um Angie Merkel einen Brandenburger Privatkoch zu finanzieren. Dieser begleitet sie auf ihren wichtigen Reisen und kocht Soljanka, wie zu Ostzeiten.

Doch Menschen wie Ismet und seine Frau sind äußerst plakative Beispiele. Sie werden oft von überintegrierten Ethno-Comedians aufgegriffen, um politisch korrekten Normalos ihre Angst vor der Xenophobie, also Fremdenfeindlichkeit, zu nehmen.

»Ach, kuck mal, Dieter, der Türke macht sich über seine Leute lustig. Das ist echt knorke. Die meisten Ausländer verstehen ja keinen Spaß!« Worauf sich der Dieter einen Korn kippt und völlig emotionslos sagt: »Ja, Elke. Spaß muss sein.«

Rassenspaß-Light. Wie wär's mit einer Familiensendung beim ZDF: »Verstehen Sie das?!« mit Bülent Ceylan. »Willkommen, liebe Zuschauer, zu einem Abend voller Klischees und Rassenspaß.«

Wenn's nach mir ginge, sollte man Ismet und Julaila in

Ruhe ihr Ding machen lassen. Es gibt keinen Grund, sich über ihr anstrengendes Leben in der Fremde lustig zu machen. Die tieferliegenden Strukturen der Integration lernt man jedoch erst beim »Multigrating« kennen, der Königsdisziplin der Integration. Dazu machen wir eine Reise ins Berliner Umland. Dort gibt es eine kleine Gemeinde in einer malerischen Wanderregion mit viel Kultur und Natur.

Das »Multigrating« ist eine Mehrkampfdisziplin, die dem Anpassungsathleten eine Menge abverlangt. Er muss sich in verschiedenen Kategorien beweisen, unterschiedliche Integrationstechniken anwenden und sollte deshalb ausreichend trainiert und erfahren sein. Anfänger sollten davon Abstand nehmen, da in manchen Regionen akute Verletzungsgefahr besteht. Geht man zum Beispiel als Irani nach Mecklenburg-Vorpommern und erzählt dem örtlichen Stammtisch, dass man vorhabe, im Dorf einen muslimischen Gebetsverein zu eröffnen, kann's unangenehm werden.

Dort wo ich war, hat man hingegen nichts zu befürchten. Der Schwierigkeitsgrad liegt höchstens im unteren Drittel der Skala, da es dort weder Rechts-, Links- noch sonstige Radikale gibt. Das große Ziel ist es, von den Dörflern akzeptiert und gemocht zu werden. Um das zu erreichen, muss man in folgenden Einzeldisziplinen glänzen:

Stammtisch

Dorffest

Männlichkeit

Alles in allem ein zu bewältigendes Programm, wenn die Grundvoraussetzungen für mich nicht so extrem schwierig wären. Für die Dörfler bin ich nämlich nicht leicht einzuordnen:

Ich bin gebürtiger Bulgare, spreche aber akzentfreies Deutsch mit Münchnerischem Akzent.

Ich bin in Bayern aufgewachsen.

Ich bin Musiker und »Künstler«.

Ich sehe aus wie ein Terrorist.

Ich lebe in Berlin, bin also überzeugter Städter.

Ich habe Heuschnupfen.

Ich bin zwei Meter groß.

Ich bin sehr extrovertiert und laut, aber trotzdem ein Weichei.

Ich bin ein Klugscheißer.

An dieser Stelle sei erklärt, dass die erfolgreiche Integration in ein Dorf mehrere Jahre dauern kann. Deshalb berichte ich hier, wie weit ich damit gekommen bin und wie ich mich in den besagten drei Einzeldisziplinen bisher geschlagen habe.

Stammtisch

Der Stammtisch ist *die* strategische Schlüsselposition für eine erfolgreiche Integrationsschlacht. Ihn gilt es unbedingt zu erobern. Man sollte es jedoch äußerst langsam angehen lassen.

Wenn man einen Mittelsmann im Dorf hat, kann man ihn mit geräucherten Würsten und 'nem Kasten Bier bestechen, damit er einen zum Stammtisch mitnimmt. Ohne die Hilfe eines Insiders verlängert sich die Mission nämlich um einige Monate, da man vom Nachbartisch aus nicht alles mitbekommt und komische Blicke auf sich zieht, wenn man einfach mitreden will. In diesem Falle ist es ratsam, auf Wiedererkennungsmerkmale zu achten. Die Stammtischler müssen dich unbedingt wahrnehmen. Besonders geeignet sind visuell attraktive Begleiter, wie gutmütige Hunde oder eine fesche Frau. Dann wartet man einfach, bis man aufgefordert wird, sich dazuzusetzen.

Ich hatte großes Glück, dass ich gleich zwei Mittelsleute in diesem Dorf in Brandenburg hatte, die mich anstandslos in den inneren Kreis einschleusten. Die Eltern meiner Freundin haben ein Haus dort und gehen selbst regelmäßig zum Stammtisch. Mit ihnen betrat ich dann auch zum ersten Mal den Gasthof. Da kommt es auf den ersten Eindruck an, den man mit der richtigen Begrüßung deutlich verbessern kann. Ich machte erst mal alles falsch.

Meine Begleiter grüßten in die Runde, stellten mich kurz vor und setzten sich. Ich fing an, den Stammtischlern einzeln die Hand zu geben, was überhaupt nicht gut ankam. Beim dritten widerwilligen Händedruck ohne Augenkontakt gab ich auf. Das war viel zu intensiv und persönlich für das erste Kennenlernen. Kurz darauf betrat ein weiterer Gast den Raum, kam an den Tisch und klopfte mit den Fingerknöcheln auf die Holzplatte. »Tach«, sagte er nüchtern. Die anderen nickten ihm stumm zu, machten ihm Platz.

Aha! So macht man das. Nicht dieses Städtergeheuchel mit tiefem In-die-Augen-Schauen und pipapo. Klopf, klopf und jut is! Von dieser Erkenntnis beflügelt klopfte ich jetzt auch auf den Tisch, was zu diesem Zeitpunkt ziemlich verstörend auf die Jungs wirkte. Ich beschloss deshalb, erst mal im Hintergrund zu bleiben und zu beobachten.

Als Erstes fiel mir auf, dass außer der Mutter meiner Freundin nur Männer am Tisch saßen. Es wurde ausschließlich Bier und Hochprozentiges getrunken. Einige Tische weiter saßen die besseren Hälften und tranken süßen Wein oder Sekt. Zwischendurch wurden auch bunte Flüssigkeiten in Schnapsgläsern serviert. Als ich fragte, was das denn wäre, lachten die Männer am Tisch: »Dit willste nich wissn.« Hey! Das kann man ja fast als Unterhaltung werten. Von da an traute ich mich, ab und zu etwas zu sagen. Nicht, dass die Dörfler und ich kein Interesse gehabt hätten, miteinander zu reden. Wir tasteten uns eben langsam aneinander ran. Man muss sich das wie im Affengehege vorstellen. Ein Schimpanse und ein Gibbon werden in einen Käfig gesperrt und sich selbst überlassen. Zunächst beäugen sich die beiden aus der Ferne. Sie erkennen, dass das komische Gegenüber ein Affe ist, so wie sie selbst, können aber nicht benennen, was genau an ihm so anders ist. »Ähnlich sehen. Anders sein. Chita nicht verstehen.« Genau so erging es uns am Stammtisch, doch im Laufe des Abends sollte sich das verbessern.

Nach einer halben Stunde kam ich in den Genuss einer weiteren Stammtischlektion. Die richtige Begrüßung kannte ich jetzt schon, aber wie verhalte ich mich, wenn »eine Runde geschmissen« wird. Auch hier gibt es Regeln, die es einzuhalten gilt: Jeder ist mal dran.

Es wird nicht gekniffen. Wenn das Bier oder der Schnaps kommt, bedankt man sich keinesfalls. Man wartet, bis der

Rundengeber sein Glas in die Hand nimmt und »Prost« sagt. Keinesfalls darf man vorher am Glas nippen. Man kann sich vorstellen, an welcher Stelle ich versagt habe: An jeder!

Als ich gefragt wurde, was ich denn trinken möchte, sagte ich, dass mein Glas ja noch halb voll wäre und ich erst mal aussetzen würde. Daraufhin wurde mir die Frage so oft gestellt, bis meine Antwort »Bier« war. »Gut. Endlich«, kam zurück. Als die Biere schließlich serviert wurden, nahm ich mein Glas in die Hand und bedankte mich beim Rundengeber. Fehler.

»Hier wird sich nicht bedankt«, sagte er mit rotem Gesicht. Was man anfangs als ein Fehlen von Manieren interpretieren könnte, ist in Wirklichkeit Ausdruck von Bescheidenheit. Der Rundengeber möchte nicht in den Vordergrund gestellt werden oder sich mit seiner Geste profilieren. Runden werden einfach gegeben, weil das so ist. Alles andere wäre gönnerhaft.

Völlig verunsichert hielt ich mein Glas in die Höhe und prostete allen fröhlich zu. Keiner schien darauf zu reagieren, was mich noch mehr an mir zweifeln ließ. Der Vater meiner Freundin griff nach meinem Arm und zog ihn behutsam wieder nach unten.

»Wer ausgibt, sagt Prost. Die anderen warten mit dem Trinken, bis es so weit ist«, flüsterte er mir ins Ohr. Puh, ich hatte ja noch so viel zu lernen. Strenges Völkchen.

Endlich war es dann so weit, dass zugeprostet wurde, und das inzwischen lauwarme Bier lief meinen durstigen Rachen hinunter. Wenn das so weitergeht, komme ich nie auf meinen Wunschpegel, dachte ich.

Weit gefehlt.

Auf dem Land wird zügig getrunken. So bekam ich meinen zweiten Gerstensaft, noch bevor ich den ersten Schluck beendet hatte. Und so ging es weiter. Nach einer Stunde hatte ich zwei volle Gläser vor mir stehen und gerade mal die Hälfte des dritten getrunken. Dazu kamen noch etliche Schnapsrunden.

Einige Frauen setzten sich zu uns, was den Geräusch-pegel doppelt ansteigen ließ. Die Gesprächsthemen wechselten von Wer-was-gebaut-hat zu Wer-was-gesagt-hat. Es wurde zunehmend heiterer. Für mich ergab sich dadurch die Chance, eine wichtige Multigrating-Aufgabe in Angriff zu nehmen: Bringe den Tisch-Kasper zum Lachen. Zu meinem Glück war er ein äußerst umgänglicher Typ. Er zeigte von Anfang an Interesse für meine Arbeit als Schlagzeuger, und wir teilten die Begeisterung für die Musik der sechziger Jahre. Nach gefühlten zwei Litern Weinbrand lagen wir uns schon fast in den Armen. Ein absoluter Glücksfall!

Ich entschied mich spontan zu einem riskanten Manöver, indem ich ein versautes Lied aus meinen Kindertagen anstimmte. »Scheiße in der Badehose ...«, und zu meinem großen Erstaunen stimmte er mit ein.

»... Iladi adi ho ...«

»... gibt's beim Baden braune Soße ...«

»... Iladi adi ho! »Plötzlich setzte seine Tischnachbarin zur zweiten Strophe ein.

»Scheiße auf dem Autoreifen ...« Und der ganze Tisch: »... gibt beim Bremsen braune Streifen!«

Grandios. Der ganze Stammtisch sang und ich war

glücklich. Damit war die Etappe »Stammtisch« erledigt, und ich konnte mich meiner nächsten Aufgabe widmen, dem ...

Dorffest

Auf dem Land gibt es zahlreiche Feste, die über das ganze Jahr verteilt sind. Da man unmöglich bei allen anwesend sein kann, habe ich mir ein besonders schönes ausgesucht: Das Osterfeuer. Hierfür wird auf einer Brachfläche ein haushoher Holzhaufen aufgetürmt und anschließend angezündet. Für den Städter ist das ein sehr beeindruckendes Schauspiel, welches man in dieser Form nur auf dem Land zu sehen bekommt. Das Feuer wird meist am Samstag vor Ostern angezündet und brennt die ganze Nacht. Die freiwillige Feuerwehr hat ein Auge auf das Feuer und verkauft Getränke und gegrilltes Fleisch.

Doch auch dieses Event stellt den Multigrationsathleten vor gewisse Schwierigkeiten. Das Bier ist warm, doch bringt man selbst kaltes mit, wirtschaftet man an der Feuerwehrkasse vorbei. Zum Bier werden seltsame kleine Schnäpse serviert, die meistens bunt sind, manche von ihnen cremig, und allesamt Kopfschmerzen von der übelsten Sorte verursachen. Im Grunde läuft es hier ähnlich ab wie beim Stammtisch, nur dass auch die Dorfjugend anwesend ist. »Dorfjugend« ist ein etwas übertriebener Begriff für dreißigjährige, berufstätige Erwachsene, aber da es an Teenagern mangelt, müssen die eben dafür herhalten. Strenggenommen gehöre ich deshalb dort auch noch zur Jugend, was ich gar nicht so schlecht finde.

Als ich am Feuerplatz ankam, war der Kneipierssohn gerade damit beschäftigt, den Holzhaufen zusammenzuschieben. Dafür benutzte er ein großes Landwirtschaftsfahrzeug, das ich, dummer Städter, als »Traktor« bezeichnen würde. Das Lenkrad hielt er mit einer Hand fest, während er seinen anderen Arm ausgestreckt in die Luft hielt. Fast sah er dabei aus wie ein Cowboy, der gerade einen Bullen zuritt. Beim Schieben der Holzhaufen gab er natürlich Vollgas, wohl wissend, dass ihn das ganze Dorf dabei beobachtete. Diese Demonstration von Männlichkeit kam schon gut an, wenn man mich fragt. Ich habe in Berlin selten die Möglichkeit, einen auf Alpha-Macker zu machen. In einer Stadt, wo Jungs in Röhrenjeans rumlaufen und sich die Wimpern tuschen, um cool zu sein, ist es schwierig, den Bizeps zucken zu lassen. Man denke an den traurigen Tag, an dem die deutsche Nationalmannschaft gegen Italien im Halbfinale der Europameisterschaft ausschied. Italiens Stürmer Balotelli hatte sich nach einem seiner zwei Tore das Trikot ausgezogen, starr nach vorne geblickt und jeden Muskel seines Körpers angespannt. Die Deutschen waren empört angesichts dieser Demonstration von Dominanz und Männlichkeit. Ich fand's cool. Männlichkeit ist cool. Traktorfahren ist cool!

Nachdem der Haufen aufgetürmt war, machten sich die Feuerwehrmänner daran, ihn anzuzünden. Dazu benutzten sie natürlich kein Feuerzeug, sondern überdimensionierte Gasbrenner. Auf dem Land macht man das einfach mal so. Ich will nicht wissen, was in Berlin notwendig wäre, um eine Genehmigung für ein solches Feuer zu bekommen.

Das Holz brannte nach wenigen Minuten lichterloh. Die Flammen waren bestimmt 15 Meter hoch, und wir wurden von der Hitze zurückgedrängt. Bis zu diesem Moment hatte man mich schon zu drei Bieren eingeladen, wovon ich noch zwei volle in meiner linken Hand hielt. Die rechte war mit Grüßen beschäftigt, so dass ich das halbvolle dritte Bier unter die Achsel klemmen musste. Zum Glück hatte ich jetzt einen Grund, die bunten, süßen Killer-Schnäpse zu verweigern. Doch je später der Abend wurde, desto mehr ließ ich mich fallen, quatschte mit allen, als wären sie meine besten Freunde, und schluckte einen Verarschungs-Bailey nach dem anderen. Ich musste natürlich auch Runden schmeißen und beachtete dabei die geschlechtsspezifischen Geschmacksunterschiede. Die Frauen tranken am liebsten warmen, halbtrockenen Rotkäppchensekt (Was auch sonst? Ein bisschen Ost-Tradition muss sein!), während die Jungs ausschließlich nach warmem Bier verlangten. Das Geheimnis der Getränkekühlung ist in Brandenburg noch nicht lange bekannt, spricht sich aber immer mehr rum. In der Kneipe gibt es auf Wunsch sogar schon eiskalten Rotwein. Na ja, Kopf hoch – wird schon. Es ist noch kein Meister vom Himmel gefallen.

Als das Feuer zur Hälfte abgebrannt war, konnte ich kaum noch stehen. Wildfremde Dorfler wurden jetzt von mir umarmt und vollgesülzt, bis ich irgendwann nicht mehr konnte und den Heimweg antrat. Da für mich in dieser Situation Umwege untolerierbar waren, entschied ich mich für den unbeleuchteten Waldweg, der zu dieser Jahreszeit einem matschigen Moor gleicht. An den Rest kann ich mich nicht mehr erinnern. Nur dass ich am nächsten Morgen aufwachte und einen nassen, verdreckten Kleiderberg neben meinem Bett vorfand. Ich muss direkt durch die Pfützen gestampft sein.

Im Großen und Ganzen hatte ich mich jedoch gut geschlagen und betrachtete die Disziplin Dorffest als erfolgreich erledigt.

Männlichkeit

Männlichkeit wird auf dem Land ganz groß geschrieben, und es gibt diesbezüglich bestimmte Dinge, die man draufhaben muss, um akzeptiert zu werden. Wenn ich den Jungs da draußen erzähle, dass ich ein kunstbegeisterter Kopfmensch bin, bekomm ich auf dem nächsten Dorffest nur süßen Sekt gereicht und muss mit den anderen Frauen die Kirche dekorieren – wenn ein *richtiger* Mann heiratet. Die Regeln sind einfach und eindeutig: Ein Mann arbeitet ausschließlich mit seinem Körper. Je härter, desto besser. Gott sei Dank bekam ich von meinem Schwiegervater in spe einen Anruf, dass er vorhatte, einen Holzschuppen zu bauen, und dabei meine Hilfe bräuchte. Ein Glücksfall. Da ich bis dato sehr selten auf dem Land gewesen war, hatte ich noch nie die Chance bekommen, mich wirklich nützlich machen zu können. Jetzt durfte ich sogar mit bloßen Händen einen Schuppen aus Holzbalken und Nägeln zusammenzimmern. Herrlich. Damit würde ich, falls alles glattginge, die dritte und schwierigste Disziplin des Multigratings meistern.

Als ich losfuhr, war ich voller Tatendrang. So eine Hütte war doch schnell gebaut, dachte ich, und freute mich schon, beim Stammtisch damit angeben zu können. Als ich jedoch die dicken, fünf Meter langen Holzbalken sah, die auf ihre Verarbeitung warteten, kamen mir schon die ersten Zweifel. Die müssen doch mit einer Kettensäge gekürzt werden, dachte ich, und machte mir etwas Sorgen um meine zarten Musikerhändchen. Doch ich nahm all meinen Mut zusammen, und wir legten los.

Balken heben, Balken sägen, Balken mit zehn Zentimeter langen Eisennägeln vernageln, Fachwerk bauen. Allerdings war ich schon nach meinem ersten Nagel fix und fertig. So ein dickes Ding ist ganz schön zickig, wenn es spürt, dass es von einem Anfänger genagelt wird. Das ist bei uns Menschen nicht anders. Es bog sich und weigerte sich, in der richtigen Position zu bleiben. Als ich den Nagel endlich versenkt hatte, war ich bereits schweißgebadet und musste feststellen, dass er trotz all der Mühe unten rausguckte, weil ich nämlich den Querbalken verfehlt hatte. Doch nach einer Weile hatte ich den Dreh raus. Mein Bauleiter verriet mir, dass ich den Nagel »zum Singen« bringen musste, was nur durch feste, rhythmische Schläge mit sehr kurzem Kontakt zu erreichen war. Dann schwingt der störrische Metallstab hochfrequent und beugt sich deinem Willen.

Zu unserer großen Verwunderung zollten uns unsere Frauen sogar Respekt. Da sie im echten Leben ihre Emanzipation gnadenlos ausleben, war es eine tolle Überraschung, als sie zur Mittagszeit mit Sandwiches und Bier um die Ecke kamen, um ihre schwitzenden Männer zu versorgen. Mein Projekt fing also jetzt schon an, Früchte zu tragen. Nach weiteren drei Stunden war es dann so weit. Das Fachwerk stand! ICH HATTE FEUER GE-MACHT! (Na ja, eigentlich war ich nur der Hilfsarbeiter und habe die Anweisungen meines Schwiegervaters befolgt. Ich konnte mich die nächste Woche nicht mehr bewegen. Aber das muss ja keiner wissen.) Um nun auch vom Dorf akzeptiert zu werden, musste ein Einheimischer den Schuppen abnehmen. Ein »Männlichkeits-TÜV« quasi. Und es sollte tatsächlich so kommen: Der Nachbar kam durchs Hoftor und hielt drei Biere in der Hand. Kurz vor unserem Bauwerk blieb er stehen, legte den Kopf zur Seite und fing an zu scannen. Nach zehn Sekunden schaute er uns an, sagte »Na ja, nicht schlecht« und drückte uns jeweils eine Flasche in die Hand. Damit war alles klar. Das Multigrating war geschafft.

Ich fahr jetzt öfters mal hin und besuche den heimischen Gasthof. Wenn ich Glück habe, gibt's einen Geschichtsvortrag vom Wirt, wenn ich Pech habe, muss ich die Getränke selbst am Tresen abholen und verschütte fast alles auf dem Weg zurück zum Tisch. Da ich ja jetzt integriert bin, kann es auch schon mal passieren, dass mir die Wirtin sogar eine Bestellung in die Hand drückt – wenn's stressig wird. Das macht mich jedes Mal mächtig stolz.

Am Alexanderplatz gibt's viele Punks. Und Punks gehen nicht malochen. Punks schnorren. Und wenn Punks schnorren, fragen sie die »verspießten Kapitalistenschweine« »Haste mal 'nen Euro?« In ganz Berlin gibts Tausende von Musikern. Und Musiker malochen die ganze Zeit. Doch auch sie müssen schnorren. Und wenn sie schnorren, fragen sie den »Arsch von Clubbesitzer«: »Haste mal 'ne Mucke?«

»'ne Mucke« ist ein Gelegenheitsauftritt, sozusagen der kleine, hässliche Bruder des Konzerts. Der Unterschied zu einem richtigen Konzert liegt darin, dass Mucken meist in kleinen, völlig verranzten Schuppen stattfinden, die nach Bier, Rauch und Urin stinken. Es gibt keinen Tontechniker, ach was, es gibt dort nicht mal Technik, und man muss sein ganzes Equipment selbst mitbringen. Die Bühnen überschreiten selten die Größe eines Doppelbettes und sind wackelig und morsch. Außerdem befinden sich diese Schuppen oft in schwer zugänglichen, unbelüfteten Kellern, die ein maximales Fassungsvermögen von 40 Leuten gestatten.

Im Grunde unterscheidet sich das Leben eines jungen Berliner Musikers kaum von dem eines jungen Berliner Punks. Auch *unsere* Hosen haben Löcher, die Leber tut uns weh, und wir wissen nicht, wie wir unseren Eltern diesen Lebensstil erklären sollen. Die Punks haben uns aber in einem Punkt etwas voraus: Die »Kapitalistenschweine«, die ihnen Geld geben, wollen davon nichts zurückhaben.

Ganz anders die Clubbesitzer. Denn meistens spielt man »auf die Tür«, was bedeutet, dass man nur am Eintrittspreis verdient. Mehr als fünf Euro darf man aber nicht verlangen, da der Clubbesitzer dann eine leere Kneipe befürchtet. Da aber seine dämliche Hartz-IV-Kaschemme so verdammt klein ist, dass nur vierzig Menschen Platz darin haben, ergibt sich für die Band ein Maximalverdienst von 200 Euro. Und jetzt, meine lieben Musikfans, kommt's: Davon muss die Band noch mal 20 bis 40 Prozent an den Kneipier abdrücken. Wenn man jetzt mal von einer vierköpfigen Band ausgeht, sind das höchstens 40 Euro Gage pro Musiker. Und dann kommt einem jeder mit: »Aber ihr habt doch Spaß! Muss doch toll sein, in 'ner Band zu spielen! Der ganze Applaus ist der beste Lohn« und so weiter. Nein! Selbst ein Punk lacht uns für diesen Tagesverdienst aus.

»Aber so habt ihr doch die Chance, eure Kunst zu präsentieren, gehört zu werden!«

Ach ja? Schon mal in die »Zitty« geguckt? Die Zitty ist eine Berliner Eventzeitung, in der alle Veranstaltungen aufgelistet werden. Was einem Nicht-Berliner sofort ins Auge sticht, ist, dass sie im Vergleich zu Blättern aus anderen Großstädten das vierfache Volumen hat. Will man am Dienstagabend in ein Konzert gehen, findet man eine Liste mit 100 Angeboten. Annähernd jedes Genre ist vertreten, jeder Musikwunsch kann zwanzigfach erfüllt werden. Da spricht sich so eine Mucke in einem Weddinger Keller nicht so leicht rum.

Woher ich das so genau weiß? Ich habe fast zehn Jahre in Berlin »gemuckt« und so gut wie keinen Erfolg damit gehabt. Das ist zwar traurig, aber leider auch absolut normal in Berlin. Trotzdem habe ich viele lustige Abende erlebt, die es durchaus wert sind, erzählt zu werden.

Thai Gig

Die meiste Zeit war ich mit einer Funk-Cover-Band unterwegs, die ein breites Spektrum an tanzbaren Grooves im Repertoire hatte. Wir waren damals alle Anfang 20 und voller Elan. Da wir vom Booking überhaupt keine Ahnung hatten, nahmen wir jede Auftrittsmöglichkeit wahr, die uns über den Weg lief.

Unser Gitarrist war ein waschechter Weddinger, der in seinem Kiez Gott und die Welt kannte. So kam es, dass ihm ein Stammgast aus seiner Lieblingskneipe ein Angebot machte, das er nicht ablehnen konnte: 200 Euro plus Verpflegung für ein Konzert in seiner Gartenlaube. Er hätte eine große Party zu seinem fünfzigsten Geburtstag geplant und wolle seinen Freunden etwas Besonderes bieten. Unser Frontmann sagte sofort zu.

Also fuhren wir am verabredeten Tag zu dieser Laube und fingen an, den Bus auszuladen. »Laube« ist ein geschönter Begriff für eine schlecht ausgebaute Garage in einem Weddinger Hinterhof. Doch egal: Der Kunde zahlt – wir spielen.

Gleich zu Beginn fiel uns auf, dass die Männer alle braungebrannte Prolls waren mit dünnen Haxen und dicken, mit Hawaii-Hemden bedeckten Bäuchen. Die Frauen waren allesamt blutjunge, hübsche Thailänderinnen, die zu dieser frühen Stunde schon ziemlich einen im Kahn hatten. Untereinander quatschten sie in einem unglaublichen Tempo und kicherten hysterisch nach jedem Satz. Als wir unsere Instrumente an ihnen vorbeitrugen, schauten sie uns an, als wären wir Marsmenschen, und äfften unsere Bewegungen nach. Auf jede Pantomime-Einlage folgte lautes Gelächter.

»You German super star?«, fragte mich so ein leichtbekleideter Kokoszwerg und hielt mir einen nassen Bierdeckel vors Gesicht. »Give me autograph! I send to my mother. She very happy.« Dann rannte sie schnell zu den anderen, denen vor Lachen der Rotwein aus dem Mund lief.

»Krasser Ort«, sagte ich zu unserem Bassisten. »Wo sind wir denn hier schon wieder gelandet?«

»Thai Gig, Alter. Thai Gig«, antwortete er nüchtern.

Ich sah die Sache nicht so cool. Mein Künstlerego wurde vom Leben erneut geohrfeigt und füllte meinen Kopf mit gehässigen Gedanken. Die Konstellation war ja klar. Fette Thailand-Touristen hatten auf ihren Bums-Touren ordentlich Weibsvolk eingekauft und genossen jetzt ihren prolligen Lebensherbst im Wedding, während ihre Ex-Gattinnen in Jamaika in den Genuss glänzender Riesenbananen kamen. Wie das Leben halt so spielt. Man wird älter, verkauft den gemeinsamen Kiosk und fühlt sich vom Glotzen und Lord-Extra-rauchen nicht mehr hinreichend befriedigt. So ruft man das gemeinsame Kind im Knast an und teilt ihm die traurige Nachricht mit, dass Mama Maus und Papa Bär sich scheiden lassen. Der Arme muss sich anschließend an einem Asiaten abreagieren, was ihm zwei Jahre extra beschert. Und wir hatten das große Glück, für diese erlesene Mischpoke musizieren zu dürfen. Großartig.

Schlecht gelaunt baute ich mein Schlagzeug auf, was nicht ganz einfach war, da die kleinen Mädels ständig um uns herumschwirrten. Es brauchte schon ein Machtwort des Hausherren, um sie zu vertreiben.

»Macht euch nichts daraus«, lallte er, »denen muss man regelmäßig den kleinen Hintern versohlen, damit sie spuren.« Er zwinkerte mir zu und stieß hyänenhafte Laute aus, die man wohlwollend als Lachen bezeichnen konnte.

Nach dem Aufbau gab's ein Abendessen, das meine Laune erheblich verbesserte. Die kleinen Frechdachse hatten nämlich hervorragende Original-Thai-Gerichte aufs Büfett gezaubert. Hochprofessionell arrangierten sie die Mahlzeiten auf einem langen Tisch, versorgten ihre Versorger mit Getränken und versammelten sich anschließend wieder im Hof zum Weitergackern.

Wir spielten den ersten Ton unseres Konzerts um 21 Uhr.

Der Raum, der uns als Bühne diente, war höchstens 15 Quadratmeter groß und wurde schon allein von meinem Schlagzeug zu einem Drittel ausgefüllt. Für Publikum blieb da wenig Platz, was uns nicht daran hinderte, auf die Tube zu drücken. James Brown hatte uns schon des Öfteren in schwierigen Situationen gerettet, und wir hofften, dass »Sex Machine« die bierselige Truppe zum Tanzen bewegen könnte. Doch vorerst blieben wir in unserem Zimmerchen alleine. Ab und zu schaute einer rein, verkroch sich jedoch gleich wieder. Bei Konzerten verhält es sich wie im Chemie-Labor: Damit eine Reaktion stattfinden kann, muss eine kritische Masse erreicht werden. Tummeln sich zu wenige Teilchen im Reagenzglas, passiert gar nichts.

Da die Show aber weitergehen musste, spielten wir das gesamte erste Set ohne Publikum. Deprimierend, aber zu erwarten. Wieso bucht sich ein waschechter Ultra-Proll eine Funkband ohne Sänger? Wir waren für diesen Anlass einfach vollkommen ungeeignet. Saxophon, Gitarre, Bass und Schlagzeug mögen vielleicht den Musikgourmet erfreuen, sind aber viel zu stressig für einfache Hintergrundmucke. Wäre ich sein Birthday-Planer gewesen, hätte ich ihm einen Alleinunterhalter empfohlen. Einer, der die Gassenhauer schmettert, Vokuhila und Schnauzer trägt, aus dem Ruhrpott kommt, Manfred heißt, der seine Pommes rotweiß mag, der die Katzenberger geil findet, der Wrestling für eine echte Sportart hält, der Angst vor 3sat und arte hat, dessen Lieblingsbuch »TV-Moofie« heißt und der gerne Asbach trinkt. So einer!

Scheiße, aber authentisch.

In der Pause kam der Gastgeber dann zu uns und war wider Erwarten begeistert. Die hätten ja alle keine Ahnung von Musik, aber er würde sich schon darum kümmern, versicherte er uns.

Gesagt, getan: Noch bevor wir das zweite Set eröffneten, wurden alle Thai-Girls in unseren Raum gescheucht. Ihnen wurde Wein nachgeschenkt und befohlen, ordentlich abzugehen. Die netten Damen nahmen ihren Job sehr ernst und rekelten sich schon beim ersten Ton wie professionelle Stripperinnen. Einige versuchten die Melodien mitzusingen, andere wiederum improvisierten lustige Choreographien. Angesichts dieser Bilder hatten wir echte Schwierigkeiten, unsere Stücke richtig zu spielen, da wir uns vor Lachen krümmen mussten. Jetzt machte die Sache wirklich Spaß.

Einige Songs später wurde die Stimmung zunehmend enthemmter. Die Mädels kamen immer näher an uns heran, fingen an, unseren Bassisten anzutanzen, der sich vor Verlegenheit immer öfter verspielte. Eine hielt ihm sogar ihr Glas an den Mund und versuchte, ihm Wein einzuflößen. Weil er ja zeitgleich spielen musste und keine Hand zur Abwehr frei hatte, blieb ihm nichts anderes übrig, als so lange zu trinken, bis das Glas leer war. Überhaupt schien er genau ihr Typ zu sein, denn trotz seiner abweisenden Gesten wurde er jetzt auch noch von ihr begrapscht. Sie kniete sich hin und glitt beim Aufstehen mit ihren Händen an der Innenseite seiner Hose entlang. Inzwischen spielten wir nur noch Kauderwelsch, weil wir restlichen drei vor Lachen weinten und der Bassist angesichts der sexuellen Belästigung völlig paralysiert war. Nach dem Konzert verschwand er schnell nach Hause, während wir uns noch gemütlich die Kante gaben.

Man muss sich halt manchmal von seinem »künstlerischen Anspruch« verabschieden, um einen guten Abend zu haben …

Easy Money

Manchmal ergibt es sich in einem Musikerleben, dass man kaum für seinen Lohn arbeiten muss. Das geht nur, wenn man von Firmen oder Vereinen für ein Event gebucht wird, das aufgrund von schlechter Planung nicht so läuft, wie es sich der Veranstalter gedacht hat. Man vereinbart im Vorfeld eine Gage und verhält sich professionell. Wenn dann was schiefgeht und das Konzert abgebrochen werden muss, gibt's trotzdem Kohle. So kam es, dass wir für ein Straßenfest am Kollwitzplatz gebucht wurden. Ein Prenzlberger Literaturverein hatte zu einem großen Bücherfest mit Literaturwettbewerb und Lesungen geladen. Nach Bekanntgabe des Gewinners sollten wir die Leute anheizen und damit die Party eröffnen. Für uns war das ein toller Gig, da wir auf einer großen Open-Air-Bühne vor vielen Zuschauern spielen durften und auch noch gut dafür bezahlt wurden. Ein absoluter Ausnahmejob.

Zwischen den literarischen Ergüssen der Freizeitautoren bauten wir unseren Kram auf und schnappten nur bruchstückhaft einige Textfragmente auf. Eine Autorin trug den akkuratesten Bob seit Mireille Mathieu und las ihren kryptischen Text vor, während ich meine Becken an die Ständer montierte.

»Dorf eins: Die alte, nach Fisch riechende, voller inkontinenter Zweifel, vor Verwesung fragmentierte Gestrige lag auf dem …«

Wow! Mir fiel es schwer, das Subjekt in diesem Satz zu finden. Wahrscheinlich, weil ich ein Ausländer bin. Nicht nur, dass ich mir eine Hand vor den Mund halten musste, um nicht in lautes Lachen auszubrechen, ich ließ vor lauter Überforderung ein Becken fallen. Sofort waren alle Augen auf mich gerichtet. Mireille drehte sich langsam um und warf mir einen hasserfüllten Blick zu. Ich stellte mir vor, wie sich ihr Kopf in dieselbe Richtung noch weiterdrehen könnte, bis er wieder in der Ausgangsposition einrasten würde. Wie beim »Exorzisten«. Ein stimmloses »Entschuldigung« war alles, was ich herausbrachte. Mireille drehte ihren Kopf leider ganz konventionell wieder nach vorn und fuhr fort.

»Dorf zwei: Der Lungen gelber Zweifel ist des Kückens raue, vom Winter gegerbte Angst des im Waschsalon gefi…«

Den Rest spare ich mir. Man kann sich vorstellen, dass mein Schlagzeug aussah, als hätte es ein Fünfjähriger unter Hustensaftnarkose aufgebaut. Als unsere Verbal-Dadaistin endlich bei Dorf 36 angekommen war und die Zuhörer aus dem letzten Loch pfiffen, fiel kurzzeitig die Technik aus und sie war nicht mehr zu hören. Die Leute applaudierten, wir und der Techniker auch. Mireille bezog den Jubel auf sich und verbeugte sich feierlich. Sie beschloss, die anderen zwölf Dörfer den Käufern ihres im Eigenverlag veröffentlichten Taschenbuchs zu überlassen, und ging von der Bühne.

Juhu!

Danach kamen noch zwei andere Autoreneulen auf die Bühne, bevor der Wettbewerb vorbei war und wir endlich unseren Soundcheck machen durften. Ich war erstaunt, wie schnell der Techniker das vorherige Tonproblem lösen konnte. Guter Mann. Nach zehn Minuten war alles korrekt eingestellt und das Konzert konnte beginnen.

Doch als wir dann den ersten Song anspielten, fing mein ganzes Schlagzeug an, sich zu bewegen. Die Bassdrum rutschte bei jedem Tritt auf das Pedal weiter von mir weg, und meine Becken senkten sich kontinuierlich nach unten ab, bis sie auf den Kesseln lagen. Ständig musste ich unterbrechen, um alles wieder in Position zu bringen. Die anderen spielten dabei weiter und ließen sich nichts anmerken, in der Hoffnung, dass das Publikum meine Verrenkungen für Absicht hielt. Der mäßige Applaus nach dem ersten Song zeigte jedoch, dass sie meine Unfähigkeit durchaus erkannt hatten. Ich bat den Bassisten, seine schwere Box vor meine Bassdrum zu stellen, damit diese nicht wieder verrutschen konnte. Beim zweiten Titel merkten wir allerdings, dass das Basssignal zusätzlich über meine Mikrophone aufgenommen wurde und dadurch tierisch laut war. Ein absolutes Desaster. Wie sollten wir dieses Konzert bloß überstehen? Doch wenn es einen Musikergott gibt, dann hatte er unsere Gebete erhört und kam uns im richtigen Moment zu Hilfe. Gerade, als wir widerwillig zum dritten Song ansetzten, sahen wir nämlich ein Blaulicht um die Ecke kommen. Der Veranstalter lief auf die Bühne und teilte uns mit, dass wir das Konzert leider abbrechen mussten. Ein Mieter hätte sich beschwert und die Bullen gerufen. Na, wenn das keine gute Nachricht war. Grinsend gingen wir von der Bühne und direkt zum Bierausschank. Dort trafen wir auch Mireille, die siegestrunken an ihrer Rieslingschorle nippte.

»Wohl nicht gut angekommen, wie?«, zischte sie von köstlicher Schadenfreude beflügelt.

Unser Saxophonist machte nicht mal Anstalten, sie anzusehen, und sagte nur: »Dorf 1386 hält jetzt mal die Klappe!«

KOMM, ICH KOCH DIR WAS SCHLIMMES

Man hacke einem Schwein das Bein ab. Dann lege man es in kochendes, ungesalzenes Wasser. Wenn's weiß schäumt, dann ist's gut. In der Zwischenzeit gehe man hinunter in den Bombenkeller, um zwischen den Gebeinen russischer Soldaten Erbsen heraufzuholen. Oben wieder angekommen, muss man mal kurz das Fleisch umrühren, sich dann auf den Melkschemel setzen und erst mal 'ne Molle und 'nen Korn trinken! Wenn Raucher, dann dazu ordentlich eine schmöken. Die Haxe braucht sowieso drei bis vier Stunden, bis sie das letzte bisschen Schweinegeschmack an das Wasser abgegeben hat. Also: Weiter bechern und rauchen, vielleicht aus dem Fenster brüllen und die spielenden Kinder auf der Straße beschimpfen.

Für die Beilage nehme man ein Kilo Erbsen und zerquetsche sie mit dem Kolben einer Kalaschnikow, bis ein grünlich brauner Matsch daraus entstanden ist. Das Würzen lässt man sein, um der exquisiten Hülsenfrucht nicht ihre Finesse zu stehlen.

Jetzt müsste auch das Schwein so weit sein.

Das Ganze in einem zerbeulten Stahlhelm servieren.

Ein Hoch auf die preußische Küche.

So muss ein Berliner Festmahl in den vierziger Jahren ausgesehen haben.

Um mich nicht gleich zu übergeben, stelle ich mir ein blondes »Gretchen« vor, das mir mein Essen mit einem Zwinkern serviert. Sie trägt einen Minirock bis kurz oberhalb der Knie, hat eine geföhnte Außenwelle, läuft auf sündhaft hohen Stöckelschuhen, benutzt knallroten Lippenstift und geht beim Bücken niemals in die Hocke. Jaja ...

Wie man erkennt, ist die traditionelle Berliner Küche nur mit sehr viel Phantasie und Wohlwollen zu ertragen, was sich bis heute nicht geändert hat. Aber was gilt eigentlich heutzutage noch als typisch berlinerisch?

Die Bulette

Das Hackfleischbällchen gibt es fast überall auf der Welt, ist also keine Berliner Erfindung. Seinen Namen hat es den Franzosen zu verdanken (Boulette = Kügelchen) und wurde von den Berlinern nur insofern verändert, dass sie ihr aus orthographischer Inkompetenz das »O« klauten. Da die Berliner unendlich empfindliche Geschmacksknospen besitzen, mögen sie ihre Speisen eher neutral. Auf Würzung wird verzichtet. Die Bulette schmeckt nach dem Senf, in den sie getunkt wird.

Die Currywurst

O Gott, diese verdammte Currywurst! Die Stadt ist voller Buden, das Fernsehen voll von Reportagen über sie. Leute, was soll das?

Es macht überhaupt keinen Sinn, darüber zu diskutieren, welche Currywurst die beste der Stadt sei. Wer bei diesem Gericht was falsch macht, sollte umgehend Invalidenrente beantragen und sich lobotomieren lassen. Wurst nehmen, schneiden, Kätschuuup drüber, Pulver drauf. Okay, noch mal für alle: Wuuuuurst neeeeeehmen, Kääääääääätschuup drüübbbeerrr …

Eigentlich sollte nach dieser Anleitung jede Currywurst gleich schmecken. Der Grund, warum das nicht so ist, liegt im Detail. Man braucht eine anständige Wurst, ein gutes Ketchup, das Pulver sollte fein sein. Ansonsten hat das Ganze nicht im Geringsten etwas mit Kochen zu tun und sollte daher dringlichst aus den Medien verschwinden.

Denn sie ist kein Star, mag das Tageslicht nicht, sie erwacht erst ab drei Uhr nachts. Sie ist fettig und liebt Betrunkene. Sie ist eine Hure für den Mund. Die beste Befriedigung nach einer durchzechten Nacht. Nicht mehr und nicht weniger.

Wiener mit Kartoffelsalat

Als ich zum ersten Mal erfuhr, dass es in Berliner Haushalten Tradition sei, an Heiligabend Wiener mit Kartoffelsalat zu servieren, kamen mir fast die Tränen. Die Armen. Wie konnten sie freiwillig einen feierlichen Abend so in die Knie zwingen. Nun mal ehrlich! Wiener mit Kartoffelsalat?

Mir kann keiner erzählen, dass man das aus Zeitgründen macht, damit man sich mehr auf die lieben Kinder konzentrieren kann. Oder weil Oma damals aufs Geld gucken musste und man deshalb in ihrem Andenken Bescheidenheit zelebriert. Ist es nicht so, dass es den meisten einfach nicht wichtig genug ist, etwas liebevoll Gekochtes auf den Tisch zu stellen? Hä?

Genauso könnte man nur mit einem Kartoffelsack be-
kleidet ins Standesamt spazieren. Es ist ja nicht wichtig,
was man trägt, sondern dass man sich liebt.

Also vielleicht sollte man doch nächstes Mal versuchen,
den lieben Kindern keine gemörserten Schlachtabfälle im
Schweinedarm zu servieren. Vielleicht wachsen sie ja dann
zu genussorientierten Erwachsenen heran und lassen den
Heiligen Abend in Ruhe.

Hackepeter

Hackepeter ist rohes Schweinehackfleisch, das mit Salz,
Pfeffer und fein gehackten Zwiebeln gewürzt wird. In
Berlin ist es der Lieblingssnack von Männern, die schwer
körperlich arbeiten müssen. Ich kann gut verstehen, dass
sich diese Jungs kein Chiabatta mit Mozzarella und Pesto
bestellen. Es tut mir jedoch in der Seele weh, dass diese
Schweinerei *meinen Namen* trägt. Immer, wenn ich sie auf
irgendeiner Speisekarte entdecke, neige ich dazu, sie in einen Satz einzubinden. »Du bist heute aber wieder hacke,
Peter!« Oder: »Weißt du, was ich gerne hacke, Peter? –
Holz!«

Furchtbar.

Dieser wundervolle, außergewöhnliche Supername wird
hier missbraucht, um die Konsistenz von rohem Schwei-
nebrei zu beschreiben. Pfui! Schon allein deswegen werde
ich jetzt meinen Hass wie heißes Pech von der Burgmauer
auf alle gießen, die dieses Zeug in sich reinfressen. Selber
schuld. Sagt Mett oder Schweinetartar, wenn's stört.

Hier der typische Tag eines Hackepeter-Fans:

Der Wecker klingelt. Es ist halb fünf Uhr morgens. Du

hörst deine Frau neben dir selig schnarchen. Deine Leber tut weh, deine Prostata auch. Du benutzt sie seit Jahren nicht mehr. Die schnarchende Seekuh lässt dich nicht ran. Erst, wenn du die Küche gemacht hast, sagt sie, gibt's Sex. Du aber scheißt drauf, denn du brauchst keine Küche. Du bist ein Mann, du willst Fleisch, rohes Fleisch. Wenn's nach dir ginge, würdest du's direkt vom lebenden Tier runterbeißen. Deine von Mundfäule geplagte Fresshöhle hindert dich nur daran. Du hast nur noch vier Zähne. Aber mehr brauchst du auch nicht, denn du liebst Hackepeter!

Du ziehst deine dreckige Arbeitshose und ein Holzfällerhemd an und verlässt das Haus. Du hast dich gerade richtig rausgeputzt, denkst du. In deinem Schnauzer klebt noch ein Rest Mayo vom Abendessen. Der Filter deiner Morgenzigarette saugt ihn auf und du schmeckst es. Fucking Seekuh, denkst du, macht immer Spaghetti mit Mayo.

Jetzt holst du dir am Büdchen was Richtiges, das hast du dir verdient. Die geile Rosemarie ist wieder da, dein Glückstag.

Oft hast du dir vorgestellt, wie ihr beiden auf deiner fleischfarbenen Couchlandschaft zu »Vera am Mittag« so heftig miteinander bumst, dass die Diddelmäuse von der Wohnwand fallen. Im echten Leben bist du aber feige und schaust nach unten, während du deine Schrippe mit Hackepeter bestellst. Doch vier Zähne sind zu wenig, um eine trockene, harte Berliner Schrippe zu besiegen. Deshalb gehst du in eine Hofeinfahrt, wo dich keiner sehen kann und leckst das köstliche Schweinemousse genüsslich auf. Die gehackten Zwiebelchen schluckst du im Ganzen.

Dann hängst du neun Stunden im Park ab, weil du vor 15 Uhr nicht nach Hause gehen kannst. Die Seekuh denkt nämlich, dass du immer noch arbeitest.

Tatsächlich kann man sagen, dass die meisten Gerichte, die in Berlin verzehrt werden, von Einwanderern stammen. Und das ist das große Glück für die Preußen. Wären hier nicht Hunderte von Restaurants, die den genügsamen Pickelhauben internationale Esskultur nähergebracht hätten, würden wir alle unter Bergen von rohem Schweinehack ersticken. Der Berliner Bär würde als Wappentier vom Mettigel abgelöst, und die Bandwürmer wären die Bevölkerungsgruppe mit der höchsten Geburtenrate. Sie würden die Staatsbürgerschaft beantragen und den nächsten Bürgermeister stellen ...

LASS MICH, ICH BIN EIN WOLF

Fast jeder junge Mensch macht heutzutage seine Erfahrungen mit Drogen. Die meisten Leute in meinem Alter haben schon mal gekifft, gekokst oder Ecstasy genommen. An sich ist das Bedürfnis, seiner Neugier nachzugeben und der Realität einen bunten Anstrich zu verleihen, nichts Besorgniserregendes, es sei denn – man lebt in Berlin. Und damit meine ich nicht die »echten« Berliner, die hier aufgewachsen sind. Wirklich gefährdet sind junge Menschen, die aus funktionierenden, stinknormalen deutschen Städten kommen. Sobald sie die Reihenhausidylle ihrer Kindheit verlassen, plötzlich in einer 120 Quadratmeter-Bude wohnen, mit 500 Euro locker über den Monat kommen und kein Elternteil auf sie aufpasst, ist Vorsicht geboten. Die große Freiheit ist eine sexy Nymphomanin. Wenn du sie am nächsten Morgen nicht rausschmeißt, reitet sie dich so lange, bis du einer Rosine gleichst. Du bist für sie nur Studentenfutter. Jedenfalls ist es schwierig, sich in einer zügellosen Umgebung selbst zu disziplinieren und einem geregelten Tagesablauf nachzugehen.

Nachdem ich mein Medizinstudium abgebrochen hatte, war ich so orientierungslos, dass ich in einen sonderbaren Zustand verfiel: in das Berlin-Koma. Dabei war ich durchaus wach, habe meine Zeit aber fast ausschließlich auf dem WG-Sofa verbracht. Mein Lebensinhalt bestand aus

Simpsons-DVDs, Tiefkühlpizza und 'nem alten Marmeladenglas, das ich meisterlich zu einer Wasserpfeife umgebaut hatte. Damit rauchte ich Gras, begleitet von Homers köstlich dummen Sprüchen. Einen Winter lang habe ich die Sonne nicht gesehen, da ich um fünf ins Bett ging und erst um 16 Uhr wieder aufstand. Eigentlich ein schrecklicher Zustand. Zum Glück war bei uns immer was los, denn wir bekamen oft Besuch von Freunden, die in Berlin mal ordentlich auf den Putz hauen wollten. Das Marmeladenglas wurde rumgereicht, und ich musste mich nicht alleine betäuben. Diese Phase war nach einem halben Jahr aber vorbei. Ein spezielles Drogenerlebnis war jedoch so bizarr, dass man es weitererzählen muss. Diese Situation hätte nüchtern niemals stattgefunden.

Ich bekam Besuch von drei Münchner Kumpels, die der Einöde ihres Studentendaseins entfliehen wollten. Prüfungen, Vorlesungen und Lerngruppen hatten sie von den wirklich wichtigen Dingen des Lebens abgehalten, weshalb sie entsprechend viel nachzuholen hatten. Sie waren vollkommen hibbelig, als sie bei mir ankamen.

Wie auch immer – ich gab ihnen mein Marmeladenglas und bat sie, sich zu mäßigen. Mein Kifferhirn konnte ihre schnellen Bewegungen und ihr Durcheinandergequatsche nicht verarbeiten. Alles kam mir vor wie im Zeitraffer. Nach einer halben Stunde waren sie auf meinem Level angekommen und starrten die Decke an. Sehr gut, jetzt konnte man sich unterhalten.

»Und? Was habt ihr so vor?«, fragte ich in die Runde,

während ich erfolglos versuchte, eine Bierflasche mit einer Gabel zu öffnen.

»Wir haben eine Überraschung für dich. Eine, für die man kein Marmeladenglas braucht, sondern eine heiße Pizza. Heute Abend machen wir für uns Pizza Fungi.«

Na was für ein Glück. Mit Pizza kannte ich mich aus. Eine der drei Säulen meines Lebens.

»Okay, geil. Krasse Überraschung. Danke.«

»Nicht doch«, erwiderte einer der drei lachend, »wir werden die Pizza mit magischen Pilzen belegen!«

Jetzt wurde die Sache interessant. Magic Mushrooms sind Pilze mit halluzinogener Wirkung. Aus heutiger Sicht kann ich vom Verzehr dieser Bio-LSD-Gewächse nur abraten, da die darin enthaltenen Wirkstoffe Russisch-Roulette mit den Botenstoffen im Hirn spielen. Man fängt an, Dinge zu sehen und ist nicht mehr Herr seines Selbst. Doch damals fand ich so eine Aktion unglaublich spannend und willigte ein.

Wir schoben also vier Tiefkühlpizzen in den Ofen und hackten die nach Käsefüßen riechenden Zauberpilze in kleine Stücke. Diese verteilten wir gleichmäßig auf den Belag der fertig gebackenen Pizzen und fingen mit dem Essen an. Eine feierliche Stimmung lag in der Luft, und wir waren sehr gespannt, was uns jetzt erwarten würde. Einer erzählte, dass die Eindrücke am intensivsten seien, wenn man sich in der freien Natur aufhalten würde. Deshalb schlangen wir alles in uns hinein und machten uns anschließend gleich auf den Weg in den Volkspark Friedrichshain, der nur fünf Gehminuten von meiner WG entfernt lag. Unterwegs erhofften wir uns schon den Eintritt in die Märchenwelt, wurden aber trotz vollständiger Mobilisierung unserer Vorstellungskraft enttäuscht. Noch waren wir stocknüchtern. Im Park glotzen wir auf Grashalme und Blumen, in der Hoffnung, dass sie mit uns Verbindung aufnähmen, streichelten Baumstämme und aßen Blätter. Doch trotz aller Anstrengungen ignorierten sie uns. Von wegen »beseelte Natur«. Nach einer gefühlten Stunde vergeblicher Liebesmüh gab ich zu, dass die Pilze nicht wirkten, und nur noch ein Kasten Bier den Abend retten könnte. Die Jungs stimmten zu, wir kauften Gerstensaft und gingen wieder nach Hause. Doch als ich die Wohnungstür hinter uns schloss, wurde plötzlich alles anders. Das Gefühl, das bei uns fast zeitgleich einsetzte, ist schwierig zu beschreiben. Es war, als würde man sich im Dämmerlicht befinden, die Realität kam einem seltsam vor. Im Treppenhaus hatten wir noch rumgealbert und wild durcheinandergeredet, doch jetzt schwiegen alle und starrten sich gegenseitig an. Es hatte begonnen.

Wie ferngesteuert ging ich ins Wohnzimmer und kniete mich auf den alten Perserteppich. Eine sonderbare Energie durchdrang meinen Körper, und ich fühlte mich über alles erhaben, mit göttlicher Macht gesegnet. Ich streckte meine Arme nach vorn und beobachtete, wie meine Finger immer länger wurden und den Teppich berührten, ohne dass ich mich runterbeugen musste. Im nächsten Moment schrumpften sie wieder zusammen und der Teppich kam mir entgegen. In einer rhythmisch pulsierenden Hin-und-Herbewegung wiederholte sich dieses Phänomen, bis mich einer der Jungs ansprach, was denn mit mir los sei.

»Ich bin ein indischer Gott«, gab ich mit kräftiger Stimme von mir.

»Aha«, sagte er und setzte sich neben mich, um mich anzustarren. Doch durch den Kontakt zu meinem irdischen Kumpel fiel die Illusion in sich zusammen, und ich war wieder in meinem Wohnzimmer. Schade, aber jetzt ergab sich wenigstens die Chance, die anderen zu beobachten. Einer saß wie bereits erwähnt vor mir und guckte in meinem Gesicht fern, der Zweite streichelte die Wand und flüsterte ihr geheime Botschaften zu. Nur der Dritte war nirgends zu sehen. Ich stand auf und durchsuchte alle Zimmer. Doch er war nirgends zu finden. Mist, so etwas hatte mir gerade noch gefehlt. Die einzigen zwei Orte, an denen er jetzt noch sein konnte, waren das Treppenhaus und der Balkon. Ich öffnete die Wohnungstür und rief laut seinen Namen, doch ich bekam keine Antwort. Dann lief ich zum Balkon, wo ich ihn schließlich oben ohne auf dem Boden kauernd vorfand. Er schaute mich verzweifelt an und sagte, dass ihn die ganze Kleidung fürchterlich einenge. Dann machte ich einen großen Fehler, indem ich bemerkte, dass er sich ihrer doch entledigen könnte, wenn sie ihn so störte. Was eigentlich als Witz gemeint war, entfachte in seinem verstörten Kopf ein Feuerwerk, und er begann, sich auf meinem Balkon komplett auszuziehen. Jetzt stand er splitternackt vor mir, schaute mir tief in die Augen und bedankte sich: »Du hattest recht. Jetzt bin ich frei.« Dass halb Berlin seinen zugegebenermaßen beachtlichen Zauberstab sehen konnte, war ihm vollkommen egal. Doch dabei sollte es nicht bleiben. Unser Balkon ging über die gesamte Breite des Vorderhauses und war durch eine Plastikwand vom Nachbarbalkon getrennt, wir teilten uns mit den Nachbarn quasi jeweils eine Hälfte. Unser Nackedei ging direkt auf diese Trennwand zu und begann daran hochzuklettern. Er wollte tatsächlich auf die andere Seite.

»Stopp!«, rief ich und hielt ihn am Arm fest. »Was machst du da? Spinnst du?« Doch er stieß mich weg und flüsterte bedeutungsschwanger: »Lass mich, ich bin ein Wolf!«

O Gott ...

Bevor ich ihn nochmals zu greifen bekam, war er auch schon drüben und krabbelte auf allen vieren auf dem anderen Balkon entlang. Mir blieb fast das Herz stehen. Vorsichtig versuchte ich, um die Trennwand herum zu blicken, und sah, wie meine Nachbarn gemütlich auf der Couch saßen und fernschauten. Die Armen konnten ja nicht ahnen, dass sich unterhalb ihres Fensters, wenige Zentimeter neben ihnen, ein nackter Verrückter befand, der wirklich glaubte, er sei ein Wolf. Und ich konnte ja nicht rufen, da ich sonst damit Aufsehen erregt hätte. Eine unglaubliche Machtlosigkeit, mit der sich der indische Gott plötzlich konfrontiert sah.

Die anderen Jungs waren inzwischen dazugekommen und lachten sich beim Anblick des frierenden Pseudowolfs kaputt. Doch ich fand die Situation gar nicht so komisch. Wie sollte ich *das* den Nachbarn erklären?

Dem Wolf war mittlerweile langweilig geworden und er begann, sich langsam aufzurichten. »Neeeeein, nicht!«, schrie ich stimmlos, doch er hörte mich nicht. Als sein Kopf knapp über dem Fensterbrett war, verharrte er und guckte seelenruhig mit den Nachbarn fern. Diese merkten zum Glück nichts, was einem Wunder glich, denn zwischen Wolfs- und Nachbarskopf lag höchstens ein Meter. Zehn elend lange Minuten vergingen, ehe sich der nackte Spinner dazu bequemte, wieder zu uns rüberzukommen. Nachdem er es tatsächlich geschafft hatte, wieder unbemerkt über die Trennwand zu steigen, trat er auf unserer Seite versehentlich in einen Blumentopf und fiel der Länge nach in das improvisierte Kräuterbeet, das wir uns mühsam herangezüchtet hatten. Der Rosmarin zerkratzte seine Schulter, und sein Gesicht landete im Thymian. Ich konnte ihm in diesem Moment nur mit der flachen Hand auf seine glitschige, nackte Haut hauen, so wütend war ich. Die Jungs zogen mich von ihm weg, halfen ihm beim Aufstehen und führten seinen würzig riechenden Adoniskörper wieder nach drinnen. Doch Zeit zum Durchatmen hatte ich nicht, denn unser Sorgenkind rannte in die Küche und durchwühlte die Schubladen. Ohne auch nur im Ansatz zu verstehen, was in ihm vorging, musste ich mit anschauen, wie er einen Haufen Geschirr zertrümmerte, bis er scheinbar endlich fand, wonach er gesucht hatte: ein Paulaner Weißbierglas.

Da kann man mal wieder sehen, wie patriotisch die Bayern sind. Sogar im Vollrausch achten sie auf Tradition und vernichten billige Konkurrenzprodukte. Das gute Stück wurde anschließend bis zum Rand mit Leitungswasser gefüllt. Mit einer majestätischen Geste hob er das Glas in die Höhe, als wäre es der heilige Gral, und kippte den gesamten Inhalt über sich aus. Während das Wasser an ihm runterlief und die ganze Küche vollsaute, stöhnte er inbrünstig, als wäre er kurz vor einem Orgasmus. Bei dieser Szene konnte ich auch nicht mehr an mich halten und bekam so einen Lachflash, dass mir schwindelig wurde. Als das Glas leer war, legte er sich, immer noch stöhnend, in die Pfütze und wälzte sich darin. Ich versichere, dass ich nichts dazuerfinde. Vollkommen benebelt, zerkratzt und nach Küchenkräutern riechend lag dieser Typ in meiner Küche und hatte Sex mit unsichtbaren Wassergeistern. Doch er schien nicht genug davon zu haben, denn mit einem Mal kroch er auf allen vieren, wie es sich für einen echten Wolf gehört, aus der Küche ins Bad, wo er sich in die Badewanne stellte. Ich war immer noch begeistert von der Show und folgte dem wilden Hund auf Schritt und Tritt. Von seinem leidenschaftlichen Stöhnen abgelenkt bemerkte ich nicht, wie sich noch einer meiner Kumpels hinter meinem Rücken auszog. Komplett entblößt schlich er sich an mir vorbei und präsentierte sein eierschalenfarbenes Hautgewand. Furchtbar. Eine echte Horrorshow. Dann stieg er zum Wolf in die Badewanne und ließ sich von ihm abduschen. Und ja – auch er begann zu stöhnen.

Uns Bekleideten fiel die Kinnlade runter, denn dieser Anblick war mehr, als zwei Heteros auf Pilzen ertragen konnten. Wir rannten schnell aus dem Bad, um nicht Zeugen von etwas zu werden, dass wir unser Lebtag nicht vergessen würden. Mit zugehaltenen Ohren kauerten wir uns auf die Couch und warteten, bis der Sturm vorbei war. Nach einer halben Ewigkeit kamen unsere beiden Toy-Boys, zum Glück in Handtüchern gehüllt, gutgelaunt und wohlriechend aus dem Bad. Als sie versuchten, uns vorzuschwärmen, wie großartig diese Erfahrung gewesen sei, bewarf ich sie mit alten Zeitschriften und sang aus voller Kehle einen Werbesong. Was wirklich unter der Dusche passiert war, habe ich bis heute nicht erfahren.

Die Wirkung der Pilzvergiftung ließ auch bald nach, und wir widmeten uns wieder dem guten, alten Alkoholgenuss. Da weiß man jedenfalls, was man bekommt.

Wobei? So ganz schien der Spuk noch nicht vorbei zu sein. Ich fühlte mich plötzlich so eingeengt. Nachdem ich meine Hose ausgezogen hatte, war's besser.

Warum erkennt niemand, dass wir von lauter Arschlö-
chern umgeben sind, die uns daran hindern, wirklich,
wahrhaftig tolerant zu sein. Ich kann Intoleranz einfach nicht ertragen. Menschen, die andersartige Mitbürger meiden oder diskriminieren, sollte man mit einem
LKW aus dem Land karren, damit sich die tugendhaften
Bürger nicht alltäglich über diesen Abschaum ärgern
müssen. Berlin zum Beispiel ist unglaublich intolerant.
Überall begegne ich Individuen, die mich an meinen
philanthropischen Kreuzzug hindern. Vor einigen Jahren
nahm ich an einer Demo gegen Fremdenfeindlichkeit teil,
zu der Hunderttausende von Menschen erschienen waren. Die Massen strömten aus Berlin und der ganzen Re-
publik heran und versammelten sich zu einer Abschluss-
kundgebung am Brandenburger Tor. Eine riesige Bühne
war dort aufgebaut, und diverse Prominente hielten glü-
hende Reden über die Vorteile von Diversität und Gast-
freundschaft. Voller radikaler Toleranz war ich an jenem
Tag aufgebrochen, um die Welt zu verändern, wurde
aber vom demonstrierenden Pack bitter enttäuscht. Da
standen wir nun, vereint im Kampf gegen die Ungerech-
tigkeit, und lauschten den weisen Worten Sabine Chris-
tiansens, als ich merkte, dass manche unter uns rein gar
nichts begriffen hatten. Die *verschrumpelten Lippen* die-

ser sympathischen *TV-Mumie* bewegten sich in hundertfacher Vergrößerung auf den riesigen Leinwänden. Ich stimmte begeistert ihren Thesen zu und war erfüllt von unbändigem Tatendrang, als mir plötzlich die Sicht auf ihre *nikotingelbe Kauleiste* versperrt wurde. Irgend so eine *miese Pfadfindergruppe* hatte sich dazu entschieden, ein bestimmt fünf Meter breites Banner in die Luft zu halten. Genau vor meine Nase. Darauf hatte dieses *pseudochristliche Pädophilenfutter* abgedroschene Parolen über Nächstenliebe und Hilfsbereitschaft gepinselt. Was für eine Frechheit! Jetzt war ich extra dorthin gekommen und konnte wegen denen die Show nicht genießen. Die Leute um mich herum empfanden das genauso und taten ihre Meinung lauthals kund.

»Runter mit dem Scheiß, wir sehen nix! Geht nach Hause oder es setzt was!« Genau! Solch ein asoziales Verhalten war nicht zu dulden, vor allem an diesem denkwürdigen Tag. Ich musste etwas unternehmen.

Der älteste unter den Pfadfindern drehte sich mehrmals zu uns um und versuchte irgendetwas Schlichtendes von sich zu geben, ohne aber das Banner runterzunehmen. Sie hielten das Ding an drei Holzlatten fest und offenbarten mir so ihre Achillesferse. Wenn man zweien von ihnen einen klitzekleinen Stoß versetzen würde, so dass sie das Gleichgewicht verlören und umfielen, würde das Banner in sich zusammenfallen. Guter Plan!

Die beiden circa vierzehnjährigen Pfadfinderinnen an der rechten und mittleren Latte stellten die strategische Schwachstelle des Feindes dar. Ich würde sie mit einem gezielten Schlag in die Kniekehlen zu Boden bringen. Durch den Zug am Banner würde auch der picklige Blondi an der linken Latte umfallen.

Problem gelöst.

Sabse war noch mitten in ihrer Rede, und gleich darauf würde es ein Konzert geben. Bis dahin musste die Sicht frei sein. Ich sammelte meine ganze Toleranz zusammen, stellte mich dicht hinter den Feind und machte mich zum Angriff bereit. Doch als ich zum entscheidenden Tritt ausholte, bekam ich von hinten einen dumpfen Schlag auf den Hinterkopf. Für einen kurzen Moment sah ich nur Sternchen. Als ich wieder zu mir kam, lag ich auf dem Boden und eine kleine Gestalt schaute auf mich herab, unablässig fluchend.

»Du scheise Kanacke. Isch kann nix sehen, weil du so große Aschloch. Nächste Mal gehst du letzte Reihe!« Ein kleinwüchsiger Araber hatte mich umgehauen. Jetzt wurde ich richtig sauer. Ich stürzte mich auf den frechen Zwerg und konnte ihm ein paar auf die Nase geben, bevor ich von dem alten Pfadfinder festgehalten wurde. Der Zwerg hatte aber bereits zum Gegenschlag ausgeholt und erwischte den schlichtenden Trottel an der Schläfe. Die kräftigeren Jungs aus seiner Truppe kamen jetzt hinzu und fingen an, wahllos auf andere Demonstranten einzuschlagen, die sich natürlich wehrten und von ihren Freunden verteidigt wurden. Eine richtige Massenschlägerei entstand. Geil.

Als sich die Situation wieder beruhigte, war mein T-Shirt voller Blut, aber ich glaube, dass das meiste davon Zwergenblut war. Die Pfadfinder hatten sich verpisst und ihr Banner mitgenommen. Jetzt hatte ich zwar am ganzen

Leib Schmerzen, konnte mich aber endlich wieder ganz der Toleranz widmen. Deshalb war ich ja dagewesen.

Nach dem Konzert war ich dann noch in der Kneipe und musste erst mal zehn Touristen rausschmeißen, damit Platz am Tresen war. Kommen einfach in unsere Stadt und besetzen unsere Sitzplätze.

Berlin ist einfach ein schrecklich intoleranter Ort.

Zum Glück gibt es Leute wie mich.

Ich hasse Freibäder, wirklich. Schon als Kind hasste ich sie. Diese dreckigen, ekligen Orte, voller ekliger Menschen. Freiwillig habe ich nie ein Freibad betreten, meine Freunde mussten mich regelrecht dazu zwingen. Schon am Eingang diskutierte man mit diesen komischen Kassenkautzen, ob der Schülerausweis nun für einen Rabatt ausreiche oder nicht. Meistens musste man dann doch voll bezahlen und stampfte genervt durch die quietschenden, verrosteten Drehkreuze, in der Hoffnung, dass sie nicht blockierten. War man endlich drinnen, suchte man ewig nach dem perfekten Platz, der idealerweise inmitten des »magischen Dreiecks« lag. Dabei bildeten heiße Chicks, die Pommesbude und der Pool die drei Eckpunkte. Nahm man eine Position ein, die genau gleich weit von allen drei Punkten entfernt war, hatte man gute Chancen, einen erträglichen Schwimmbadtag zu erleben. Meistens war diese begehrte Lage aber von den »Pseudo-Alphas« belegt. Diese frühreifen Teenager zeichneten sich dadurch aus, dass sie im Vergleich zu anderen muskulöser und selbstbewusster, aber zum Glück auch dümmer waren. Ihre starken Jahre enden mit spätestens sechzehn, wenn sie eine Lehre beginnen oder kriminell werden. Wenn man ihnen dann später bei Lidl an der Kasse begegnete oder sein Auto von ihnen reparieren ließ, mussten sie brav sein und spuren. Karma eben!

Das Freibad ist mehr als nur ein Open-Air-Schwimmbecken mit Liegewiese: Es ist eine Parallelwelt mit eigenen Gesetzen. Wie kann man sonst erklären, dass ein Vokuhila-Proll mit sonnengegerbter Lederhaut, Trillerpfeife und weißer Minibadehose hier der Chef ist.

In Berlin gibt es ein ganz besonderes Freibad: das Prinzenbad. Es liegt mitten in Kreuzberg und ist in den Sommermonaten sehr beliebt und zieht erstaunlicherweise ein unglaublich diverses Publikum an. Ziemlich alle Schichten sind vertreten, so dass es passieren kann, dass kiffende Antifa-Hippies neben strenggläubigen Muslimen und versnobten Jurastudenten liegen. Kein Wunder also, dass es dort andauernd zu stressigen Situationen kommt. Securities sollen für Ordnung sorgen und kontrollieren die Taschen und Rucksäcke im Eingangsbereich, um Kalaschnikows, Rambomesser und Crackpfeifen auszusortieren. Wer nicht auf sein Sturmgewehr verzichten möchte, muss rektal schmuggeln … Nur so als Tipp. Jedenfalls wurde ich von einem Kumpel überredet, einen Tag in diesem verchlorten Schmelztiegel zu verbringen. Wir waren mit den Fahrrädern unterwegs und torkelten verkatert durch Kreuzberg. In der vergangenen Nacht hatten wir's mächtig übertrieben und verfügten jetzt über die motorischen Fähigkeiten eines Faultiers. Als wir am Schwimmbad ankamen und unsere Räder abschließen wollten, sahen wir, wie sich zwei Jungs in unserem Alter auf die Begrenzungsmauer des Geländes stemmten und etwas runterbrüllten. Sie bekamen anscheinend keine Antwort und riefen erneut.

»Hey, dicke Titte!« Lachend fuhren sie dann mit ihren Rädern davon. Für zwei verkaterte Halbidioten wie uns war das natürlich ziemlich komisch, und so gingen wir kichernd zum Eingangsbereich und stellten uns in die Warteschlange. Wir nahmen an, sie meinten vielleicht eine leicht bekleidete Badenixe, sollten aber im nächsten Moment den wahren Adressaten zu Gesicht bekommen. Ein bestimmt 150 Kilo schwerer türkisch aussehender Mann kam aus dem Angestelltenausgang geschossen und schob sich rabiat durch die wartende Menschenmenge.

Er trug ein riesiges T-Shirt mit der Aufschrift »Security« und hatte wirklich beachtlich große Fettbrüste. Bestimmt Doppel-F, wenn ich raten müsste. Zu unserer Verwunderung kam er direkt in unsere Richtung und fixierte uns mit seinen vor Wut weit aufgerissenen Augen. Wir konnten doch unmöglich gemeint sein, oder? Als er aber tatsächlich vor uns stehen blieb, grinsten wir immer noch ziemlich blöd, da wir langsam begriffen hatten, wer mit »Dicke Titte« gemeint war.

»Hey«, schrie er meinen Kumpel wutentbrannt an. »Hast du dicke Titte gesagt?« Wir mussten erstmal tierisch lachen, was die schwitzende Security-Qualle gar nicht so lustig fand.

»Findest du das auch noch komisch?«, legte er nach und packte ihn an der Schulter. Vom starken Kater benebelt kicherte mein Freund immer noch und versuchte unbeholfen, sich aus dem Schlamassel rauszureden.

»Wir waren das nicht. Das waren zwei andere Jungs. Sie sind dann mit ihren Fahrrädern abgehauen. Indianer-Ehrenwort!« Die Story überzeugte ihn kein Stück.

»Indianer? Was labert ihr? Und zufälligerweise hatte einer von denen auch ein gelbes T-Shirt an, was?«

Verdammt. Mein Kumpel trug auch ein gelbes Shirt. Wir saßen in der Klemme. Ein zweiter Security war dazugekommen und starrte uns bitterböse an.

»Ihr wollt hier Stress machen? Könnt ihr haben!«

Wir nahmen all unseren Mut zusammen und versuchten den beiden zu erklären, dass wir natürlich nie so etwas sagen würden und der Zufall uns übel mitgespielt hatte. Nach zehn langen Minuten ließen sie schließlich von uns ab, und wir durften das Bad betreten. So ganz hatte »Dicke Titte« uns die Story jedoch nicht abgenommen.

Erschöpft von der ganzen Aufregung legten wir uns in die Sonne und versuchten zu entspannen. An einem heißen Sommertag im Freibad ist das aber nicht ganz so leicht.

Kinder schreien, Eltern schreien nach ihren schreienden Kindern, Rentner schreien schreiende Eltern an, sie sollen leiser sein, und durch die Lautsprechanlage schreit eine Ansage nach der anderen.

»Der kleine Timmi sucht seine Eltern! Seinen Nachnamen kennt er nicht. Blaue Badehose mit Pumuckel drauf.«

Kurze Pause.

»Timmi sagt, dass er vielleicht ›Jankovic‹ oder ›Jankowitz‹ heißt. Eltern, die so ähnlich heißen, sollen bitte ihr Kind an der Kasse abholen!«

Eine Zigarettenlänge ist es still, dann: »Bitte kommen Sie nur, wenn Ihr Sohn auch wirklich ›Timmi‹ heißt. Das kann doch nicht so schwer sein, Leute?«

Wir hofften, dass die tauben Jankowics endlich ihren Balg einsammelten, damit hier mal Ruhe einkehren konnte, und tatsächlich war bei der nächsten Ansage von einer gewissen »Madlen« die Rede, rosa Lilifee-Badeanzug. Die entspannten Stunden konnten wir uns also abschminken. Zusätzlich war »Dicke Titte« immer auf Streife und ging seine Runde durchs Schwimmbad, um nach dem Rechten zu sehen. Immer, wenn er an uns vorbeilief, warf er uns einen bösen Blick zu und schüttelte den Kopf. Er musste also immer noch von unserer Schuld überzeugt sein. Trotzdem genehmigte ich mir ein kühles Bad im Schwimmbecken. Na ja, so ganz kühl war es dann doch wieder nicht. Bei dem beachtlich hohen Kinderanteil bestand bestimmt ein Drittel des Beckenvolumens aus Pipi. Außerdem schwamm ein bunt reflektierender Ölteppich auf dem Wasser, zusammengesetzt von Unmengen an Sonnenmilch, Kinder-Autan und Calippo mit Colageschmack. Nachdem ich mir beim obligatorischen Duschen 20 verschiedene Fußpilzarten gesichert hatte, begab ich mich wieder zu unserem Platz, wo sich inzwischen noch ein weiterer Freund eingefunden hat. Der Nachzügler kam jetzt natürlich in den Genuss, vom üppigen Dekolleté unseres fülligen Schwimmbadmeisters zu erfahren. Er musste laut lachen und wiederholte immer wieder den Spitznamen des Sumo-Türken: »*Dicke Titte. Dicke Titte.* Wie geil. *Dicke Titte!*«

»Also doch!«, rief eine Stimme hinter unserem Rücken. »Ihr fliegt hier raus, ihr Arschlöcher!«, schrie »Dicke Titte« und lief vor Wut rot an. Das war eine Situation, aus der wir unmöglich heil herauskommen konnten. Wirklich alle Indizien sprachen gegen uns. Jedes Gericht der Welt würde uns für schuldig erklären.

»Ich geh jetzt meine Kollegen holen und dann gibt's

richtig Ärger.« Dicke Titte meinte es ernst. Wir mussten verschwinden.

Der arme Neuankömmling verstand die Welt nicht mehr, als wir hastig unser Zeug zusammenpackten. Leider gilt in solchen Fällen die Faustregel »mitgehangen, mitgefangen«, und so musste er mit uns fliehen, obwohl er gerade erst gekommen war.

In der Ferne sahen wir, wie ein Security nach dem anderen aus einem kleinen Container mit getönten Scheiben kam. Ihr »Hauptquartier« war ungefähr fünf Quadratmeter groß, so dass die Szene an den berühmten Clown-Gag erinnerte, in dem 20 bunte Trottel mit gigantischen Ärschen aus einem Miniaturauto steigen. Für Scherze war jetzt allerdings keine Zeit, da sich die Dampfwalze geradewegs in unsere Richtung bewegte, um uns zu vernichten. Der normale Ausgang war uns versperrt, und so mussten wir improvisieren. Es blieb für uns nur die Möglichkeit, irgendwo an der Schwimmbadmauer rüberzuklettern, um nach draußen zu gelangen. So entschieden wir uns für den östlichen Rand des Geländes. Ironischerweise war das genau die Stelle, an der die beiden Witzbolde zuvor »Dicke Titte« gerufen hatten. Jetzt mussten wir für deren Mist bezahlen und rannten, was das Zeug hielt. Die türkische Security-Armee war nur noch fünf Meter von uns entfernt, als es auch der Letzte über die Mauer geschafft hatte. Übersät mit Schürfwunden rangen wir auf der anderen Seite nach Luft. An der Mauer war Schluss für die Sicherheitswalrosse, und so blieb »Dicke Titte« nichts anderes übrig, als uns wutentbrannt hinterherzuschreien: »Ich krieg euch noch! Irgendwann krieg ich euch Schweine!« Doch bevor er auch nur ansatzweise in unsere Nähe kommen konnte, waren wir auch schon verschwunden.

Das Prinzenbad war nun für unabsehbare Zeit tabu, was ich nicht wirklich bedauerte. So hatte ich immer eine Entschuldigung parat, wenn wieder einmal jemand mit mir schwimmen gehen wollte. Haha!

Zwei Wochen später saß ich in der U1 und wollte zum Görli, um ein bisschen in der Sonne zu braten. Auf dem Weg dorthin fährt man überirdisch auf einer Bahntrasse und kann von oben ins Prinzenbad gucken. Der Zug fährt direkt daran vorbei und bleibt an der Station Prinzenstraße stehen, direkt vor dem Haupteingang, wo uns »Dicke Titte« beschuldigte, ihn verarscht zu haben. Ich erinnerte mich an das Geschehene und musste unwillkürlich grinsen. Doch als ich mich wieder nach vorne umdrehte, sah ich, wie sich eine riesige Gestalt aus ihrem Sitz erhob und sich langsam in meine Richtung bewegte: *Dicke Titte!* Verdammt! Er hatte mich erkannt und war immer noch stinkwütend. Jetzt wollte er es mir bestimmt heimzahlen. Die U-Bahn war zu meinem Glück total überfüllt, so dass für seinen gigantischen Körper kein Hindurchkommen war. Er fing vor Verzweiflung an zu fluchen und beschimpfte mich in einem bunten Sprachmix: »Du scheise Orospu, ich hau dich kaputt, moruk lan!« (Türkisch für »Du kotähnliche, leichte Dame von der Straße, ich werde dich schlagen, alter Typ«.) Ein bisschen machte ich mir schon ins Hemd und wartete darauf, dass der Zug endlich am Kottbusser Tor einfuhr, damit ich flüchten konnte. Die

Türen gingen auf und ich huschte ins Freie. »Dicke Titte« fuchtelte aus dem Inneren des Zuges immer noch wütend mit den Armen. Als der Zug wieder Fahrt aufgenommen hatte, winkte ich zurück und machte mit den Händen die Bewegung von wackelnden Brüsten nach.

Seitdem meide ich auch die U1.

ZURÜCK IN DIE ZUKUNFT

Wir schreiben das Jahr 2350. Mein Name ist Dr. Kim Jong Dieter Baharov, und ich bin der leitende Wissenschaftsoffizier der Retro-Berlinischen Revolutionstruppen in der Provinz Dede-Er, Westkorea. Die ehemalige Stadt Berlin heißt jetzt »Chu-Chu-Lo« (Koreanisch für »schmutzige Lotusblüte«) und ist eine Mega-City mit 30 Millionen Einwohnern. Schon lange existiert der deutsche Staat nicht mehr. Er gehört, wie ganz Europa seit mittlerweile 300 Jahren der *Gemeinschaft Koreanischer Republiken* an, der *GKR*. Die Weichen dafür wurden in den Anfängen dieses Jahrtausends gestellt, indem die ehemalige Demokratische Volksrepublik sämtliche Wirtschaftszweige infiltrierte und letztendlich übernahm. Im Nachhinein kann keiner mehr nachvollziehen, wie dieser schleichende Wandel vonstatten gegangen war. Plötzlich war alles in nordkoreanischer Hand, und keiner hatte es gemerkt. Die Eingliederung in den großkoreanischen Staatsapparat war dann nur noch Formsache gewesen. Paris, London und Rom erlitten dasselbe Schicksal, wenn auch etwas später, was vermutlich durch den stärker ausgeprägten Nationalstolz der Einwohner zu erklären ist. Man vermutet, dass die Übernahme der »Dürüm-Döner GmbH«, des damals größten deutschen Konzerns, durch den nordkoreanischen Investor »Früh-Ling-Sroll Corp.« die Entmachtung der deutschen Industrie und den Zusammenbruch des Staates herbeiführte. So jedenfalls steht es in den Geschichtsbüchern. Doch wie auch in der Evolution sind es immer lange Ketten scheinbar unbedeutender Ereignisse, die im Rückblick betrachtet zu den großen Veränderungen dieser Welt geführt haben. Am Anfang dieser Kettenreaktionen steht immer eine Einzelaktion, die den Schneeball ins Rollen bringt. Meine Aufgabe als Wissenschaftsoffizier ist es, diese Auslöser zu finden und zu verhindern, damit Berlin endlich von dem Joch der Unterdrücker befreit wird. Dank der Arbeit unserer genialen Quantenphysiker stehen uns dazu auch die nötigen Analysewerkzeuge zur Verfügung.

Mittels eines Timeview-Interfaces ist es uns möglich, visuell an jeden Ort in der Vergangenheit zurückzuspringen und Beobachtungen anzustellen. Der Teleporter kann uns anschließend für zehn Sekunden auch physisch dorthin beamen. Aufgrund dieser kurzen Aufenthaltsdauer ist jedoch eine fundierte Recherche nötig, für die meine Kollegen von der Intelligence-Force zuständig sind. In ihrem täglichen Report listen sie mir alle Ereignisse auf, die eine Schlüsselfunktion für die nordkoreanische Übernahme haben könnten. Nach monatelangem Prüfen der Daten ist es mir endlich gelungen, drei Ereignisse herauszufiltern, die mit großer Wahrscheinlichkeit für den Untergang der Berliner Kultur verantwortlich waren:

Ereignis B-2476
Datum: 04.08.2012
   Ort: Kottbusser Damm 124, Yaprak-Döner Yilmaz
   Uhrzeit: 10:41 Uhr MEZ

Aktion: Cem Yilmaz wird täglich von Kreuzköllner Eso-Muttis gefragt, wann er denn endlich einen veganen Tofu-Döner anbieten werde. Am liebsten mit Sojasprossen und Dinkelfladen. Nach langem Zögern entschließt er sich dazu, bei der Firma Langlang anzurufen und diese Produkte zu bestellen. Der Kunde ist ja schließlich König. Was er nicht weiß ist, dass die Firma Langlang dem nordkoreanischen Staat gehört und von der neuen Frau des Machthabers Kim Jong Un geführt wird.

Konsequenz:

In den folgenden Monaten ist die Nachfrage nach dem neuen Weichei-Döner so groß, dass er den Fleischspieß aus seinem Sortiment entfernt und nur noch vegan produziert. Die angrenzenden Dönerläden erfahren von Yilmaz' Erfolg und stellen ihrerseits auch auf Tofu um. Nach einem Jahr verschwindet der Döner in seiner ursprünglichen Form von der Erdoberfläche. Der Einfluss Nordkoreas steigt exponentiell.

Ereignis B-8469

Datum: 16.11.2020

Ort: Wittenbergplatz Berlin, Kaufhaus des Westens (KDW)

Uhrzeit: 09:30 Uhr MEZ

Aktion: Gisela Petruschke ist für den Ankauf von Weihnachts-Merchandise-Artikeln zuständig. Bisher war sie es gewohnt, jährlich Tausende von weißbärtigen Weihnachtsmännern zu bestellen. Engel waren auch hoch im Kurs und Krippen. Doch dieses Jahr wurde sie von Monika Müller, ihrer Chefin, angehalten, ein sonderbares, neues Produkt zu bestellen: Die »mandeläugige Führerfesttagsfigur«. Die Marktforschung habe gezeigt, dass in der deutschen Bevölkerung eine große Nachfrage von ostasiatischen Waren bestehe. Der anhaltende Manga- und Tofutrend habe die Sicht auf Weihnachten verändert und müsse durch den Verkauf passender Produkte genutzt werden. Gisela hasst ihre Chefin und würde alles dafür geben, sie loszuwerden. Immer dieses neunmalkluge Gelaber. Was soll's, denkt sie sich und bestellt gleich 5000 Stück. Sie wird schon sehen, was sie davon hat.

Konsequenz:

Wie durch ein Wunder verkaufen sich alle Figuren. In den folgenden Jahren steht in fast jedem deutschen Haushalt so eine Figur. Die deutschen Hersteller von Weihnachtsmännern verkraften die finanziellen Einbußen nicht und gehen pleite. Die »mandeläugige Führerfesttagsfigur« trägt die Gesichtszüge Kim Jong Uns.

Ereignis B-10952

Datum: 01.01.2051

    Ort: Pariser Platz, Berlin, Brandenburger Tor

    Uhrzeit: 00:02 Uhr MEZ

    Aktion: Detlef Koletzki pinkelt besoffen ans Brandenburger Tor und schreibt mit einem Edding »Fukk Gernamy« an die nördliche Säule. Er wird dabei vom nordkoreanischen Geheimdienst mittels Handycam gefilmt.

Konsequenz:

Das Video erreicht bei »Futuretube« 800 Millionen Views und geht um die ganze Welt. Hunderte ahmen diese Tat nach und bringen dieses geschichtsträchtige Bauwerk durch ihren ätzenden Urin zum Einsturz. Der Spirit der deutschen Nation ist auf dem Tiefpunkt angelangt. Die nordkoreanischen Truppen marschieren kurz darauf in Berlin ein und werden als Befreier gefeiert.

Nach dem Lesen dieser Informationen weise ich sofort unsere Programmierer an, die oben genannten Daten in den Teleporter einzuspeisen. Endlich ist es so weit: Mit etwas Glück kann ich den Lauf der Geschichte verändern und Berlin zu einer glorreichen Zukunft verhelfen. Jetzt muss ich mich nur noch ordentlich vorbereiten. Aus dem Kostümfundus des Staatstheaters »Ruhm der Vergangenheit« besorgt mir ein eingeschleuster Agent die typische Kleidung der jeweiligen Epochen, und ein Sprachtrainer weist mich in die Besonderheiten des Berliner Slangs ein. Für das Projekt Yilmaz wurde mir ein grüner Jogginganzug der längst aufgelösten Firma Adidas zugeteilt. Die Halogenstrahler des Laboratoriums brachten ihn zum Leuchten und ich spüre die Energie, die mir dieses traditionelle Kleidungsstück verleiht. Der Trainer hat mir eingebläut, nach jedem Satz »Alta« zu sagen und möglichst genervt zu gucken. Dieses Verhalten würde mir in der Vergangenheit zugute kommen, sagte er. Man würde mich respektieren.

In einem Zustand höchster Konzentration betrete ich den Teleporter, der aussieht wie ein riesiges, weißes Ei, und lege mich auf den Boden. Die Türen werden geschlossen und der Generator angeworfen. Alles fängt an zu vibrieren und mir wird auf einen Schlag übel. Die Energiewellen erfassen meinen Körper, der sogleich anfängt zu schweben. Als er in der Mitte des Eis ankommt, werde ich von einem hellen Blitz geblendet und schlage im nächsten Moment auf dem Boden auf. Ich befinde mich nicht mehr im Teleporter, sondern liege auf dem Gehweg, direkt vor Yilmaz' Dönerladen. Zu meinem Pech bin ich auf einem großen Hundehaufen gelandet und habe mir damit meine schöne Verkleidung ruiniert. Außerdem hat die Zeitreise meinen Körper so sehr belastet, dass ich mich übergeben muss. Doch ich darf mich davon nicht ablenken lassen, da die Uhr unablässig tickt. Zehn Sekunden habe ich Zeit, um den armen, unwissenden Yilmaz an der Zerstörung Berlins zu hindern.

Den Laden finde ich zu meiner Verwunderung leer vor. Yilmaz muss also gerade in seinem Büro sein und nach der Telefonnummer der Firma Langlang suchen. Aus vollem Hals schrei ich »Alta, Alta«, und renne in den hinteren Teil, wo ich sein Büro vermute. Gott sei Dank finde ich eine angelehnte Tür und stürme hinein.

Cem Yilmaz ist gerade dabei, die letzte Ziffer der Telefonnummer zu wählen, als ich ihn als nach Hundekacke stinkender, vollgereierter Adidas-Proll überwältige und das Mobilteil seines Telefons gegen die Wand schleudere, wo es mit einem lauten Knall zerschellt. Ich wiederhole daraufhin immer wieder einen Satz, bevor ich mich in Luft auflöse: »Scheiß auf Tofu, Alta! Die Koreaner kommen, Alta! Rette die Welt und verkaufe Fleischdöner, Alta!« Von dem Schock erholt sich der Gastronom nie wieder und vermacht den Laden an seinen Neffen. Da dieser in seiner Grundschulzeit von einem asiatischen Mitschüler gemobbt wurde, verschmäht er seither Tofu, ignoriert das Nörgeln der Kreuzkölln-Muttis und bleibt beim guten, alten Fleisch.

Wieder im Teleporter angekommen, bemerke ich schon eine leichte Veränderung der Gegenwart. Meine Aktion muss also zu einem positiven Effekt geführt haben. Der Mitarbeiter, der zu mir hereinkommt, um mich für die nächste Reise umzuziehen, hat miese Laune und wirft das Kleiderbündel einfach auf den Boden.

»Ziehste selba an, wa?«, sagt er in einem für ihn völlig untypischen Ton. Schnippisch, leicht beleidigt und unmotiviert kommt er mir vor. In unseren Aufzeichnungen wurden so die ursprünglichen Berliner charakterisiert. Jawohl, es klappt!

Ich ziehe den grauen Anzug an, der für die nächste Reise vorgesehen ist, und spüre, wie die Schwerkraft wieder langsam nachlässt. In der Innentasche des Sakkos befindet sich eine Digitalkamera. Anscheinend ist sie für meinen Auftrag wichtig.

Im nächsten Augenblick liege ich auf dem Teppich des Bürotrakts im KDW. Diesmal kommt nur eine leichte Übelkeit auf, so dass ich mich nicht gleich vollsaue. Hektisch suche ich nach der Tür mit der Aufschrift »Monika Müller – Stellvertretende Geschäftsführung KDW«. Am Ende des Gangs werde ich fündig und reiße die Tür auf. Die gestandene Geschäftsfrau springt sogleich auf und tritt an mich heran.

»Was wollen Sie hier? Das ist mein Büro. Da können Sie nicht einfach so reinspazieren. Machen Sie sich einen Termin!«, bellt sie mich an.

Die Zeit ist knapp. Nur noch sechs Sekunden.

Ohne ihr zu antworten, reiße ich ihr den grauen Businessrock vom Leib und drücke aus der ausgestreckten Hand den Auslöser meiner Digitalkamera. Auf dem Foto ist zu sehen, wie ein Mann seinen Kopf in Frau Müllers Schoß vergräbt. Die arme Dame weiß nicht, wie ihr geschieht, und stößt einen lauten Schrei aus. In letzter Sekunde werfe ich die Kamera durch den Gang, kurz bevor ich verschwinde. Sie landet genau vor die Füße Gisela Petruschkes, die das Foto gleich auf Facebook veröffentlicht. Niemand nimmt ihrer Chefin die Erklärungsversuche ab, so dass sie schon bald entlassen wird. Die mandeläugigen Führerfesttagsfiguren vergammeln daraufhin in einem nordkoreanischen Lagerhaus.

Zurück im Ei sind diesmal noch stärkere Veränderungen zu spüren. Die Tür quietscht laut, als sie von einem Mitarbeiter geöffnet wird. Er hat jetzt nicht einmal mehr seinen Laborkittel an, sondern eine genietete Lederjacke. Die Innenseite des Teleporters ist mit Sprüchen vollgeschmiert, und es liegen leere Bierflaschen herum.

Wir kommen unserem Ziel immer näher.

Für die letzte Reise muss ich einen hautengen, schwarzrotgoldenen Overall anziehen. Wer weiß, was sich die Jungs von der Informationsabteilung dabei gedacht haben. Für Fragen gibt es allerdings keine Zeit, da ich wiedermals spüre, wie mein Körper den Boden verlässt.

Das Erste, was ich wahrnehme, ist der laute Knall eines in unmittelbarer Nähe explodierenden Böllers. Ich höre nur noch ein lautes Fiepen und verliere die Orientierung. Ziellos renne ich zwischen den Menschen umher und versuche das Brandenburger Tor zu finden. Irgendwo muss ja schließlich Detlef Koletzki sein, der gerade seine Hose öffnet, um das Wahrzeichen zu besudeln. Sieben Sekunden lang war meine Suche erfolglos. Panik erfüllt mich. Soll ich so kurz vor dem Sieg scheitern? Was wird mit mir und meinen Mitarbeitern geschehen, falls unsere Untergrundbewegung auffliegt?

Ich reiße die Hände nach oben und schreie seinen Namen: »Detlef, Detlef!« Sofort werde ich wieder in meine Zeit katapultiert. Weinend breche ich auf dem Boden des Teleporters zusammen. Jetzt ist alles vorbei. Ich habe meine Leute enttäuscht und ihnen die Möglichkeit auf ein schönes Leben im echten Berlin genommen. Bald würden bestimmt die nationalen Sicherheitskräfte unser Labor stürmen und uns liquidieren. Verdammter Detlef. Wieso war er nicht an seinem berechneten Standort? Habe ich durch meine ersten zwei Reisen die nahe Zukunft so verändert, dass unsere Prognosen für den dritten Trip nicht mehr zutrafen?

Egal, es ist vorbei.

Um das Ei zu verlassen, muss ich die Tür eintreten, da mir trotz meiner Hilferufe niemand öffnet. Das Laboratorium ist menschenleer und völlig verstaubt. Es macht den Anschein, als wäre das ganze Gebäude verlassen. Die Gänge sind vollgemüllt mit alten Büromöbeln, und ich brauche eine halbe Ewigkeit, bis ich an den Ausgang gelange. Die Sonne blendet mich, als ich nach draußen trete, und aus der Ferne ertönt laute Musik. Was ist hier los? Die Großkoreanischen Herren haben doch schon vor Jahren den Genuss von Musik verboten.

Orientierungslos gehe ich durch die leeren Straßen, den mächtigen Bässen folgend. Bald erblicke ich einen Park und in dessen Mitte eine große Bühne. Zehntausende von Leuten drängen sich vor ihr und tanzen ekstatisch zu den treibenden Beats der Band. Überall hängen Fahnen in den Farben der historischen Bundesrepublik. Kann das sein? Wo sind die Sicherheitskräfte? Ich muss wissen, was hier vor sich geht.

Direkt neben mir steht ein bunt gekleideter Typ, der ein komisches, rauchendes Stäbchen in der Hand hält und von Zeit zu Zeit genüsslich daran zieht. Nach jedem Zug atmet er langsam aus und verdreht die Augen. Ohne zu husten. Abgefahren.

Ich frage ihn, was dieser Menschenauflauf zu bedeuten hat und ob er keine Angst hätte, von der Polizei verhaftet zu werden?

»Ey, Alta, chill mal. Wat willste übahaupt? Wir feiern hier den alten Detlef. Dit weeste doch.«

»Wen feiert ihr?«, hake ich verwirrt nach.

»Na den alten Detti! Der Typ, der vor 300 Jahren den deutschen Spirit entfachte und so die Übernahme Deutschlands durch die Nordkoreaner verhinderte. Detlef Koletzki, dit wees doch jedet Kind!«

Detlef Koletzki? Mein Detlef? Der Silvesterpinkler? Ich will alles ganz genau wissen.

»Pass uff«, erklärt er mir. »Der Legende nach is dem

Detti an Silvester 2051 der deutsche Spirit erschienen. Als er gerade ans Brandenburger Tor pissen wollte, rief der Spirit seinen Namen und verschwand gleich darauf.«

»Ja? Echt?«

»Logens!«

Es sieht ganz so aus, als wäre mein Plan trotz der missglückten dritten Reise aufgegangen. So wie es aussieht, war ich der »deutsche Spirit«. Der Anzug hatte also seinen Zweck erfüllt. Detlef schien von diesem Erlebnis so beeindruckt gewesen zu sein, dass er sich in den folgenden Jahren zu einem patriotischen Freiheitskämpfer entwickelt hat.

Genüsslich nehme ich einen Zug von dem Glimmstengel und schaue mich um. Genau so habe ich mir das alte Berlin vorgestellt.

Kleine Nordkoreaner laufen in Bärenkostümen herum und verteilen Zuckerwatte an spielende Kinder. Punks gehen daraufhin zu diesen Kindern und schnorren um Zuckerwatte. Der Kreislauf des Lebens ... So soll es sein!

Als ein beißender Geruch in meine Nase dringt, stelle ich fest, dass ich in Hundescheiße getreten bin. Jetzt ist es bewiesen:

Ich bin tatsächlich in Berlin.

DANKSAGUNG

Ich danke
meiner Lektorin Alexandra Kosian-Krishnabhakdi,
Steffen und Manuela Gommel, Mama und Papa,
Benjamin Dickmann, Max Pelzer, Dan Züllich und
Geoffroy Dabrock, Simone Burdach, Caro Roser
und meinem lieben Julchen.

Georg Cadeggianini
Aus Liebe zum Wahnsinn
Mit sechs Kindern in die Welt

Band 18867

Je komplizierter, desto besser. Eine junge Großfamilie lebt
zwischen Wahn und Sinn, Alltag und Umzugskartons,
Deutschland und Italien, Schottland und Israel – und findet
das Glück im Chaos.

»Um im Gänsemarsch über
die Kreuzung zu kommen, brauchen wir
zwei Ampel-Grün-Phasen. Unsere Obstschale ist größer
als eine Satellitenschüssel. In unserem Flur steht
ein Laubsack: für Dreckwäsche, 270 Liter.«

Fischer Taschenbuch Verlag

Florian Meimberg
Auf die Länge kommt es an
Tiny Tales. Sehr kurze Geschichten
Band 19237

»Ned hatte noch nie etwas Schöneres gesehen.
Das Korallenriff schimmerte wie eine außerirdische Stadt.
An seinen Füßen zerrte der Betonklotz.«

Vom Psychothriller bis zum Endzeitepos, von der Liebesge-
schichte bis zum historischen Roman: Grimme-Preisträger
Florian Meimberg braucht nur 140 Zeichen für die ganz großen Geschichten. Tiny Tales ist Literatur im Twitter-Format.
Verdichtet auf ihre Essenz. Der Spannungsbogen ist reduziert
auf maximal drei Sätze. Der Twist explodiert im allerletzten
Wort. Eine neue Form der Literatur.

»Hintersinnig. Böse. Lustig.«
Frankfurter Rundschau

Fischer Taschenbuch Verlag